光文社文庫

長編推理小説

密室の鍵貸します

東川《ひがしがわ》篤《とく》哉《や》

KOBUNSHA

目次

プロローグ

その街の正確な位置について、あえて詳細な地図を掲げることはやめておく。あえていうなら《千葉の東・神奈川の西》といったあたりにあると思っていただければいいだろう。

かつて漁港として栄え、ことに烏賊《いか》の水揚げでは全国屈指といわれたこともある。土地の年寄りの昔話によれば、一年に数回、海面が盛り上がってみえるほどにいっぱいの烏賊が港のすぐそばまでやってきて、十本の足をひらひらさせながら漁師たちに「おいでおいで」をしていたそうである。

それを文字通り一網打尽に仕留めることに成功した連中は、一夜にして長者となり見晴らしのいい高台に豪勢な邸宅を構えて左うちわで暮らしたという。

無論、これは古き良き時代の、なかでもとりわけ景気のいい時期のことだ。

建物も人も、もうかつての輝きは失われている。良き時代は長くはなかったのである。

ここ二十年ほどの間に、港に烏賊の大群が押し寄せることはすっかりなくなった。

一攫千金の夢が過去のものとなった以上、街から以前のような熱気が失《う》せたのもやむを得ないことだった。いまでは都心で働くサラリーマンと工業地帯で汗を流す労働者たちのベッドタウン化が進んでいる。街の特徴は年々薄らいでいくばかりである。

もちろん、人々の暮らしを支えたものは港と烏賊と千金の夢ばかりではない。街の真ん中を流れ太平洋に注ぎ込む一本の一級河川。この川の果たした役割も無視できないものだったといえる。

かつて水揚げされた烏賊の多くがこの川を水路として内陸の各都市へと行き渡った。その当時から川はこの街の生命線であり、荷を積んで川を行き来する舟の姿は街のシンボルでもあった。

現在でも市民の生活用水全般はもっぱらこの川に頼りっきりであり、その重要性は変わらない。随分と汚れてしまって見栄えが悪くなっていても、市民の誇りである。

かつて烏賊の運搬に重用されたこの川の名を烏賊川という。そう呼ぶことに抵抗を覚える者はまずいない。むしろ愛着をもっている人がほとんどだった。

したがって、その流域一帯をかつて烏賊川町と呼んだのも当然のことだった。

だが三十年前、人口の増加に伴う市制施行の際には、その市名をめぐって街を二分する侃々諤々《かんかんがくがく》の議論が戦わされたという。

結果的には伝統ある由緒正しき地名を尊重するという大義名分が通って、無事にそれまでの烏賊川町は市に格上げされた。

そういうわけで、街の名は現在では烏賊川市。

近年、あまり景気のいい話は聞かれないが、名前から連想されるほど風紀が乱れているわけではない。

第一章　事件以前

1

烏賊川市には、ほんの十年前までは大学がなかった。高校を出た若者はそそくさと都心の大学に通っていった。もちろん都心で一人暮らしに入る若者も多かった。

このままではいかん、街から若い活力が失われてしまう――と、四期十六年目にして七十歳をむかえていた当時の市長は、本気で市の将来を危惧《きぐ》したあげく、急遽大学誘致を決定した。

そんなに《若い活力が失われる》のが《いかん》のならまず自分が率先して後進に道を譲り引退すればいいものを、といったもっともな批判の声もどこ吹く風、市長はさらに一期引退を先のばしにしてとうとう念願の大学を烏賊川市にもたらした。

これが現在の烏賊川市大である。

理系学部がないので総合大学とは呼べないが、法・経・文から始まって、現在は四学部八学科。

学生のレベルは自慢できないとしても、まあまあの繁盛ぶりといっていいだろう。

なかでも目玉は近年その存在が中央でも注目されつつある映画学科である。

どうせ新しい大学を創るのなら他にない目新しい学部を、という安易で破れかぶれな発想が見事図に当たったものといわれている。

どれくらい安易で破れかぶれだったか。

「映画館のない町で映画祭を！」というのは最近流行《はや》りの地方映画祭でよく見かけるキャッチフレーズだが、それをものすごく拡大解釈したあげくの果てにできあがったのが烏賊川市大映画学科と考えていい。なにしろ烏賊川市そのものは映画館のない街なのだ。一番近い映画館は電車に乗って数駅、さらに私鉄に乗り換えてまた数駅いったところである。少なくとも映画好きが好んで暮らしたくなるような街ではない。そんな街に映画学科ができたのである。奇跡に近い、といっていい。

だが、しかし、それにもかかわらず、この学科はヒットした。募集を超える応募があった。初年度も二年目もその翌年も。

斜陽産業といわれようと、もはや産業として成り立っていないといわれようと、やはり映画は若者の心を捕らえて放さないもののようである。

実際、四年制の大学で映画や映像文化の専門課程というのは珍しいので、わざわざ遠く九州や北海道からやってくる奇特な学生もいるという。開設以来、数々の卒業生を送り出し、そのうちの幾人かは映像メディアでの活躍が顕著である。

もちろん映画学科というくらいだから、映画の世界で活躍している卒業生も少なくない。なかには、烏賊川市大出身らしくいかがわしい映画を撮りまくって若き巨匠となった人物もいるが、それはべつに大学のせいではなく本人のセンスの問題だろう。

烏賊川市大映画学科に籍をおく戸村流平《とむらりゅうへい》は、多くの仲間たちがそうであるように、将来の巨匠名匠を目指してこの大学に入った。

末はオヅかクロサワか、と半ば本気で思い込み、オスカーやパルムドールを身近なものと勘違いできた、その点では立派なシネマディクト（映画狂）だったといっていい。

念のためいっておくが、パルムドールってのはフランスのお菓子のことではなくて、人形のことでもなくて、カンヌ映画祭の最高賞のことである。普通の者なら決して身近には感じないはずのものである。

ところが時は瞬《また》く間に流れ流平は三年生となった。

やはり多くの仲間たちがそうであるように、流平は自身の才能の限界を感じながら、それでも多少なりとも映像関係の仕事を見つけることができたら幸い、と今後の身の振り方を考え考え、かといって具体的な努力や行動は後回しで、とりあえずは残り少なくなってきた大学生活を消費（浪費か？）するのに躍起になっている——そんな毎日だった。

いままでの大学生活で確かに学んだことといえば、それはつまりオスカーやパルムドールは自分の人生とは別の世界にある価値観に過ぎない、ということに尽きる。

それだけのために安くはない授業料を納めてきたのかと思うと、さすがに流平としても親に申し訳ない気持ちがするのであった。そこである日のある晩、いくらか殊勝な気持ちになって実家に電話して、

「おれ、やっぱり普通に就職するわあ。映画監督とか、なれそうもないもん」

と、本音を吐露したところ、母曰く、

「やっと目が覚めたようやね。よかった、よかった。大学入れた甲斐があった」

と、すっかり喜ばれてしまった。

なるほど、と流平は合点がいった。自分としては夢を追いかけるつもりでこの大学に入ったが、親は親で、夢を諦めさせるために自分をこの大学に入れてくれたらしい。ありがたすぎる配慮に受話器を持つ流平の手はブルブルと震えた。なんて親でぃッ！

流平は電話を叩き切ると、熱くなりっぱなしの頭でこれからの戦略を練った。

このまま、おめおめと引き下がるのも癪《しゃく》である。普通に就職することは仕方がないとし

ても、せめてマスコミ、できれば映像関係という希望は叶えたいところだ。

しかし、映像関係の仕事といってそうそうあるものではない。

映画やテレビ企業は知名度のわりに案外小規模なことが多く、募集人員が少ない。能力のあることを証明できるような賞や作品を持っているか、さもなくば強力なコネが必要、と学生たちのあいだではもっぱら諦めムードが強いのが実情だった。

だが、流平にはひとつ意外な会社にコネがあった。

それは地元のテレビ局であるＩＫＡの系列会社で、その名もＩＫＡ映画社というこぢんまりした映像制作会社である。

仮にも映画社という看板を掲げているところが好ましい、というのが流平の率直な考えだった。

もちろん看板だけではない。事実、ＩＫＡ映画社は名前のとおり映画を製作する会社である。それは間違いない。

ただし、一般の劇場にて大人一人千八百円也で公開する類《たぐい》の映画を手掛けるのではない。それは記録映画や教育映画と呼ばれるものを専門的に作る会社であり、華やかさとは無縁の存在といってよかった。

だが、地元で就職できて、しかも映像関係の仕事であることには違いないのだから、流平にとっては魅力的な会社には違いなかった。

それに、流平がＩＫＡ映画社を目指すについては、味方になってくれる心強い援軍が存在するのだ。それはＩＫＡ映画社の総務部に所属する茂呂耕作《もろこうさく》という人物である。茂呂耕作は流平の三年先輩の二十五歳。二人の結びつきは二年前、当時烏賊川市大映画学科四年生だった茂呂が卒業制作としてドキュメンタリー風ドラマを撮ったときだった。その際、一年生ながら撮影に参加した流平の肩書を聞いて驚け！

「助監督兼照明助手兼撮影助手兼記録担当」

というものだ。

文字通りというべきか、読んで字の如くというべきか、とにかく流平が茂呂の撮影現場で大車輪の活躍をしたことは当時制作に携わった者たちの間で、いまだに語り種《ぐさ》となっているほどなのだ。

実をいえば、当時の流平が雑用でもなんでも喜んで引き受けたのは、一年生の初々《ういうい》しい気持ちを持っていたからである。三年生となった今現在の流平にそこまでの勤労意欲は正直ない。だが、茂呂の脳裏には流平の印象はいまだに「自分の卒業制作のために、身を粉にしてよく働いてくれたかわいい後輩」のままらしく、流平にはなにかと良くしてくれる先輩なのだった。

一緒に飲みにいくこともあったし、卒業制作についてのアドバイスをしてくれたり、掘り出し物の映画を紹介してくれたり――。流平は時には茂呂の部屋で飲んで、ビデオを観て映画談議に花を咲かせたあげく、泊まりになることもしばしばだった。

この先輩のツテをたどってなんとか就職にたどり着きたい。それが流平の偽らざる願望だった。

流平は茂呂に入社希望の旨を隠さずに打ち明けた。茂呂は最初は流平の本気度を疑っていたようだったが、最終的には彼の熱意を受け取ってくれたらしく、それなりの配慮を約束してくれた。戸村流平三年の秋のことである。

いくら就職戦線が前倒しになる傾向が強いとはいっても、さすがにフライングではないかと内心心配したのだが、意外にいいタイミングだったらしい。年が明けて一月の終わりになると、流平のもとに茂呂本人から電話が届いた。

「やあ、戸村か。久しぶりだな。どうだい、卒業制作のほうは。うまくいってるかな?」

「ええ、まあ、ボチボチといったところで」

卒業制作は友人たちと共に実験映画を撮ることになっている。ちなみに、流平の役割は、「監督兼照明兼撮影兼記録担当」

要するに、一年当時の肩書から《助手》の文字がとれただけである。作品としては前代未聞にして空前絶後、奇想天外かつ支離滅裂な失敗作になる予定である。

「ボチボチか。まあ、焦らずに頑張ることだな。まだ卒業まで一年以上もあるんだしな。あ、卒業といえばおまえ、単位のほうは大丈夫なんだろうな。三年のうちに目処《めど》を立てておかないと、四年になってからじゃ遅いぞ」

「ええ、そりゃもう単位のほうはバッチリで——」

優を数えれば片手でも足りるくらいで、決して自慢はできないだろうが、とりあえず卒業に必要な単位を揃えることに関しては抜かりはなかった。

「そうかい。じゃあ来年一年間は余裕だな。卒業制作だって、いちおうカッコつけさえすればいいんだし——フフン、良かったな」

「いや、でも就職が決まるかどうかが問題ですから」

「なに大丈夫さ。おまえのことなら部長のほうにも話してあるし、部長もおれに任せてくれてる。ま、心配には及ばないだろうよ」

「え、ということは、ひょっとして、あの——」

流平の胸のなかでひとつの期待が季節外れの入道雲のように膨らんだ。それはより正確にいうならば、ひとつの《言葉》に対する期待だった。就職活動中の大学生の耳になによりも心地よく響く、魔法のような例の言葉。

流平はその言葉をなんとか聞きたいと熱望した。

果たして、その熱意が電話線を通じて向こうに通じたのか、その《言葉》はいとも簡単に先輩の口から出た。

「うん、内定と考えてくれていいよ」

「ほ、本当ですか！　本当に内定なんですね」

「内内定くらいかな」

念を押したらレベルダウンした。余計なことをいうもんじゃない、と流平は反省した。

「いいです、いいです！　内内定でもなんでも――ありがとうございますッ」

興奮した流平は、受話器を耳にあてたままで電話機に向かって何度も頭を下げた。その姿を滑稽と笑いたければ笑うがいい。このときの流平なら三歳児にだって「ありがとうございます」と頭を下げたはずだ。

なにせこうトントン拍子で事が運ぶとは思ってもみなかった。この就職難の時代、来年一杯かかっても果たしてどうかと思っていた《内定》の二文字が、こうやってアッサリ手に入るなんて！　流平は自らを怖いほどの強運の持ち主と感じた。

そして流平は感謝した――神に。優しい先輩に。そして、雑用でも裏方でもなんでも馬鹿みたいにハイハイと元気にやっていた一年生の頃の自分に感謝した。自分で自分に感謝するなんて、もちろん彼の人生はじまって以来の珍事だった。

2

流平は翌日から大学で会う人ごとに自分の就職がほぼ決まったことを吹聴《ふいちょう》してまわった。

たいていの友人たちは「よかったな」「羨《うらや》ましい」などとありきたりの言葉を返すだけだったが、なかには露骨に「なんで、そんな会社にしたの?」などと失礼千万なことをいう者もいた。

わざわざ、早々と中小企業に決めてしまった流平のやり方が腑に落ちないというのだろう。そういった声に対しては、無視するに限るのだが、なかには無視できない相手もいる。紺野由紀《こんのゆき》がそうだった。

当時、紺野由紀は流平のカノジョだった。将来を誓い合った覚えはないのだが、かといって適当に遊んでいたわけでもなく、たぶん卒業して社会人になっても付き合いは続くものと流平自身勝手に思い込んでいた。そういう仲だった。

ところが、流平の就職決定の噂を聞きつけるや否や、彼女は彼を呼び出して、

「わたしたち、別れましょう」

と、爆弾を投下した。

この爆弾には時限装置はついておらず、その場で流平の心の内を吹き飛ばした。

時間的には真っ昼間の休み時間。場所は学内のカフェテリアの片隅。当然のことながら混《こ》み合っていて、別れ話に相応《ふさわ》しい状況とはいい難い。

「ちょ、ちょっと待て。話せば判る」

動転した流平は、暗殺直前の首相のようなことをいってみたものの、なにをどう話せばい

いものか自分でも判っていなかった。なんでいきなり「別れましょう」なのか？

「あなたのこと、見損なっていたわ」紺野由紀は勝手に喋《しゃべ》りだした。「もうちょっと上を目指している人だと思っていたの。それだけの才能のある人だと思ってたし――いいえ、才能なんてなかったとしても、それはそれで構わない。ただ、すくなくとも簡単に諦める人だとは思わなかった。それなのに――今度のことにはガッカリだわ。なんで、そんな会社にしちゃったのよ！」

「そ、そんな会社ってＩＫＡ映画社のこと？」

「そうよ！　なんでそんなちっぽけな会社に決めちゃうわけ？　あなた東京で一旗揚げるくらいの気概はないわけ？」

さすがの流平もこれには参った。実のところ気概なんてないのである。だいいち、トウキヨウでヒトハタなんて、いまどきの女の子の発言らしくもない。

「東京も烏賊川もたいして変わらないだろ」

「変わるわよ！」次第に彼女の声が大きくなっていくのが恐ろしかった。「この街に未来があると思ってるの、あなた」

「あるだろ」

「あなたの未来はあるのね。そうね。でも、わたしは嫌だわ。こんな烏賊くさい街でどんな将来を夢見られるっていうのよ」

べつに烏賊くさいことはないと思うのだが。流平は反論を試みた。

「けどさ、夢も大事だけれど実際に生活していくためには、それなりに――」

「聞きたくないわよ。そんな現実的な話!」

やれやれ――と、流平は腕組みしながら憮然とした。

現実的な話が嫌だというのなら、それじゃあ、いったいどんな非現実的な話をすればいいのだ?

オーソン・ウェルズの声色使って火星人襲来の話でもしようか。それともハリウッドに進出してビバリーヒルズに豪邸をぶち建ててサンセット大通りでグロリア・スワンソンとダンスを踊る話でもしようか。

いや、すべて意味無しだ。彼女は平静を失っている。どうやら彼女は勝手に自分に期待して、そして勝手に裏切られたと思い込んでいるのだ。困った話である。

流平は呆《あき》れ果てて言葉もなかった。

「アンタなんて最低よ。意気地なし。嘘つき。腰抜け。弱虫!」

流平は彼女のよく動く口許《くちもと》を見つめるばかりだった。仕方がない。いわせておこう。

「マヌケ、フヌケ、バカ!」

バカとはまたえらく率直な発言だな。なんだか小学生の口げんか並になってきたようだ。

早くも彼女のなかにあるネガティブ・ランゲージは底を突きかけているらしい。そのうち

「スットコドッコイ」とか「イカレポンチ」とかいったりするのかな?

流平は若干の興味を感じながら、次の言葉を待った。すると、

「アホ、スケベ、ヘタくそ」

おいおい! 聞き捨てならない言葉だ。流平もさすがに黙っていられなくなった。

「ちょっと——へ、ヘタくそってのは関係ないだろ」

「あら、ごめんなさい」紺野由紀はいちおう恰好だけ謝った後で、すぐさま、

「でも、関係ないこともないわ。大事なことだもの」

と、二発目の爆弾を投下した。

「……………」

こうまでいわれては立つ瀬がない。白旗である。

そんなわけで、流平は就職先を手に入れたのと引換えにカノジョを失った。

それからしばらくして、どういうわけだか「戸村流平は×××がヘタで彼女に嫌われた」という風説が学内を駆けめぐった。どうやらカフェテリアでの一件は、一部分だけが誇張されて広まったらしい。実に噂とは無責任で恐ろしいものだ。

まあ、いいさ。気にしても仕方がないだろう。流平は自分にいいきかせるしかなかった。

彼女は彼女で夢を語るのが上手な男を見つけて、現実を忘れるほどスリリングな生活を送るがいい。自分は自分で平凡でも地に足のついた職場を目指す。それだけだ。

別れ方が衝撃的だったぶん、流平のなかで紺野由紀に対する愛情は急激に冷めた。別れたことになんの未練もなかった。これで良かったのだ、と彼は納得した。

3

ところが、意外なところで流平の感情は爆発した。

彼女との劇的な別れから十日ほど経《た》った二月の半ばのことだ。

親しい友人五〜八人くらい（覚えていない）と飲みに出かけた流平は、焼酎だかジンだか（これも覚えていない）を散々に飲み散らかしたあげく、居酒屋の店内で奇声を発しながら暴れまくり、さらには路上にて同じく酔っぱらったサラリーマンと殴り合いをやらかして、ほぼ一方的に敗れ去った（全然、覚えていない）。

次の日、目覚めてみると奇蹟的に流平は自室の玄関で横たわっていた。自分の力でたどり着いたのか、それとも誰かに担がれてここに放っておかれたものか、自分ではまるで判らなかった。推測するに、たぶん後者なのだろう。

なにしろ自分の足で立ち上がれないほどに身体《からだ》中が痛むのだ。長い時間をかけてようやく立ち上がった流平は、台所で顔を洗おうとして、また激痛に顔を歪めた。眉間のあたりが染みるように痛い。それに肌の感触がザラザラだ。

鏡で恐る恐る自分の顔を覗き込んでみると眉間にドス黒いイボのようなものができていた。それは流れだした血が固まってカサブタになっているものだと判った。頬や額にも細かな傷があって、ところどころ砂ぼこりを被《かぶ》ったように汚れている。

自分の顔が可哀相に思えてくるほどの、なんともひどい有り様だった。

何事に巻き込まれたのかと不安になった流平は、こわごわと友人の牧田裕二《まきたゆうじ》のもとに探りの電話をいれた。

「ゆうべ、おれの身にどんな災難が降りかかったのか、それが知りたい」

率直に尋ねたところ、牧田裕二は即座に答えた。

「おまえは見ず知らずのサラリーマンと乱闘騒ぎを起こしたんだよ。覚えてないのか。あきれた奴だな」

牧田裕二の話によれば、問題の夜、喧嘩の相手となったサラリーマンはまるでボクサーくずれかと見紛《みまが》うほどの俊敏さを誇る、相当なハードパンチャーだったそうである。

「そうか」流平は受話器を片手にひとりで深々と頷いた。「おれの記憶が飛んでるのは、その強烈なパンチを浴びたせいだったのか」

「いや」友人はキッパリと否定した。「それは酒だ。おまえが勝手に無茶苦茶飲んだのだ。人のせいにするな」

「――そうか」

どうやら自業自得らしい。

「それよりおまえ、相手に殴りかかるときにアイツの名前を呼んでたぞ」

友人は気になることをいってくれた。

「アイツって?」

「紺野由紀だよ。『ゆきー』っていって殴りかかっていくあたりは、鬼気せまるものがあったな。相手のサラリーマンもその点はビビッてたぜ」

やっぱり覚えてない。でも、なんとなく想像のつく光景だ。たぶん事実だろう。

「それから駅前のバス停で時刻表の立て看板に抱きつきながら、『ゆきー、この腐れ○○の尻軽女めー! ぶっ殺してやるー』って——」

「……………」

嘘だろ。いや絶対嘘だ。おれは信じないぞ。

「それからタクシーのなかでも、運転手さんにからんで——」

「判った。もういい。知りたくない」

流平を自己嫌悪に陥れるには、もうそれで充分だった。

それにしても、別れたカノジョに対して表向きは淡々としていながら、内心未練たっぷりというのはいかにも恰好悪い現実だ。流平は数日、落ち込む日々を過ごした。

そんな流平に救いの手を差し延べようとしたのが茂呂耕作だった。二月も残すところあと一週という頃、彼のほうから電話をくれて、

「落ち込んでるんだって？　まあ元気だせよ。そうだ、来週あたり遊びにこいよ。なにか観たいビデオがあったら持ってくるといい。一緒に観ようじゃないか」

「はあ。それじゃお言葉に甘えて――」

流平は『殺戮《さつりく》の館』という一本のマイナー映画のタイトルを挙げて、一週間後すなわち二月二十八日の訪問を約束した。

第二章　事件一日目

1

　さて、それではさっそく事件当日の出来事について語ることにしよう。だが、その前にあえて説明しておく事柄がある。物語における視点の問題についてである。

　まず一般に事件というものを語る場合、被害者や加害者あるいは目撃者の視点から語ることは、いわばミステリの常道であろう。しかし、現実の事件についてその全体像を把握しようと思った場合、そういった単一の視点からだけでは充分にカバーしきれないのも事実である。

　今回の事件はいうまでもなく戸村流平にまつわるものである。もちろん彼の目から見た事件の流れを追うことが、この物語の主流となる。が、それだけでは不足がある。

　その不足を補うためにも、ここでもうひとつの視点を用意しておこうと思う。

早い話が刑事たちの視点である。

二つの視点からひとつの事件を描こうという試みは、べつに珍しくもない。むしろ普通である。そこに《まやかし》や《いつわり》が入り込む余地があるのでは、と警戒される向きもあるかもしれないが、これはそういった趣旨の物語ではない。きっと、読者のみなさんは、この二つの視点を行き来することによって、事件の流れや全体を俯瞰《ふかん》することが可能になるだろう。それが狙いである。

それじゃ、いったい戸村流平の視点や刑事の視点を自由に使い分けることができるおまえという存在はいったい何様なのだ？　そんな読者の疑問が聞こえてきそうだ。

この物語の語り手は誰なのだ？

その問いに対する答えは、何種類か考えられる。この本の背表紙に偉そうに名を掲げている「東川なにがし」とかいう人物が語り手であると考えていただいても結構だし、登場人物のなかの誰かと考えてもらってもいいだろう。あるいはミステリ世界でよくいわれるところの《神の視点》という考え方もある。もっとも無神論者の多い日本では、この言葉にはちょっと馴染《なじ》めない人も多いかもしれないが。

いずれにしても、物語において視点はたびたび移動を繰り返す。映画流にいえばカットバックということになるだろうか。ひょっとすると煩わしさを感じる人もいるかもしれないが、ご勘弁を願いたい。

そういったわけで、刑事たちが登場する。刑事たちは犯人ではない。これは本格推理において度々道化を演じなければならない彼らに対する、せめてもの礼儀である。

烏賊川市には当然のことながら烏賊川市警察署がある。

烏賊川の市街地からはやや離れた運河沿いにある鉄筋コンクリート三階建ての建築は、その威圧的な様相とは裏腹に、長年強い潮風にさらされつづけた影響のため実はボロボロに傷んでいる。

建て替えの計画は幾度か浮かんでは消えて、現在は経過観察中のままになっている。

遠目に見てもかつて真っ白だったはずの壁が、薄汚れた灰色になってくすんでいるのが判る。これはもうどう磨きをかけたところで元の白さには戻らない。

さらに近づいて、試みに壁の一カ所に顔を寄せてみれば、ミミズのはったようなひび割れを肉眼で観察できるはずである。ひび割れが年々大きくなっているということは、多くの警察関係者の知るところであるが、あえて誰も口に出さないところを見ると、どうやらいまとなっては処置無しのようだ。

さらにさらに近寄って、建物に鼻面を擦りつけるほどに接近を試みたならば——おそらく怪しい輩《やから》と見なされて職務質問を受けることになるだろうから、止《や》めておくほうがいいだろう。あたりは警官だらけなのである。

例えば、署の裏手を流れているドブのような運河の水面をのぞき込みながら、静かに煙草を燻《くゆ》らせている中年男性の姿を想像していただきたい。いかつい顔だちに堂々たる体格は一見して肉体労働向きと見えるだろう。労働といえば、褐色に焼けた肌は炎天下で汗を流す種類の労働を連想させる。だが、烏賊釣り漁船の関係者ではない。

彼こそは烏賊川市警察にその人ありといわれた砂川《すながわ》警部その人である。趣味は職務質問。妻子なし。借金なし。前科なし（エライ！）。

続いて、砂川警部がなにゆえ運河を眺めているのか、その理由を明らかにしてもらうために、もうひとりの人物に登場してもらうことにしよう。砂川警部の部下、志木《しき》刑事である。彼は署の建物の端から現れ、運河のほとりに佇む砂川警部の姿を見つけると、駆け足でやってきた。

「砂川警部ッ、またこんなところで暇つぶしですかッ！」

「よお、志木か」砂川警部はのんびりした調子で、視線は水面から逸《そ》らさない。「暇つぶしとは心外だな。これは、おれの日課なんだからな。そうそう休むわけにはいかん」

「なに見てるんですか——ドブの水面に死体でも浮いてます？」

「馬鹿いうな。死体が浮いてるんなら、いまごろ署員は大喜び、いや大騒ぎだ。ほら、見てみな、あそこにひとつ、ここにひとつ、ほら、そこにもだ」

志木は目を凝らし、砂川警部の指さす方角に何物かを見つけ出そうと頑張った。だが、なにも見当たらないようだ。いや、水面に白い水玉模様のようなものが漂っているようにも見えるのだが——あれは、なんだ?

「寒天ですか?」

「馬鹿か、おまえは。あれはクラゲだ。見えるだろ。ほら、ひいふうみいよう——今日はまた随分と多いぞ」

「あの——それがどうかしましたか」

「この運河でクラゲが大量に浮かんでいるときは、数時間後に雨が降る。おれの長年の観察から導き出された経験則だ。間違いない」

「て、天気予報やってたんスか!」

そう、砂川警部の特技は天気予報である。自慢できない特技ではあるのだが。

「悪いか? 当たるんだぞ」

「いや、当たるとか当たらないとかいう問題じゃなくてですね——気象予報官じゃなくて警察官でしょーが」

「で、その警察官であるおれにいったいなんの用だ。さっさと用をいえ、用を。おれは忙しいんだからな」

「そうは見えませんが——ま、それはそれとして」志木刑事は水面をのぞき込むのをやめて、「天気予報よりは少しはマシな緊急出動です。といっても、船乗り同士の喧嘩らしいんですがね。いきますか」

「いきたくないなあ」

「クラゲで雨予報してるよりかは警官らしい仕事ですよ。いきましょう、さあ」

志木刑事は砂川警部を運河のほとりから引っ張るように連れていった。やがてあたりに鳴り響くサイレンの音。運河を漂うクラゲの数は、観察者がいなくなった後もさらにひとつ増えふたつ増えみっつ増え——どんどん増えていった。砂川警部の経験則が正しいとするならば、今夜の烏賊川市は大雨になるはずなのだが——。

2

二月二十八日水曜日の夜はいつにも増して冷えきっていた。

空気は街の恰好のまま凍りついたかのように冷たく重く、そこへときおり海からの突風が吹き込んでくる。烏賊川市の冬の寒さは例年なかなかに厳しいのだが、この年は特別に寒い日が続いていた。もうすぐ三月の声を聞こうかという時期になっても、いっこうに春の気配が見当たらない。この夜も氷点下に近い冷えこみは間違いのないところであった。

流平は一週間前の約束のとおり、茂呂耕作のアパートを訪れた。

烏賊川市の中心部から十五分ほど歩き、烏賊川の河川敷に突き当たったところを左に折れて、海方向に向かって自転車専用道路の併設された川沿いの道をさらに五分ほど歩いたところにある幸町公園と、それに隣接した地域――といっても、烏賊川市の地理に通じていない読者のみなさんにしてみれば、そんな説明は生命保険の約款のように無意味な字句の羅列にしか思えないだろう。

だが、この物語において、周辺の複雑な地理は大して重要ではない。

茂呂の住むアパートは幸町公園に隣接する恰好で建っている、このことだけ頭にいれておいて貰えればいいだろう。

建物そのものは鉄筋二階建てボロアパートである。《ボロ》とあえて書かなければならないというのは、住人に対して失礼な気もするが、事実だから仕方がない。

殺風景なコンクリートの箱型の建物は、すでに築二十五年を過ぎて老朽化が顕著である。大家さんのほうでもすでに朽ち果てていくのを待っている感があり、補修もおざなりである。外観はたいそうみすぼらしい。

にもかかわらず、この薄汚れたアパートの名前は白波荘という。建物は古くなっても名前は古くならないので、このようなアンバランスな現象がおこるわけだ。名付け親はそこまで気が回らなかったのかもしれないが。

流平は幸町公園を横切って白波荘の敷地に入った。昔は白かったはずの小さな門を通りすぎると、目の前には四つの扉が並んでいた。茂呂の部屋はいちばん手前の部屋、四号室である。


流平は腕時計に目をやりながら、しばらく考えた。

「早すぎても悪いし、遅刻は論外だし——」

約束の時刻は午後七時。時計の針は午後七時十分前を指していた。

「あまりにもピッタリすぎると、いかにも時間調整をしたようでわざとらしいかもな」

流平はそんなことを考えながら一階の四号室の扉の前に立った。表札は掛かっていないが、何度も訪れたことのある部屋なので間違えることはなかった。

鉄製の玄関扉はところどころ錆が浮いていて、何度か塗りなおしたペンキがかえって見てくれの悪さを際立たせている。確か、中学校の体育倉庫の扉がこんなふうだったよな、と流平はここにくるたびに思うのだが、ともかく頑丈な扉であることは見た目からも判る。

ところで、この建物にはひとつ、他には代えがたい利点がある。

それは元からオンボロなことをいいことに、改造やリフォームが自由に認められているという点である。もちろん建物をぶっ壊さないということが前提ではあるが、まあ、大抵のことは大目に見てもらえるのが実情だった。

そこで茂呂は2DKのうちの一室を完全防音にして、壁にスクリーンを設置し、ビデオプロジェクター、大型スピーカー、アンプ、さらには重低音を再生するためのスーパーウーハーといった設備を導入し、一介のサラリーマンとしては夢のようなホームシアターを完成させていた。

総施工費は百万円を優に超えているはずである。ということは、茂呂耕作という人物は決して貧乏でこのボロアパートに住んでいるわけではない。ホームシアターを持つためにわざわざこの改造自由な空間を選んだということなのだ。大変、性根の据わった人物であるといっていいだろう。

流平がこの先輩に尊敬の念を寄せるのも、そのあたりに原因があるといってよかった。流平は茂呂のそのホームシアターでのビデオ鑑賞をいままでにも何度か楽しませてもらっていた。その度に、自分もいつかこんなふうな自分専用のシアターを持ちたいと思うのが常であった。そのためにはマトモな就職をすること。そのためには茂呂との縁をさらに良好なものにしておくこと。それが最重要課題だった。

明確な目的意識を胸にしながら、流平は四号室の呼び鈴を鳴らした。

すぐに馴染みのある茂呂耕作の顔が現れた。

二十五歳という年齢にしては落ちついた雰囲気の顔だちである。ホームベース形の輪郭に硬そうな髪。いかにも柔和な感じのする細い両目は、優秀な視力を誇っている。鼻はやや鷲鼻で形としてはまあまあだが、春になると花粉に敏感に反応する質《たち》である。唇は薄く、その周辺の髭剃《ひげそ》り跡はいつも青々としている。元はといえば髭は濃いほうで、実際、学生時代の茂呂はスピルバーグ並の髭面で知られる存在だった——といっても、茂呂の実物に触れたことのない読者のみなさんにしてみれば、そんな説明は自動車保険の約款のように無意味な字句の羅列にしか思えないだろう。写真でもお見せできればいいのだが――。

要は美男子でも醜男でもない、どこにでもいそうな二十五歳の男性を思い描いてもらえればいいということである。

「きたな。ま、入れよ」

茂呂は茶色のズボンに薄手のセーター。そのうえにグレーのフリースを着込んだラフな恰好で流平を迎え入れた。茂呂は大抵地味な色合いのものしか身につけない。玄関を入って右の壁には茂呂のコートがフックに掛けられていた。これも地味な黒いコートである。

「それではお邪魔します」

玄関の先には短い廊下がある。その廊下に沿って便所と風呂場の扉がある。つまりユニットバスではなくそれぞれに独立したトイレとバスなのである。廊下の右手には小さな台所。廊下の突き当たりに二つの扉があって、片方は居間、もう片方は茂呂自慢のホームシアターである。

流平はとりあえず居間に案内された。そこは程よく暖房が効いていた。外の寒さのなか緊張を強いられていた身体中から、一気に力が抜けていくように流平は感じた。

「寒かっただろ、外は」

「ええ、結構冷えてます」

「明日は雨になるのかな？」茂呂はありがちな天気の話をしながら、テーブルの上に広げられていた新聞や雑誌等を手際よく片づけた。「ちょっとここで座って待っててくれ。いま茶でもいれるから」

「あ、お構いなく」

流平は型通りに遠慮した。だが、茂呂のほうはまるで待ち構えていたかのように手早く支度をし、すぐさま熱い湯気をたてた玄米茶を運んできた。

それからしばらくの間は、自然と就職がらみの話が続いた。

「たぶん、お前は勘違いしてるんじゃないのかな」茂呂は細い目をいっそう細めるようにしながら、「うちの会社が人気の企業で、競争の激しい難関であるとかなんとか、そんなふうに思ってるんじゃないの？」

「はあ、違うんですか」

「ぜーんぜん」茂呂は大きく首を横に振った。「実をいうと、うちの会社は慢性的な人手不足なんだよ。映像関係といえば聞こえはいいけど、下請けの零細企業に過ぎないし、かといって誰でもやれる仕事でもないし、人使いは荒いし、辞めていく奴だって多い」

「——そ、そうなんですか」

流平の胸がドキリとひとつ高鳴った。

「そうさ。だから、入れてもらうだけだったら、ま、誰でも入れるとまではいわないけれど、そう難しくない話なんだよ。問題は、入ってからどれだけやっていけるかだな」

「そういわれると、不安ですが」

「ま、そう深刻に考えなくてもいいよ。入社までこれから一年以上あるんだから」

「しっかり勉強しておけってことですね」

「いや、しっかり遊んでおけってことだな」

「……」

「うちの会社、残業多いから」そういって茂呂は自らいれた玄米茶を旨そうに啜《すす》った。

「今日も残業、明日も残業——あれって労働基準法とかに抵触しないのかなって不安に思うくらい。いや、ほんと、遊べる時は遊んでおいたほうがいいよ。後から後悔しても無駄だからね」

「……」

含蓄の有りすぎる助言に言葉もない流平だった。いい先輩を持った、確かに。そう思いながら流平は少しだけ肩を落とした。

「ははは、そうあからさまにがっかりするなよな。そんなにヒドイ会社ってわけでもないんだし。ま、心配なことがあったらなんでも相談してくれよ。金のこと以外なら相談にのるから。いや、しかし、お前も物好きだよな、わざわざうちみたいな会社にノコノコと自分からやってくるなんて、ふふん、なかなかいい度胸してると思うよ、実際」

「はあ――」

　どうりで簡単に内定が出ると思ったのだ。まあ、出ないよりはマシと前向きに考えるしかないだろう、と流平は気を取り直した。

　就職関係の話が一段落ついたところで、流平と茂呂の会話は唐突に映画マニアのそれに転じた。

「ところで、例のビデオを見せてくれよ。そのデイパックのなかか？」

「例のビデオ？」

　一瞬、流平は茂呂の質問の意味を捉え損なった。

「この前の電話のときにいってたじゃないか。観たいビデオがあるって――『暗殺の森』みたいなタイトルのやつだよ。なんていったっけか」

『暗殺の森』はイタリアの巨匠ベルナルド・ベルトルッチ監督の初期の代表作だが、流平が観たいのはそれではない。

「『暗殺の森』じゃなくて『殺戮の館』です。もちろん持ってきてますよ」

　流平は自分のデイパックのなかから一本のビデオテープを取り出した。

『殺戮の館』は河内龍太郎という監督が撮ったミステリ大作である。河内龍太郎という監督は決して巨匠ではないし、『殺戮の館』という映画もほぼ忘れられた存在でしかない。

早い話が名人ではない監督の手になる名作ではない映画というわけだ。

一週間前の電話の際、「なにか観たい映画は?」という質問を受けて、流平が真っ先に挙げたのがこの作品だった。茂呂はそれを聞いて「なんで?」というような反応だったが、特に反対はしなかった。結局、流平がビデオ屋で『殺戮の館』を借りて、そして茂呂宅のホームシアターで鑑賞する、という段取りがまとまったのである。

そして今日、流平はここにくる途中にビデオ屋に寄って『殺戮の館』を借りて持ってきたのだった。

因《ちな》みに、そのビデオ屋の店員は流平の同級生で自身も映画狂を自任する桑田《くわた》一樹《かずき》という男だった。彼は流平が『殺戮の館』を借りようとするのを見るや否や、

「やめとけよ。お金の無駄。あるいは時間の無駄だぜ。駄作凡作ここに極まれり。そんな作品なんだから。本当だ。嘘はいわない。現に、おれがここでバイト始めてもう半年になるけど、これ借りようなんて奴はおまえが初めてだ。物好きにも程があるってもんだぜ」

と、猛烈な毒を吐いた。

これから作品を鑑賞しようという客に向かって、一方的に先入観をインプットしようとするこの手の輩を相手にすべきではない。なぜなら、それは映画マニアの仁義に反する行為だからだ。

そんなこともあって、流平はこの夜にむしろ意地でもこの映画を観たい気分だった。

「長いのかな？」

茂呂は上映時間を気にした。

「ちょっと長めです。ラベルには二時間三十分と書いてありますよ、ほら」

流平は茂呂にテープを手渡した。茂呂はそれを受け取りラベルを確認した。そこには間違いなく二時間三十分という上映時間が記されている。そして一九七七年関東映協制作の文字。

「ふーん、一九七七年度作品か――なんか嫌な予感がするなあ」

茂呂は呟《つぶや》くようにそういった。その不安、なんとなく判る気がしないでもない、と流平は思った。流平も映画マニアの端くれとして、ミステリ映画の盛衰については多少の知識は持ち合わせていたからである。

日本映画界に大作ミステリ映画のブームが巻き起こったのは、昭和でいうと五十年代の前半。西暦でいうと七〇年代の後半ということになる。

口火を切ったのは『砂の器』とも『犬神家の一族』ともいわれているが、案外独立系プロダクションの雄ＡＴＧの起死回生の一作『本陣殺人事件』あたりがそのはしりだったかもしれない。

ともかく松本清張や横溝正史らの作品が次々に映画化され連続してヒットを飛ばしたという、いまではちょっと考えられない時代がかつてあったわけである。

当然、ブームが起これば便乗商法も現れてくる。ミステリ大作ブームもまたしかりであった。

数多くの便乗映画、亜流映画を生み出してやがてブームは終わるのだが、関東映協が一九七七年に制作した『殺戮の館』は、まさしくそんな時代の一本である。

確かに不安な要素はおおいにあるな、と流平自身そう思っているのである。

でも、なんとなく観てみたいと思うのだ。映画ファンの心理は複雑である。おそらく、これは一種の怖いもの見たさなのだろう。

面白ければそれで良し。もし、本当にどうしようもなくヒドイ映画だった場合は、それはそれで話の種になるではないか。

「大方、これも便乗映画だろ。あんまり期待できない気がするけど」

茂呂は映画を観る前から、早々と興味を失いかけているような様子を見せた。

流平は慌てて、

「まあまあ、そういわないでくださいよ。単なる便乗映画か、それとも思わぬ掘り出しモンか、それを確かめるために観るんじゃありませんか。ね、そうでしょう」

「もちろん観るけどさあ。あ——」

茂呂は急に思い出したようにいった。

「その前におまえ、風呂入れよ。相変わらずの銭湯通いなんだろ。せっかくだから使っていけよ。ビデオ観るのは、それからでいいだろ」

「え、そうですか。それじゃお言葉に甘えて――」

お言葉に甘えるもなにもない。風呂無しのアパートで貧乏生活を余儀なくされている流平は、茂呂の部屋にきたときには、必ず風呂に入っていくのが恒例となっていた。

そんなふうにして銭湯代を浮かせて暮らすのが貧乏学生の流儀であることは、おそらく古今東西そう変わらないことだろう。

茂呂のほうも心得たもので、ちゃんと風呂を勧めることを毎回忘れない。流平が喜んでその好意に甘えたのも、いわばいつもどおりの成り行きなのである。

流平は風呂に入った。湯を張った浴槽のなかでの約十五分間については、特別描写を必要としないだろう。

3

さて、時間的には前後してしまうが、流平が風呂に入っている時間を利用して（？）ここで二人の刑事たちのその後の行動について述べておこう。こちらも偶然、風呂にまつわる小さなエピソードである。

船員同士の殴り合いの大喧嘩の報《しら》せを受けて、わざわざ埠頭まで出向いていった砂川警部と志木刑事だったが、いざ到着してみると現場での小競《こぜ》り合いはすでに《警官連中vs.船員連中》の様相を呈していた。仲間同士かばいあう船員たちと、わざわざ通報を受けて駆けつけた以上は手ぶらじゃ帰りたくない警官たち。この街ではわりあいによくある顚末だった。

結局、喧嘩の当事者もその原因も判然としないまま、すべてはうやむやのまま。ほんのはずみで警官一名を海に突き飛ばしてしまった若い男が公務執行妨害を喰らって、それでお終《しま》い。大山鳴動して逮捕者一名および濡れ鼠の警官一名という、どうにも締まらない話であった。

「な、見ろ、これだからヤなんだよ、まったく——きて損した」

砂川警部の口からは不満の言葉がたらたらとこぼれ落ちた。

いっぽうの志木刑事の身体からはなぜか冷たい水がたらたらとこぼれ落ちていた。

「まままま、まったくです。くくく、くるんじゃなかった！」

「……」砂川警部はぎょっとした視線を部下の姿に注いだ。「し、志木ッ、おまえ、どーしたんだ、その恰好」

「ううう、海に落っことされたんですよッ」

「唯一の被害者はおまえだったのか——」砂川警部は同情の目で志木を見た。「どうだ、冬の海は寒くなかったか（寒かったに決まっている）。よく自力で戻れたな。超人的だ」

「だ、誰も助けに、き、き、きてくれなかった」

と、志木はひとりでイジケながら凍えていた。

「おまえ、目立たないから——ま、犯人は逮捕されたことだし、よかったよかった」

「よくないですッ！」志木は目をむいて吠えた。

「わ、判った判った」志木の異様な姿と異様な剣幕に砂川警部もタジタジとなった。

「判ったから、な、そうだ、風呂いこう。駅前のサウナ。なッ！　お、おれが運転してやるから」

「た、頼みます——」志木は最期の、いや最後の力を振り絞って呟いた。「お願いですから死ぬより先に風呂へ」

そんなこんなで砂川警部は助手席に志木を乗せて覆面パトカーを走らせた。サイレンを鳴らしながら疾走していくパトカーがサウナの前に停車した様子を見て、市民はいったいなんと思っただろう。

ともかく志木は凍死寸前のところをサウナルームに連れていかれて、ようやく《解凍》されたのだった。電子レンジのなかの冷凍肉の気分が少しだけ味わえたことを、もちろん志木自身は貴重な体験とは思わなかったろうが、それはともかく、

「生きてる——よかった——」

しみじみと自分の命を愛しく思う志木だった。

いちおう血色を取り戻した志木は風呂から上がると、今度は着るものに困った。塩漬けになってしまった背広を着るわけにもいかない。もちろん着替えなどない。ロッカールームで

志木が立ち往生しているのを見て、砂川警部は機転を利かせた。

「まかせろ」砂川警部は胸を叩いていった。「この店の従業員に知り合いがいるんだ。そいつにいえばなにか貸してもらえるだろう。待ってな」

砂川警部は志木をロッカールームに残したまま出ていった。しばらくして戻ってきた砂川警部は手に紙袋を提げていた。中身は確かに洋服に違いなかった。

革のパンツに鋲《びょう》付きのベルト、赤シャツに竜の刺繍《ししゅう》の入った濃紺のジャンパー。すべて身につけてしまうと、志木の姿はどこから見てもチンピラ青年そのものだった。

「似合う似合う」と、砂川警部は適当にいう。

「あの——」志木はもちろん嬉しくはない。「警部の知り合いって、どういう知り合いなんスか？　ひょっとしてヤクザ？」

「馬鹿いうな。おれが昔面倒みてやった暴走族だ。今は立派に更生してこの店で働いてる」

「その人、更生してもファッションセンスは昔のまんまなんですね」

志木は背中で大暴れしている竜を鏡に映しながら、いささか呆れていた。これが刑事の恰好か？　刑事ドラマのS恭兵だって、もう少しおとなしい恰好だぞ。

「文句いうな。着るものがあるだけありがたいと思えよ」砂川警部はそういって、傍《かたわ》らにあった塩まみれの背広を両手で丸めながら、「おい、この背広は捨てていいんだろ。いいな、捨てるぞ」

いい終わったときには、すでに背広はごみ箱のなかに放り込まれていた。

「警部ぅ」

「なんだ?」

「警察手帳まで捨てちゃ駄目ですよ」

「バカモノ! それを早くいえよ」

砂川警部は慌ててゴミ箱に腕を突っ込み、警察官の証《あかし》を救出した。

4

風呂から上がると、流平は茂呂から与えられた海老茶色のスウェットの上下を、いわれるままに身につけた。いたれりつくせりのもてなしを受けながら、流平はすっかり上機嫌。当初感じていた緊張もいつの間にかほぐれて、気分はまるで自宅にいる時のようにリラックスしていた。

「さてと、それじゃさっそくビデオを——」

「まあ、待てよ」茂呂は宥《なだ》めるように、「スポーツニュースが見たいんだ。もうちょっと待ってくれ」

居間にある小型テレビでは国営放送の七時のニュースが終盤に差しかかっていた。若干のスポーツニュースがあった後に天気予報という流れである。

「なんですか、スポーツって？　サッカーですか、野球ですか？」

二月の末である。流平の脳裏にはピンとくるものがなかった。

するとテレビのなかのアナウンサーが、

「——続いて、スポーツです。プロ野球は今日から早々とオープン戦が始まりました。日南で行われた広島—近鉄戦では広島期待の新戦力がメッ、メメ、メッタウ——失礼しました、広島の新戦力がメッタ打ちを喰らいました」

プロ野球といってもオープン戦のことだったのか。確かにそういう時期だ。それにしてもヘタクソなアナウンサーだな（というよりヒドイ原稿である）。

それはそうと広島対近鉄などというゲームに興味を寄せるとは、なんと物好きな先輩だろう。

カープファンにしろバファローズファンにしろ、この烏賊川市においては超のつく少数派である。あるいは茂呂にしてみれば少数派の肩身の狭さから、いままで隠さざるをえなかったのかもしれない。しかし、それにしても——意外だ。流平は首をひねった。

「続いて、オリンピック関連の話題です——」

アナウンサーが話題を変えたところで茂呂は「うーん」と伸びをして、

「それじゃ、ぼちぼちホームシアターでビデオ鑑賞といこうか」

どうやら、今年のオリンピックについてはなんの興味も無いらしい。やっぱりカープファンだ。いや、ひょっとすると猛牛党か。まさかとは思うが。

そういう流平は自身が虎キチであることを誰にも知られないように暮らす身だった。したがってこの場面は武士の情け（?）で、無用な詮索は自重した。

オリンピックの話題はアッという間に終わって、気がつくとテレビ画面の真ん中にはダークスーツ姿の気象予報士が立っていた。

「続いて天気予報です。発達中の低気圧が関東上空に接近しており、関東地方では明日の明け方を中心に一部地域で雷を伴った大雨になることが予想され——」

皆まで聞かずに茂呂はさっさとリモコンのボタンを押してテレビを消した。そして、ふと思い出したように呟いた。

「クラゲの天気予報って知ってるか？　当たるんだってよ。いや、どーでもいいんだ。漁師たちのそんな話を小耳に挟んだことがあってね。さ、ビデオだ、ビデオ」

流平と茂呂は居間を離れて、揃って隣のホームシアター内へと入っていった。

お粗末な壁に分厚い防音材を張りつけた空間は、元は六畳程度はあったはずのものが、今では四畳半程度の狭さに感じる。様々な映像と音響に関する機材がその限られた空間に所狭しとセットされている。

壁に沿っては棚が設《しつら》えてあり、そこには数えきれないほどの膨大な量のビデオテープがコレクションされていた。

そして、部屋の中央付近には鑑賞用の三人掛けソファと小さなテーブルだけがある。

それはまさしく映画を観るためだけに用意された、すこぶる贅沢な空間だった。

茂呂の実家が裕福であることも確かなのだが、なによりも自分だけの映画館を持ちたいという彼の情熱がこの空間を造り上げたといって間違いない。

「しかしね、テクノロジーの進歩というやつは楽しみな反面、やっかいでもあるんだ。これからはＤＶＤの時代だろ。それはいいんだけど、そうなるとせっかくのビデオのコレクションが時代遅れになってしまう。かといってこの膨大な量のビデオをＤＶＤに置き換えるなんて無理だしな。困った問題だよ――さてと、座ってくれ」

茂呂はスクリーンの前に立って恭《うやうや》しく頭を下げた。流平もいちおう拍手で応えた。

「では、ただいまより上映を開始いたします。携帯電話の電源をお切り下さい」

と、茂呂が紳士的な口調で注意を述べた。もっとも、紳士的だったのはここまでで、

「おい、本当に切るんだぞ。いいな。もしも、ピッとでも鳴ったら――」

「鳴ったら？」

「罰金千円だ！」茂呂は涼しい顔で容赦無いことをいった。「これはマジだからな」

「厳しいですね。でも大丈夫ですよ。おれ、ケータイ持ってませんから」

「あれ、なんで？　いまどきケータイくらい持つだろ、普通」

「いや、元々嫌いなんですよ、ケータイ。なんか縛りつけられてる感じがして。それにまあ、いろいろありまして」

好き嫌いは別として、紺野由紀と付き合っていたころの流平はやはりケータイの世話になっていたのである。だが、彼女と別れたのを機に、ケータイともサヨナラしたのだった。なんとなく恥ずかしくて他人にはいえないエピソードなのだが、事実なのだった。

「よし、それじゃ上映開始！」

茂呂は『殺戮の館』のビデオをデッキに差し込んだ。デッキは視界の邪魔にならないようにソファの背後の壁際に置かれていた。すぐさまビデオプロジェクターがスクリーンに光を投射しはじめた。上映開始時刻はちょうど午後七時三十分。

茂呂は室内の明かりを消した。やがて闇のなかに四半世紀前の色彩が蘇《よみがえ》る。さながら本物の映画館で上映されているような感覚を覚えながら、流平はその世界に引きずりこまれていった。

5

「幸町の高野アパートにて若い女性一名が墜落した。付近を走行中のパトカーはただちに現場に急行されたし。くりかえす。幸町の高野アパートにて――」

時刻は午後九時四十五分。

警察無線の耳障りな声が暗い車内に響きわたると、いままで助手席で地蔵のように静かだった砂川警部はとたんに緊張した声を発した。

「なに、幸町だって！　というと、この近くだな――よしッ」砂川警部は身を乗り出すようにして無線機に右手を伸ばした。「聞かなかったことにしよう」

そして、無線のスイッチを右手の人指し指でＯＦＦ。警察無線はあえなく沈黙した。

黙っていなかったのは、運転席でハンドルを握っていた志木刑事である。

「わあ！　なんてことすんですか、警部ッ。事件ですよ、事件！　シカトしてちゃ刑事つとまんないじゃないッスか」

「お前、まだ仕事するつもりか？　懲りないやつだな。今度は火のなかに放り込まれるかもしれないぞ」

「船員同士の喧嘩ならやめときますけどね」志木も災難は一日に一回で充分という気がしていた。「でも、ひょっとして大事件かもしれませんよ」

「なあに大した事件じゃないさ。どうせ墜落事故か飛び降り自殺だろ。そんなのは県警に任せとけばいいってこと」

「あ、それ、市警がいう台詞《せりふ》じゃないでしょう。逆ならありうるけど」

「こんな凍えるような寒空の下で残業なんてしたくないし、死体も見たくない。帰って炬燵《こたつ》にはいって、熱燗《あつかん》でも飲みながら——な、そうだろ」

「駄目です。いいですね。サイレン鳴らしますよ」

「近所迷惑だな」

「社会正義です」

「勝手にしろ」

実のところ志木はこの言葉を待っていたのであった。

「では、派手にいきましょうね」

やがて、烏賊川の夜を騒がすサイレンの音が盛大に鳴り響き、道行く人々は何事かと振り向き、通行中の車両はアワを食ったように右に左に進路を変えていった。

志木は車を幸町方面へ向けて全速力で走らせた。


けたたましいサイレンの効果もあって、パトカーはたちまち高野アパート前の路上にたどり着いた。時刻は午後九時四十八分。無駄話がなかったら、もう一分早く到着できたはずだ。

現場はすでに野次馬たちが集まりはじめていた。二人の制服警官がロープを張りながら現場保存に努めている姿が見える。だが、他のパトカーはまだ一台も見当たらない。

「やった。警部ッ、僕らの車が一番乗りですよ。ラッキー！」

「べつに嬉しくないなあ。なんか貰えるわけじゃなし。おまえ、ちょっと張りきりすぎじゃないか？　海で溺れかけて元気になるなんて——異常体質か」

それもそうだな、と志木自身思わないではなかったが、それにも増してやはり事件現場特有の熱気が志木の気分を高揚させていた。これが味わいたくて警官になったといっても過言ではない。志木としてはへばってなどいられないところだった。

二人は車から降りた。志木刑事は嬉々として、砂川警部は嫌々ながら。

すでにべつのパトカーの何台かが、徐々に現場に向かって近づきつつあるらしい。いくつかのサイレンの音が遠く近くに重なり合いながら鳴り響いていた。もう数分すると、この一帯はパトカーだらけになるはずである。

砂川警部と志木刑事は野次馬をかき分けるようにしながら、二人の巡査へと近づいていった。砂川警部が無造作に右手をあげて、敬礼だか腕の体操だか判らないような仕種をすると、すぐさま巡査たちは直立不動の敬礼を返してロープを上げた。

直後から志木も続こうとすると、

「あ、こらキミ、一般人は入っちゃいかん。下がって下がって」

たちまちロープは遮断機のように彼の前を遮った。いわれなき扱いに志木は一瞬愕然《がくぜん》としたが、すぐに無理もないことと思いなおした。

「あの——すいません、こんなチンピラみたいな恰好ですけれど、僕も刑事なんですよ。ほら」

　恥ずかしさを堪《こら》えながら警察手帳を印籠のようにかざした。巡査は目を皿のように見開いて黒革の手帳を食い入るように見つめた。巡査の顔に《信じられん》と書いてあるのが、志木にも判った。

「ああ、こいつなら問題ないんだ」砂川警部が助け船を出した。「この恰好にはわけがあってだな——その、つまり、彼はさっきまで潜入捜査に従事しとったわけなんだ」

「えッ！　センニュウソウサでありますか！」巡査は感激したような声をあげた。「センニュウソウサといいますと、あの刑事ドラマでお馴染みのやつですよね。変装した刑事が暴力団なんかに入り込んで内偵するという、なんともスリリングでカッコいいやつ——そうだったんですか。それでそんな暴走族崩れみたいな恰好を！」

「うむ」砂川警部は適当な頷きで答えた。

　志木は無表情で通すことにした。まさしく暴走族崩れから借りた服だ、などとは恥ずかしくてとてもいえない。

　巡査は、さきほどの疑いの目とは一変して、今度は眩《まぶ》しいものを見るような目で志木のほうを見た。

「それは重大な任務、ご苦労さまでございますッ」

「いや、まあ、大したことではないけどね」志木はいちおう調子を合わせるしかない。

「で、センニュウソウサといいますと、やはり相手は暴力団関係で？　村川組とか丸和会とか——」

「いや」志木は正直に答えた。「海のなかだよ」

　死体は歩道の端にあり、どこからか調達された白いシーツが掛けてあった。見上げると漆黒の夜空をバックにして屹立《きつりつ》する高野アパートの姿が、まるで覆いかぶさってくる巨人のように見える。

　砂川警部は横目で死体のある場所を見ながら、

「鑑識がきてないから、まだ死体にはさわらないほうがいいな。しょうがない。それじゃ第一発見者と雑談でもしながら時間を潰すとするか」

「雑談って——事情聴取でしょう」志木が訂正したところ、

「そうともいうな」砂川警部にとってはどちらでも同じ意味らしかった。「君、第一発見者を連れてきてもらえんかね」

　君と呼ばれた制服巡査はすぐさまひとりのサラリーマン風の中年男性を連れてきた。男はこういう場面に遭遇していささか興奮気味らしく、早口に自己紹介した。

「高梨孝太郎《たかなしこうたろう》、五十一歳、運送関係の会社で労務課長をしています」

「なるほど。それでは死体発見の経緯をお話しねがいましょう。何時ごろでしたか」

「ハッキリ確認しています。私の時計で午後九時四十二分でした」

「ほう――ちょっと失礼」砂川警部は相手の左手首をとり、その横に自分の左腕を寄せて袖口をまくった。

二つの手首に二つの腕時計が光っていた。いや、正確にいうなら光っていたのは相手の高級腕時計だけで、警部の安物デジタル時計はかなりくたびれた雰囲気を漂わせていた。

だが、いずれにしても二つの時計はほぼ同じ時間を刻んでいた。

「ふむ、ただいま十時一分前。ほぼ正確なようですな」

「いえ、完璧に正確ですよ。労務管理はまず時間厳守から。これが鉄則でしてね。刑事さんの時計のほうが十五秒ほど遅れてますよ」

高梨孝太郎はなにかを誇るように胸を張った。砂川警部は少し気を悪くした様子で、

「判りました。で、その午後九時四十二分の時の状況を説明してもらえますかな」

「お安い御用です」労務課長は立て板に水で喋りはじめた。

「私は自宅に帰るためにひとりでこの歩道を歩いていました。そして、このアパートの前に差しかかったときでした。突然、歩いている私の目の前五メートルくらいのところに、ドサリと音をたてて何かが降ってきたんです。そりゃもう肝を冷やしました。誰かが私めがけてアパートのベランダから砂袋かなにか落としてきたんじゃないかと思ったくらいです。しかし、おそるおそる近寄ってみると、それが若い女だと判りました。とっさに、これは飛び降

り自殺だと思いました。そこで時計を確認しました。それが午後九時四十二分です」

「ほう」砂川警部は意外といったふうな声をあげた。「すると、あなたは死体を発見しただけではなくて、その死の瞬間に立ち会ったというわけですね。これは珍しい」

「ええ、私も初めてです、こんなことは。いまだって心臓がドキドキしてますよ」

「ご安心ください」砂川警部は平然といった。「二度はありませんから——たぶん」

「そりゃそうでしょう」

思わず志木も心のなかで叫んだ。そりゃそうでしょう！　そんな体験、二度も三度もできるものじゃない。

どうも本当に雑談じみてきたと思い、志木はまっとうな質問を横から投げた。

「あなたが駆け寄った、そのときにはもう女性はこと切れていたんですね」

「ええ、そうです。あたりに血が飛び散っていましてね。息があるなんて、とてもとても——」

「何階から墜落したものか判りませんか」

「いや、それはなんともいえません。私が見たのは女性が地面に叩きつけられる瞬間だけでしたから」

「その若い女性に見覚えは」

「いいえ。知らない女です」

「判りました」志木はひとまず質問を終えて、砂川警部にバトンを返した。

砂川警部は話の続きを促した。

「それで、あなたはその若い女性の死を目撃したあと、どうしました」

「まず警察に連絡が先だと思いました。一一〇番よりもすぐそこに交番があるので、そっちに駆け込んだほうが早いと思い、そうしました」

「なるほど。おい志木、さっきの若い巡査を呼んできてくれ。確認しておこう」

労務課長と入れ代わりで、志木は野次馬整理に余念のない巡査を連れてきた。

「名前は加藤《かとう》といいます。加藤信夫《のぶお》です。幸町交番に勤務しております」

「あ、そう」

若い巡査は警部に名前を覚えてもらいたいらしく、勢い込んで名を名乗ったが、砂川警部としては巡査の名など興味の対象外らしかった。適当に聞き流したうえで、砂川警部はいくつかの質問を投げた。それに答える形で、加藤巡査は高梨孝太郎の証言に偽りのないことを認めた。

「私のいる交番に高梨さんが駆け込んできたのは、午後九時四十三、四分といったころでしょう。事件発生が午後九時四十二分だとして、現場から交番までの距離を考えれば、当然そういう時間になるわけですから、ええ、間違いはありませんね」

「ほう、ではちょっと失礼するよ——」

砂川警部は性懲りもなく先程と同じ手順を繰り返した。巡査の制服の腕と警部の腕が並べられ、お互いの時計の確認。結果は先程と同じだった。

「ふむ、十時七分。ほぼ正確なようだな」

「いえ、自分のは文句無く正確です。二秒と狂わない最新式ですから」巡査もまた誇らしげに胸をはった。「警部殿のほうが十五秒ほど遅れてますね」

「そうか——判った」たった十五秒のことで肩身の狭い思いをする砂川警部殿だった。

「それで、連絡を受けてどうしたのかね」

「もちろん、すぐに現場に駆けつけて現場の保存に努めました」

「そして、その数分後にはわれわれが到着したということだね」

「そうです。そういった流れで間違いありません」

「ところで、君」と砂川警部は加藤巡査に尋ねた。「死亡した女性のことなんだが、君なら身許の見当くらいはついてるんじゃないのかね。君は死体の顔を見たんだろう？　おまけに周辺の住民に詳しいだろうし」

「ええ、いちおうは見ました。ただ顔はちょっとあんまり——でも背格好や髪形の感じで判るような気がします。どうもこの高野アパートの四階に住んでいる女性に似ているように見えましたが」

「ほう、四階に住んでる女性というのは誰かね」

巡査は背筋を伸ばしたままで澱《よど》みなく答えた。

「烏賊川市大に通う女子大生です。名前は確か紺野——紺野由紀といったと思いますが」

「ふーん。女子大生ねえ」

砂川警部は再び横たわった死体のほうへと目をやった。

ようやく到着した監察医及び鑑識班の手によって死体が検《あらた》められようとしているところだった。

「よし、もう持ち場に戻っていいよ、君」

「はい、失礼します」加藤巡査は直立不動の敬礼で応えて、一、二歩歩きかけたが、気が変わったようにまた振り向き、志木の前に歩み寄った。

「なにか？」志木が尋ねると、

「あの、失礼ですが」加藤巡査は非常にいいにくそうに身をよじりながら、「さきほどのお話、あれはどういう意味なんでしょう？」

「はあ」

「ウミノナカ組というような新興暴力団の噂は聞いたことがありません。聞き違いでしょうか。海野組、それとも野中組ですか。そういった名前も心当たりがありませんけど——どうも気になってしまって」

「……」

それにしてもこの加藤という巡査は随分、潜入捜査というものにこだわりが強いようだ。さては彼もまたテレビの刑事ドラマに触発されて警官になった口か。だとすれば、さきほどの軽いジョークは彼のような人間に対しては案外罪だったかもしれない。

「いや、あのねえ」

そういって加藤巡査と正面から向き合った矢先、志木の視界のなかに思いがけない人物が飛び込んできた。

「——ん？　あれは」

それは志木刑事の高校時代の同級生の懐かしい姿だった。久しぶりに見る級友の容姿は、以前と比べてほとんど変わったところがないように見えた。かつての同級生はいま、黄色いロープの向こう側、野次馬たちの群れのなかにいてこちらを見つめていた。

「あれは——茂呂！　茂呂耕作じゃないか」

「えッ」隣の加藤巡査は顔を上げて聞き返した。「なんです？」

「いや、君のことじゃないんだ」

志木は大声にならない程度に呼びかけてみようかと思った。勤務中だからあまりおおっぴらにはできないが、少しくらいはいいだろう。

そのとき、黄色いロープの向こう側にいる茂呂耕作と、こちら側にいる志木との間でお互いの視線が一瞬交錯した。しかし——

「あれ？」

次の瞬間、茂呂耕作の表情がどういったわけか、突然強張った。それは驚きとも恐怖ともとれるような微妙な表情。二人の間で一度は絡み合った視線も、すぐに解《ほど》けた。そして、それっきり茂呂耕作の姿は野次馬の群れのなかに消えていってしまった。

志木は友人の意外な反応に戸惑いを感じずにはいられなかった。どうしたというのだろう？　おれのことを忘れたわけでもないだろうに。

「あの、どうかしましたか？」

隣にいた加藤巡査が心配そうにいった。

「いや、なんでもない」志木は気を取り直すようにいった。「野次馬のなかに知り合いがいてね。でも人違いだったかな」

「おーい」背後から呼びかける声は砂川警部だった。「志木ィ、なにやってるんだ。鑑識の許しが出たから現場検証始めるぞー」

死体はベージュのトレーナーに細身のパンツ姿というラフな恰好ながら、なかなかのプロポーションをしていた。だが、美女だったかどうかを判断するには決め手が欠けていた。肝心の顔の損傷が激しく、ほとんど直視するのが困難なほどであったからだ。

ともかく誰がどう見ても墜落死体以外のなにものでもない。若い女性の墜落死は自殺の可能性が高い、と志木は独断でそう考えた。さては悪い男に捨てられでもしたのか、それとも早々と自らの将来に悲観的になったのだろうか。あるいは——

志木はさまざまに憶測を巡らせていたが、それはすべて監察医の言葉によって打ち消された。ベテラン監察医はその所見において、極めて重大な事実を指摘していた。

「女性の死亡推定時刻は午後九時四十五分前後。死者はおそらく相当な高さから地上に叩きつけられたものと思われ、顔面の損傷や全身の打撲などはその際のものと思われます」

「もちろん、それが死因と考えてよろしいのでしょうな」

砂川警部は、それ以外の死因など夢にも思っていなかっただろう。

「いいえ。そうは一概にいえません」監察医は慎重に答えた。「墜落の際にできた外傷の他に、背中にも一カ所刃物で刺されたと思われる傷があります。どちらが致命傷だったかは、現時点では判断できませんね」

意外な事実に思わず砂川警部が声をあげた。

「待ってください、先生。刃物で刺された傷ですって！　それはどういう意味なんでしょう」

「どうもこうも、それが事実ですから仕方がありません。まあ、少なくとも自殺ではないというい方はできるでしょうね。背中を自分では刺せないでしょうから」

「それじゃ——これは殺人ですか」

「さあ。それを判断するのはそちらの役目でしょうけど、いちおう私が判断するに、被害者は何者かの手によって背中を一突きされて、そのあとで突き落とされたと考えるのが普通なんじゃないでしょうか」

「では、凶器は？」

「おそらくは小振りのナイフではないかと思われます。それも肉厚なものではなく薄くて鋭いものの可能性が高いでしょう」

「死亡推定時刻は午後九時四十五分前後で間違いないんですね」

「それはもう」監察医は特別に力を込めていった。「これだけ新しい死体ですからね。誤差数分でバッチリ示せなければ本職とはいえません」

労務課長高梨孝太郎の証言によれば、死体が地上に降ってきたのは午後九時四十二分である。まさしく誤差は数分しかない。見事なもんだと、志木は感心した。

ともかく話ここに至って、死者は単なる死者ではなくて《被害者》と呼ぶべき人物であるらしいことが判った。

問題は被害者の身許であった。被害者の持ち物は一切なく、着ているものから判断することも不可能だった。顔はつぶれている。加藤巡査は背格好や髪形から紺野由紀という名前を導き出していたが、果たしてそれで正しいのだろうか？

とりあえずアパートの管理人が呼ばれて死体と対面した。管理人は老人だったが、これま

たしっかりした口調で、

「四〇三号室の紺野さんに似てますなあ。髪形や——それに着てるものも以前に見かけたような気がするんで——たぶん、そうだと思いますけど」

被害者の身許は、やはり烏賊川市大に通う女子大生、紺野由紀らしい。

砂川警部と志木刑事はさっそく紺野由紀の居室である四〇三号室に向かった。四階までをエレベーターで昇り部屋の前に立つ。玄関には鍵は掛かっていなかった。なかに入ると、空気が温かい。部屋の灯《あかり》は点《つ》いていた。それでいて人の気配はない。大声で呼んでみたが虚《むな》しく沈黙が応えるばかりだった。

砂川警部が先に踏み込み、志木は後に続いた。

部屋の様子に乱れたところはない。テレビ、ラジカセ、テーブルに椅子、ストライプ柄のカバーが掛けられたベッドも綺麗なままだった。ただ、石油ファンヒーターが無人の室内を温めつづけているのが、不気味に思えた。凶行を連想させるような殺伐とした雰囲気はない。ただ静かでどこか寂しい空気が漂っているのが感じられた。

ただひとつの異変はモスグリーンのカーペット上に染みとなって残されていた。

「おい！　見ろ、志木ッ」

「あ、これは——」

志木はすぐさましゃがんで、その染みに指先を浸した。志木の指先は絵の具がこびりついたように朱に染まった。それはまだ生々しさの残る血痕だった。

6

いっぽう、また話は前後してしまうが、茂呂宅のホームシアターにて午後七時半からスタートした映画は八時、九時と円滑に上映を続けていき、そろそろクライマックスを迎えるところである。

ところで『殺戮の館』というマイナーな大作映画について知ってる人は少ないだろう。ならば映画の詳細な内容について説明を加えたいところではあるのだが、小説ならば長編に値するこの大作映画の粗筋を簡潔に文章化するのは難しい。ここは、流平が観た印象だけを述べておこう。

『殺戮の館』はとにかく滅多やたらと人が死ぬ映画である。ある一軒の西洋屋敷に偶然集まった老若男女が次から次に殺されていく連続殺人の話。現実にはありえないが、物語としてはありがちな話である。

おそらくクリスティーの『そして誰もいなくなった』あたりに範をとっているのだろうということは馬鹿でも判る。

そういえば一九七〇年代のミステリ大作ブームを支えた作品群としては、先に述べた《横溝映画》と《清張映画》のほかに、もうひとつ忘れてならないものがあった。それは《クリスティー映画》である。

『オリエント急行殺人事件』や『ナイル殺人事件』や『クリスタル殺人事件』などでは、どういうわけだかイングリッド・バーグマンやらエリザベス・テーラーやローレン・バコールといった《今は昔》の大スターたちが顔を並べ、その特異なキャスティングから《墓掘り映画》の異名をとったものである。

そう思って観てみると、『殺戮の館』もかつての有名スターたちが無闇に名を連ねていることに気づく。やはり、ブームに追従した制作姿勢がここにも表れているのである。

殺人は合計七回繰り返される。死者の数七人。犯人は大忙しである。

犯人は誰？　目的は何？　とお決まりのサスペンスが盛り上がっていくためには一人二人殺すくらいでは足らなかったのだろうが、それにしても七人である。

なるほど、これなら上映時間二時間半を要するのも無理はないな、と流平は少々呆れながら観ていたほどだ。

最終的にはこの手の趣向ではお決まりのように、実は六番目に死んだアイツが犯人だったのだ、という意外な（しかしながら手練《てだれ》のミステリ通にとってはあまりに平凡な）結末で映画は終わる。

探偵役が犯人でなかったことに、流平は密《ひそ》かに胸を撫で下ろしたものである（そういった趣向もわりと多いので)。

全体としては盛り込みすぎの感は否めない。映画としてもミステリとしても。そんな印象を抱きつつも、では流平は退屈しっぱなしだったのかというと、そうではない。むしろ逆である。面白かった、というのが彼の感想だった。

殺人場面はどれも凝っていて悪くない。刺殺あり、絞殺あり、毒殺あり、墜落あり、というバリエーションの多彩さは――悪趣味な譬えでいうならば――まるで《殺人幕の内弁当》のようである。

殺人と殺人の合間に通常描かれる人間ドラマの部分がバッサリ省いてあるということも流平の好みには合っていた。

もちろん話の奥行きは感じられないが、そのぶん物語にテンポが出て、かえって退屈せずに済むのがなによりだった。

実際、連続殺人を描くミステリに人間ドラマが本当に必要なのだろうか、という疑問は以前から流平のなかにあった。

複雑に絡み合った人間関係はミステリにつきものだが、それを延々と説明されたあげくの果てに、結局、理解不能で不完全燃焼に陥る、というのがよくあるパターンだからだ。

特に映画についてはそれでしくじった作品は枚挙に暇《いとま》がない。

流平の観た限り『殺戮の館』は、そういった失敗からは逃れているように思えた。

文字通り連続して殺人場面が繰り広げられる、ただそれだけの面白さを追求した映画。流平の『殺戮の館』に対する印象はそんなふうだった。

もっとも、映画の印象というものは人によって大きく違うものだ。流平は隣に座っている茂呂が、ハッキリそれと判るような大きな欠伸《あくび》を何度か繰り返しながら観ていることに気がついていた。どうやら彼の感性は、この映画に馴染まなかったようだ。

やがて上映は滞りなく終了した。

流平はソファのなかでひとつ大きく伸びをした。「いやあ、なかなかオモシ――」――ロイ映画でしたね、といおうとしたのだが、茂呂の言葉がそれを遮った。

「まだ十時だな。ひさしぶりに一杯やろうじゃないか」

「おッ、いいですね。やりましょう、やりましょう」

流平はいままで何度もこの部屋で茂呂にビデオを観させてもらったが、実のところ一杯やらずに帰ったことなど一度もない。この夜も最初からビデオ鑑賞とその後の酒宴はワンセットとして流平の考えのなかにはあった。

「よし、それじゃあ、これから酒とツマミでも買ってこよう」

「あ、おれいきますよ。コンビニでしょ」

「いや、このあたりのコンビニは酒をおいてないんだ。知ってる酒屋があるから、そこで買ってくる。おまえ、しばらくここで雑誌でも読んでいてくれ」

「そうですか。それじゃあ、そうします」

ホームシアター内の一隅には本棚があり雑誌類がおいてあった。雑誌といってもすべて映画雑誌である。「キネマ旬報」や「映画芸術」「シナリオ」さらには「イメージフォーラム」等々。映画青年たちの教科書がずらりである。眺めてるだけで丸一日潰れそうな量である。

「それから――」

「は？」

「機械類には触らないでくれよ」

これはいつもの警告だった。茂呂はこのホームシアターの機材については、ほとんど誰にも触らせない主義らしい。だからこの場を離れるときには、この警告を発することを忘れない。

「判ってます。大丈夫ですって」

「それじゃな。すぐ戻る」

流平の言葉を聞いて安心したように茂呂は彼のホームシアターを出ていった。

しかし、すぐ戻るといったわりには、茂呂はなかなか戻ってこなかった。

近所の酒屋といっていたが、そんなに遠いのだろうか？　隣町まで買いにいったわけでもあるまいに――。

流平がちょっと不安を感じはじめたころに、いきなりホームシアターの分厚い扉が開いた。茂呂だった。彼の手には「花岡酒店」と青い文字の入ったビニール袋がぶらさげてあった。袋の口からは日本酒の瓶の細い首が見え隠れしていた。

「やあ、待たせて悪かったな」茂呂はビデオデッキのほうに目をやりながら、「やれやれ、十五分もかかっちまったか。申し訳ない。ちょっといろいろあってね」

デッキに内蔵された時計のデジタル表示は午後十時十五分を示していた。

頭をさげながら、茂呂は音響機材の端っこにあるCDプレーヤーのスイッチをONにした。スピーカーからは大きめの音量でハードロックが流れだした。

流平は音楽には詳しくないが、茂呂が聴くのは大抵エアロスミスか藤あや子だから、おそらくはエアロスミスのほうだろう、と判断した。もちろん正しい判断である。

いままでシンと静まり返っていた室内が一気に賑やかな雰囲気になった。というより、ちょっと騒々しいくらいだ。もう夜も遅いし、これで近所から苦情がこないのだろうか、と流平はちょっと心配になった。

「大丈夫なんですか。こんなに大音量でハードロックなんかかけて」

「心配ないさ。完全防音だからね。映画だけ楽しむんじゃもったいないだろ。この部屋はいわば、映画とロック、それから深夜の宴会のための空間だといっていいくらいだな」

「なるほど」

いわれてみればそのとおり。流平の安普請のアパートでこれくらいの時間に友人たちと酒を飲もうものなら、きまって隣近所から苦情が出るのである。このシアター内に限ってその心配はないわけだ。

「たいしたものは買ってこなかったけれど、まあ、好きにやってくれよ」

そういいながら茂呂は、袋から続々と酒とツマミを取り出していった。清酒「清盛」の四合瓶二本。缶チュウハイが二缶。柿ピー、ポテトチップスに一口サラミ、チーズ鱈《たら》、ピスタチオナッツ。二人の酒宴には充分すぎるものだった。

「まずはチュウハイで乾杯だ。おい、おまえなにかいえ」

「え、僕ですか？ それじゃ月並みですが、お互いの健康と発展を祈って——って、こんなんでいいんですかね」

「いいよいいよ。よしッ、健康と発展を祈って乾杯！」

「かんぱーい」

流平は景気のいい掛け声とともに、チュウハイの缶を高々と掲げた。将来の発展についてはともかくも、当分は健康でいられることについてはなんの疑いも感じていない流平であった。

「ところで、茂呂さん」流平はさきほどから気になっていたことを尋ねた。「いろいろあったって、なんのことです？ ほら、さっき帰ってきたときに、そんなふうにいいましたよね」

「ああ、そのことか。うん、ちょっとした事件に遭遇してね」

茂呂はチュウハイを一口二口啜ってから、こんなことを話しはじめた。

「この花岡酒店っていう店、すぐそこなんだけどな、その店のちょうど道一本挟んだ真向かいに高野アパートっていうのがあるんだよ」

「はあ——え、高——」流平は思わず聞き返した。

「高野アパート」

「はあ、はいはい」

流平の心臓は急に鼓動を早めていた。実をいうと、高野アパートなら彼にとっては隣近所のパン屋よりも馴染み深い。彼を衝撃的な言葉でもって振ったあの紺野由紀が住んでいたのが、他ならぬ高野アパートなのだ。

彼女と別れて早くも一カ月近くが経過しようとしていた。もちろん、彼女は男と別れたからといって引っ越すような可愛げのある女ではないから、いまでもそこに住んでいる。流平は別れて以来彼女のアパートに足を踏み入れたことはなかった。

「その高野アパートがどうかしましたか?」

流平は心の動揺は内に秘めつつ、なに食わぬ顔で話を促した。

「うん、おれがさっき花岡酒店に買い物にいったときのことだ。店先からふと見ると高野アパートの前に人だかりができてたんだよ」

「へえ」

「おまけにあたりにパトカーが何台も停まっててさ」

「パトカー? 泥棒でも捕まったんですか」

「いや、どうやら飛び降り自殺があったらしい」

「え! まさか――」と、叫びかけて流平は口をつぐんだ。まさか紺野由紀じゃないでしょうね、といいかけたのだが、こんな質問は茂呂にしてもしようがない。なぜなら茂呂と紺野由紀とは、お互いに面識がないはずだから。

「どうかしたかい?」茂呂は訝《いぶか》しげに流平を見た。

「いえ、べつに――ハハハ、べつに自殺なんて珍しくはないですよね、ハハハ」

笑い声はぎこちなく響いた。可笑《おか》しくもないのに笑うってのは難しいものだ、と流平は思った。心のなかでは様々な憶測が駆けめぐっていた。まさか紺野由紀が飛び降り自殺なんて――いや、まさか。きっと他の誰かだろう。でも、ちょっと気になることは確かだった。あり得ない話だとは思うのだけれど。

茂呂は流平の気持ちなど頓着しない様子で話を続けていた。

「いやあ、珍しいよ、このあたりで自殺なんて。しかも飛び降りだよ。酒屋の花岡さんも驚いてたみたいだったけどさ。それで、おれもついつい野次馬根性が出てね」

「見物したんですか？」

「いや、まあ、見物ってほどじゃないけどね。ほら、人だかりができてると、なんとなく加わってみたくなるだろ。行列ができてると並びたくなるのと同じでさ」

「ハハ、やだなあ、ラーメン屋じゃあるまいに。ハハハ、で、なにか見えましたか」

やっぱり気になった。死んだのは誰なのだろう。とりあえずそれが知りたかった。

「いや、結局のところなにも。べつに死体を目の当たりにしたわけでもないし――まあ、そういったわけで買い物に十五分も時間がかかっちまったという、早い話がそういういいわけをしたかっただけなんだけど。おや、どうかしたかい？　顔色が悪いぜ」

「いえ、なんでもありません――あ」流平は咄嗟《とっさ》の思いつきを口にした。「僕もちょっと見てこようかな、その自殺の現場ってやつを」

「おいおい本気かよ」茂呂はあからさまに顔をしかめながら、「よせよせ、そんな野次馬根性丸出しにするのは――って、おれも他人のことはいえないけどな。でも、本当だぜ。わざわざ、見にいくほどのものじゃない。他人の頭と野次馬整理の警官が見えるだけだろうよ」

「でも、誰が死んだのか気になるなあ」とうとう流平は本音を口に出した。

「なーに、どうせ身寄りのない年寄りか、それともリストラされたサラリーマンあたりだろ。最近、多いからな、その手のニュース」

茂呂はもうその件についての話は終わりにしようといったふうで、グビグビとチュウハイを一気に飲み干した。

「ふーん、まあ、そうかもしれませんね」

確かに、その可能性は高い。いや、きっとそうだ。明日の新聞には片隅に小さく「リストラ会社員飛び降り」の文字が並ぶのだ。よくある話だ。本当に珍しくもない。流平は自分で自分を納得させようとした。そしてふと思った。おれ自身いったいなにに動揺しているのだろうか、と。

別れた彼女が高野アパートの住人であり、その高野アパートで自殺があった。ただそれだけのことなのだ。飛び降りたのが彼女であるという話でもなんでもない。どうせ別の誰かが飛び降りただけなのだろう。そうに決まっている。

もし仮に――本当に仮の話だが――紺野由紀が飛び降り自殺したのだとして、それがどうしたというのだ。元の彼氏であるおれにとっては悲しくもなんともない話ではないか。

だいいち、そんな話はありえない。紺野由紀なんて自殺するようなタマか！

どちらかといえば、自殺の可能性があるのは、フった彼女よりもフラれたおれのほうだろう。もちろんおれは自殺するほどヤワじゃない。せいぜいヤケ酒を飲んでバス停でクダを巻いて、それからタクシーのなかで運転手さんに迷惑かけて――ハ、結構、ヤワかもね。

流平の思考は千々《ちぢ》に乱れながら、次第にヤケクソ的になっていった。

まあ、いいや――結局はそれが結論だった。考えるだけ馬鹿馬鹿しくなる。無意味なことで気を揉《も》むのはやめよう、と流平は強く思った。

「おい、どうした。さっきから全然進んでないじゃないか。もっと飲めよ。景気よく」

そういわれて、流平は思い出したようにまた飲みだした。

しばらくは雑談めいた話が続いた。いつしか缶チュウハイは空になっていた。

茂呂はそれを見て、すぐさま清酒「清盛」の四合瓶に手を伸ばした。

「よし、次は日本酒で——あ、しまった」

茂呂が舌打ちして頭に手をやった。

「どうしました?」

「おれ、まだ風呂に入ってない」

そういえば、そうだった。流平は茂呂に勧められて、来る早々に風呂を使わせてもらったが、茂呂自身はまだなのだった。

「困ったな。今日は髪を洗おうと思ってたんだけど——あんまり酔ってから風呂に入るのはよくないんだよな。眠くなっちまうし」

「風呂のなかでですか?」

「溺れかけたことがあるんだよ。マジで。鼻のすぐ下あたりまでお湯に浸《つ》かりながら、グーグーってやってたらしいんだ。あのときも酔ってたな、確か」

すごい体験である。でも、まさか溺死までいくことはないだろうけど。

「どうぞ。僕のことだったら気にしないでくださいよ。僕、上がるとき風呂の栓は抜いておきましたから、お湯入れればすぐ入れますよ」

「そうか。うーん、いま何時だ？」

「十時半ですよ」流平はビデオのデジタル時計で確認した。

「十時半か。お湯を入れてゆっくり入っていたら十一時過ぎになっちまうな。仕方がない。それじゃあんまり待たせるのもなんだから、さっとシャワーだけ浴びてくることにしよう。

悪いな、なんだか待たせてばっかりで」

「いえいえ、全然平気ですよ」

「それじゃ、ここにあるもので勝手に飲み食いしていてくれよ。なるべく短時間で済ませるようにするからさ。悪い。申し訳ない」

茂呂はそんなふうに頭を下げながら、再びホームシアターの扉を開けて出ていった。

「どーぞ、ごゆっくり」

流平は茂呂の背中に一声かけて送りだした。彼の後ろ姿には普段と変わったところなど、微塵《みじん》も見られなかった。十分後か、遅くとも十五分後にはまた茂呂と一杯飲みながらバカバカしい話に花を咲かせることができる。それはいちばん確実な未来のように、流平には思えた。

7

だが、十分が経ち十五分が経過しても茂呂は戻ってこなかった。

いっぽう、流平はホームシアター内にひとり残された気安さも手伝って、映画雑誌に夢中になっていた。「キネマ旬報」に連載中の某有名映画評論家の日本映画批評が非常に面白かったのである。ついつい引き込まれてしまい、最新号から時間を遡《さかのぼ》る恰好で、二月上旬号、一月下旬号、一月上旬号――と読みつづけていたら、本当に時間を忘れてしまっていた。いや、忘れていたのは時間ばかりではない。

ハッ、と我にかえると、いつの間にやら、目の前の「清盛」の四合瓶は中身が半分ほどに減っていた。それればかりではない。ツマミの類も随分と食い散らかしてしまっていた。どうやら、あまりにもリラックスしすぎて、勝手に飲み食いしすぎたようだ。いくら茂呂が「好きに飲み食いしていてくれ」といったからといって、これでは遠慮のない奴と思われかねない。

「これは困ったぞ」と、流平は一瞬思ったが、いやそんなことよりも――。

もっとおかしなことに、ようやく流平は思い至った。

茂呂はいったいいつまでシャワーを浴びているつもりなのだろう。いいかげん、姿を現してもいいころではないだろうか。そもそも、おれという客人を待たせたままで長々とシャワーを浴びていられる神経というのがおかしい。そのあたりはわりと細やかな配慮の行き届く人だというのが、流平の茂呂についての印象だった。

流平はようやく時計を確認した。なんと午後十一時だった。ということは茂呂はもうかれこれ三十分間もシャワーを浴びているということになる。そんなに長いシャワーがあるだろうか。

それとも、なにかアクシデントかな、と流平は考えた。

うむ、これは充分考えられることだ。ひょっとして、風呂場で貧血でも起こして転倒してるなんてこともあるかもしれない。あるいは、やはり気が変わって湯船にお湯をためて肩までつかっていたところ、睡魔に襲われて湯船のなかで居眠りとか——いや、湯船のなかならいいようなものだが、湯のなかで眠ってるなんてことになったら、危険極まりないことである。そういえば、チュウハイ一本とはいえ、それなりにアルコールのはいった状態で茂呂は風呂に向かったのだ。まずい。これは絶対になにか起こったのに違いない。

流平はさすがに心配になって立ち上がった。とたんに足元がふらついたのは、やはり流平自身もかなり酔いが回りはじめていたからだろう。流平は酒は好きだが、強いほうではない。ふらふらした両足を踏ん張ってホームシアターの重い扉を開いて廊下に出た。

シアター内では聞くことのできなかった水音が急に流平の耳に飛び込んできた。あきらかにシャワーの放水が風呂場のタイルを叩く音だと判る。ということは、茂呂はやはり何事もなくシャワーを浴びつづけているだけなのだろうか。

シャワーの音に混じって、外からバリバリというオートバイの空吹かしの音も聞こえた。こんな夜中にバイク修理でもしているのだろうか。近所迷惑なやつがいるものだ、と流平は頭の片隅で思ったりした。だが、いまはそれどころではない。

「茂呂さん」

廊下から脱衣場に首だけ出した状態で呼びかけてみた。脱衣場には洗濯機が置かれて、残りの畳一枚ほどのスペースは板張りで、傍らに小さな洗面台がある。流平は脱衣場のなかに入っていった。

ガラスサッシの引き違い戸を隔てた向こう側が浴室である。流平はそちらに呼びかけた。

「茂呂さん」

だが、二度の呼びかけにも返事はない。相変わらず単調な水音が響いているだけだ。水音のせいで聞こえないのだろうか。今度は大声で、

「茂呂さーん、聞こえますかー！」

だが、その途端にバリバリバリプスンと破裂音混じりのバイクの排気音。ああ、やかましい。とにかく返事はない。絶対におかしい。湯船で居眠りだろうか。それとも貧血か。とにかく緊急事態だ。流平は脱衣場と浴室とを仕切ったガラス戸に手を掛けた。引いてみたところ、

なかから鍵が掛かっているわけでもなく、戸は滑るようになめらかに動いた。

浴室内は濛々《もうもう》と立ち込める湯煙で、視界は極めて悪かった。それでも異変に気がつくのに時間はかからなかった。それは予想外の光景だった。

浴室のタイル張りの床の上。茂呂は窮屈そうに身体をよじるような恰好で、ややうつぶせ気味に倒れていた。壁のフックに掛けられたシャワー口からは間断なく熱い湯が流れ落ちていた。湯は横たわったままの茂呂の身体の上、そしてその周辺のタイルの上を激しく叩き、飛沫が四方八方にとび散っていた。

なにより予想外だったことは、茂呂が裸ではなく服を着込んだ状態だったということだった。グレーのフリースがすっかり水を含んで、黒っぽく変色していた。

「申し訳ない」と謝りながらシアターの扉を出ていった、そのときの恰好のままで茂呂は倒れていた。ということは、茂呂はシャワーを浴びて貧血を起こしたのではないのか。いや、そもそもこれは貧血なのだろうか。

貧血にしてはおかしくないだろうか。シャワーの湯はさきほどから盛んに茂呂の顔のあたりに打ちつけているというのに、なんの反応も示さないとは——瞬間、流平の頭は混乱した。いったい、なにが起こったのだ！

「茂呂さん！　だ、大丈夫ですか」

流平は慌ててシャワーを止めて茂呂の身体を抱きかかえた。途端に流平の背筋に凍りつくような衝撃が走った。

明らかになにかが違っていた。茂呂の身体には力がなく、顔には表情がなかった。身体は温かくも感じられるが、果たしてこれは体温なのだろうか。絶え間なく湯を浴びつづけ、温められているだけではないのか。

流平は茂呂の剝《む》き出しになった喉に手をやって脈を診ようとした。だが、脈は見当たらなかった。おかしい。そんな馬鹿なことがあるものか。流平は大いに焦った。だが間違いではなかった。

「し、死んでる——なんでだ!」

慌てふためきながらあたりを見回していた流平の目に、床の端にある排水口が飛び込んできた。たったいままで茂呂の身体を洗っていた湯が、すべてそこに流れ込もうとして一本の筋を形作っていた。

流平はドキリとした。その湯の流れのなかに、なにか赤いものが混じっているようなのだ。あれはなんだろう。あれは——血か? あれは血なのか?

流平は服を着たままの茂呂の身体を探った。うつぶせ気味になっていた体勢を仰向けにして、顔から首、胸、腹と順次見ていった。腹部から右脇腹あたりのフリースの色がものの見事に変色していた。元々のグレーが濃い赤、というよりどす黒い色にいまは見える。

こわごわと顔を寄せて、試しに右の腰のあたりを手で触れてみると、指先はたやすく朱に染まった。

目眩《めまい》がしそうだった。気力を振り絞って茂呂の身体を少しだけ横にずらしてみる。右脇腹に顔を寄せて見るとフリースのその部分に明らかな裂け目が見つかった。

そしてその最中《さなか》、なにか硬質なものとタイルとが触れ合うようないやな音が響いた。首を曲げるようにして、フリースの裂け目のその下側を覗き込んでみた。すると、いままで身体の下敷きになって視界に入ってこなかったのだろう、一本のナイフがタイルの上に転がっているのが判った。

刃渡り十二、三センチほどの薄っぺらな、しかしその分切れそうなナイフだった。

状況はなにが起こったのか、明白すぎるほど明白だった。

茂呂はまさしくそのナイフで右脇腹をフリースの上から刺されて死んだのだ。もちろん殺されたのだ！　これは殺人だ！　それ以外になにが考えられるものか。

まったく、このときの流平は少しも冷静ではなかった。理論的な考えや思慮深い行動とはまったく無縁で、頭には熱い血が昇っていたはずである。

流平は茂呂の死体から離れてゆらゆらと浴場を出た。それから、それから、それから——

いや、それからのことは流平自身よく覚えていない。どうやら彼は脱衣場で卒倒したらしい。それが貧血なのか躓《つまず》いて転倒したものなのか、それさえよく自分では判らなかったほどだ。

映画でいうならば、突然画面が揺れ動きながら焦点がブレていき、そのままフェードアウトといった感じだろうか。昔の作品ではよくあった表現だ。そういえば最近は見かけないようだが。

とにかく気を失った流平はそこからしばらくは逃げるでもなく警察に通報するでもない、単なる時間の浪費を余儀なくされたのである。

第三章　事件二日目

1

　やれやれ、それにしても嫌な夢を見たものだ。死体の出てくる夢を見たのは、上野正彦著『死体は生きている』を面白がって読んだ日の夜に一度あったきりだから、今回で二回目だ。それにしてもなんでそんな夢を見たものか。

　そうそう、昨夜は『殺戮のナントカ』っていう、人がジャンジャン殺されていく映画を観たんだ。そのせいだな、きっと。しかし、今回の夢は以前に見たのよりも遥かにリアルな感じだった。死体に触れた感触も、とても夢のなかとは思えないほど生々しく印象に残っている。夢というより、鮮明な映像を体感したといった感じだ。

　風呂場の死体。排水口に流れ込む血。転がったナイフ。ヒッチコック・タッチの夢なんてものもあるんだな。もっとも『サイコ』のあれは風呂場というよりはシャワールームだったっけ。殺されるのも美女、確かジャネット・リーだ。おれの見たのは少なくとも美女じゃなかったようだ。

そういえばあれは、いったい誰の死体だったろう。あれは、確か見覚えのある人物だったようだ。あれは、そう、茂呂さんだった。間違いない。でも、なんで茂呂さんなんだ？　死なれちゃ困るってのに——あれ？

「ハッ——！」

夢ではなかった。脈絡のない思考の果てに待ち受けていたものは、過酷な現実だった。

流平は自分が薬品臭い板の上に寝そべっていることに気がついた。目を開けてみた。驚いた。目の前に見えるものは、普段なら決して目にするはずのないもの——それは洗濯機の脚だった。

自分がどういった状態でどこに横たわっているのか、答えが出るのに時間はかからなかった。流平は茂呂家の脱衣場の板の間で、洗濯機の隣に並ぶ恰好でひっくりかえっているのだ。

首、そして身体を起こしてみた。身体全体がバリバリと音をたてそうなほどに強張っていた。特に首筋は酷《ひど》く痛む。寝違えたのだろうか。

「アイテテテ——」

首筋を押さえながら、流平は思わず顔をしかめた。

あたりは暗い。まだ夜なのか。いや朝だ。ぼんやりではあるが明かりは感じられる。でもなにか変だった。

そして流平は気がついた。明かりが消えているのだ。昨夜、自分は死体を発見して卒倒してしまった。したがって電気を消すようなことは一切やっていないのだ。にもかかわらず脱衣場の電気は消えていた。脱衣場ばかりではない。浴室も、廊下も、すっかり暗くなっている。誰かが消して回ったのだろうか？

流平は試しに壁のスイッチをいじってみた。なんの反応もなかった。

「停電だ――」

そういえば、昨夜の国営放送の天気予報が雷雨とかなんとかいっていたのを流平は思い出した。きっと自分が気を失っている間に雷でも落ちて停電してしまったのだろう。

とにかく時間が知りたい。時計を確認しようと思って左手を見たがスウェットシャツの袖口が見えただけで、そこに腕時計はなかった。そういえば、昨夜風呂に入ったときにはずして、そのままジーンズのポケットにいれたのだった。

流平はよろめきながらなんとか立ち上がり、洗濯機の上の籠《かご》のなかに放り込んであった自分のジーンズを取り出しポケットを探った。出てきた安物の腕時計は午前九時半を示していた。ということは十時間程度は、ひっくりかえっていたという計算になる。これは驚くべき時間の浪費だったが、いまさらどうしようもないことだと諦めるしかなかった。

頭がズキズキ痛むのは昨夜の酒のせいか。それとも卒倒した際に床に打ちつけたのだろうか。原因はともあれ、どこもかしこも痛むことに変わりはなかった。できれば、もうしばらく寝ていたかった。今度はぜひやわらかな布団の上で、しっかりと身体を伸ばしながら——。

だが、いまの流平にはそれはまだ無理な願いだった。

昨夜見たあの悪夢のような光景が、悪夢でないとするならば、ジッとしているわけにはいかない。だが待てよ——流平は慎重になった——あれは本当に現実だったのだろうか。茂呂は本当に死んだのか？　流平の胸のうちに、いまだ信じられない思いが湧き上がってきた。

「どうか夢でありますように——神様仏様天神様竜神様」

天神竜神にお願いしてもはじまらないのだが、ただ黙っていたのでは気持ちが萎《な》えてしまいそうだった。流平は無意味な言葉で自分を奮い立たせ、緩慢な動作で半開きになったガラス戸の向こう側をのぞきこんだ。何事もなく、ただ誰もいない平和な浴室であってほしい。それが唯一の願いだった。

幸か不幸か、そこに広がる光景は昨夜のままだった。

昨夜、浴室全体に立ち込めていた湯気が消えてなくなっていることと、死体が数時間分古びてしまったことを除けば、他は同じだった。茂呂は昨夜、何者かに殺害され、それ以来ずっとここに放置されたままなのだ。気の毒に——いや、そもそも流平が一晩気を失っていたことこそ問題なのだ。これ以上時間を浪費するわけにはいかなかった。

「と、とにかく警察に連絡を」

流平は風呂場から廊下に出て居間に足を運んだ。電話は居間にあった。受話器を取ろうと右手を伸ばしかけたときに、なんとなく気になることがあって、流平は右手を引っ込めた。指紋のことだ。この受話器に犯人の指紋が残っていたとしたらどうだろう。流平がなんの考えもなしにこの受話器を握ったことによって、後の捜査に重大な支障をきたすようなこともないとはいえない。

だいいち、流平は生まれてこのかた一一〇番通報などということをしたことがない。まあ、誰だってそうだ。しかし、元々が電話で話すのが苦手な流平のこと。正直なところ、一一〇番には腰が引ける気分だった。

ならば、いっそ近所の交番に駆け込もうと彼は考えた。白波荘から交番までは、歩いて一分の近さである。電話でウダウダ説明するよりも、そのほうが手っとり早いはずだ。それに正直なところ、もうこの部屋にはこれ以上いたくない。それもまた流平の偽らざる本音だった。

流平は大急ぎで服を着替えた。腕時計もはめた。脱ぎ捨てたスウェットの上下は洗濯籠のなかに放り込んだ。そして流平は玄関に向かった。

玄関の壁のフックにはあるじを失った黒いコートが昨日のままに掛けてあった。鉄の扉に鉄のノブ。頑丈だけが取り柄のような玄関扉を前にしながら、流平は焦って靴を履いた。それからハンカチを取り出し、それでノブ全体を覆うようにしながら把手《とって》を握った。いちおう残されているかもしれない指紋を消さないための配慮である。気休めかもしれないが、流平自身は大まじめだった。

流平はノブを回して強く鉄扉を押した。扉は軋《きし》みながら開いた。が、次の瞬間流平は信じられない光景を目の当たりにし愕然となった。

流平の目の前、数十センチのところで一本の鎖がピーンと張り詰めていた。チェーンロックだった。もちろん扉はそれ以上開くはずもなかった。玄関扉は内側から完璧に施錠されていたのである。誰が閉めたのだ？　それが謎だった。


流平の困惑をなんと表現したらいいものだろう。

くぐれるはずの遮断機がくぐれなかったときのような、あるいは通れるはずの自動改札機にとおせんぼをくらったような――いやいや、そんな生易しいものではない。なぜ、この玄関に内側から鍵が掛かっているのか！　尋ねたくとも尋ねるべき相手がいないことで、流平の戸惑いはさらに増幅された。

「密室」という二文字が脳裏に浮かんだ。だが、そうと決めつけるのはまだ早すぎる。外部に通じる道筋は、なにもこの玄関ばかりではないのだから、まずはその点をチェックすることが先決だった。

流平はとりあえず警察に駆け込むという当初の予定を保留にして、開けかけた玄関扉を再び閉めなおした。

流平は居間へとって返し、部屋中をぐるりと眺めた。居間にある出入口といえばベランダに通じるサッシ窓ひとつきりだった。この部屋は一階だから、この窓から外のベランダに出られれば、あとはなんの問題もない。では、なぜ茂呂を刺し殺した犯人は玄関から逃げるのでなく、ベランダから逃げるという不自然な手段を講じなければならなかったのか、という根源的な問題はこの際脇に置いておくことにして、流平はさっそくサッシ窓を調べた。

調べるのには五秒とかからなかった。

錠はごく一般的な三日月錠《クレセント》だった。文句のつけようのないほど完全な状態で閉まっていることは、ひと目で判った。サッシと窓枠の間にも不自然な隙間などは見当たらない。となると、犯人が逃亡の際にこの窓を開けて外に出たとしても、外からこの三日月錠を掛けることは不可能に違いない。どうやら犯人がこのサッシ窓から外に逃げていったとはどうしても考えられない状況である。とすると他の窓か。

流平は再び浴室へととって返した。ここにも確かに窓はあった。だが、その窓は明かり採りと換気を主な目的としたもので、全開にしても斜めに十センチくらいしか開かないスライド式の窓である。人間の出入りは到底無理で調べるまでもなかった。流平は半開きになっているその窓を静かに閉めた。外から誰かに覗かれることを心配したからである。

流平はホームシアター内に移動した。だが、ここには窓がない。元々は居間と同様のサッシ窓があったはずなのだが、いまではスクリーンの向こう側に隠れてしまっているのだ。それも、ただ単にスクリーンが窓を覆っているのではない。茂呂がより完全な防音を求めて遮音に優れた断熱材を四方の壁に張りめぐらせたため、その窓自体が完全に塞《ふさ》がってしまっているのだ。防災上は問題ありだが、犯罪防止についてはこれ以上無いといっていい。つまり、通り抜けは絶対に不可能なのである。

無駄と思いつつ流平は台所に足を向けてみた。いちおう小さな窓はあるが、ここも三日月錠が掛かっている。だいいち、この窓は外側にアルミ製の格子が付いているから、仮に三日月錠が掛かっていなかったとしても、やはり通り抜けは不可能である。

ではトイレは——流平はそう思ってトイレの扉を開けてみたが、またすぐに閉めるしかなかった。ここもシアター同様、窓はなかったのだ。

玄関、居間、ホームシアター、風呂場、台所、トイレ——他にはもう調べるところがないではないか。いや、待てよ——！

流平は不意に思いついたひとつの可能性に、にわかに緊張した。この2Kトイレ・バス付の空間が完璧に内側から施錠されているということは——そして、それにもかかわらず浴室では確かに茂呂が刺されて死んでいるということは——犯人はまだこの閉ざされた空間の内部にいるということではないのだろうか。

理論上はそういうことになる。

しかし、理論上正しいことでも現実的な意味においてはありえないことだ、と流平はすぐにこの考えを打ち消した。茂呂が殺されたのは昨夜のことなのだ。そしていまは、もう朝の十時に近い。殺人事件の犯人が事件後半日経過していまだ現場に止《とど》まりつづけているなどということが、現実的なこととして果たして考えられるものだろうか。よっぽど気の長ーい犯人を想定しないことには、それは無理だ。

事実、流平はいまこの住居の窓という窓を調べ、部屋という部屋を歩いて回ったが、どこにも人の姿はなかった。人が隠れるのに相応しいと思える隙間も、この空間にはほとんどないといっていい。せいぜいソファの裏側に隠れるか、クローゼットのなかか、あるいは——いや、それぐらいだ。たった二カ所である。およそかくれんぼには不向きな住居といわなければならない。

それでも流平はいちおう念のため、その二カ所を確認してみた。が、やはり殺人犯はおろかゴキブリ一匹にさえお目にかかることはできなかった。

さて、困ったことになった。ここは考え所である。流平は妙に腹が据わったような気分になって、居間のソファにどっかと座って思考を巡らせた。

どうやらこれは「密室」である。もう、そう宣言しても差し支えないだろう——もっとも、宣言したところで聞いてくれる相手がどこにもいないのがつらいところ。流平はひとりで悩み、ひとりで考えるしかなかった。流平の自問自答は延々と続いていった。

問題は、警察に連絡するべきか否かという点だった。

もちろん常識的には連絡するべきなのだろう。それが善良な市民の務めであることくらいは、流平も知らないわけではない。たとえ自分が善良な市民の端くれかどうか、という部分に若干の疑問があったとしても、やはり務めは務めである。

しかしながら――

善良な市民の役割を演じるにしては、もう随分と時間が経ちすぎているのではないだろうか。その点が不安だった。なにしろ事件からすでに半日である。いまさら、一刻を争って警察を呼んだところで、彼らはなんと思うだろうか？

警察はもちろん流平のことを怪しむに違いない。しかも密室殺人なのだ。現場にいたのは流平と茂呂だけ。片方が被害者ならばもう片方が自動的に犯人とされても仕方のない状況である。流平にしてみれば極めて不利といわざるをえない。これでも善良な市民の務めを実直に果たすべきなのだろうか？

流平の迷いは容易には解けなかった。

ならば、いっそのこといま掛かっている玄関のチェーンロックを解除して、ここから立ち去るか。その瞬間に密室も存在しなくなるわけだし、そうなれば警察も流平を自動的に犯人に仕立てるわけにはいかなくなる。元々、流平には茂呂を殺す動機がないのだから、案外容疑者とも思われずに済むかもしれない。

警察は警察で茂呂の死体を発見したら、その交友関係を調べあげて容疑者を割り出し、あとは手荒な手段で吐かせるか、あるいは泣き落としで攻めるか、いずれにしても犯人を捜し出してくれるだろう。そうなれば、流平は一切事件とかかわりあいにならずに済む。

流平にとっては理想的である。だが、そううまい具合にいくだろうか？

たぶん無理だ。流平は悲観的になった。

流平はこの部屋にいまさら隠しきれないほどの痕跡を残していた。指紋はもちろん、浴室にはきっと彼の頭髪も残っているはずである。警察は科学捜査はお手の物だろうから、本気になって調べれば遅かれ早かれ流平の存在にたどり着くに違いなかった。そのときになって「すいません、面倒に巻き込まれるのが嫌で逃げました」では、おそらく向こうも納得しない。結局は容疑者扱いが待っているわけである。

では、どうするべきか。

いよいよ行き詰まった流平は、とりあえず友人に相談することにした。頭の片隅に「よろこびは人に話すことで二倍になり、悩みは人に話すことで半分になる」という例の言葉（確か『ラジオ人生相談』の名文句だ）が浮かんだせいかもしれない。

2

流平はデイパックから手帳を取り出して眺めた。数少ない友人連中の電話番号のなかから牧田裕二を選んだのは、とりあえず一番親しい関係であることと、わりあい物事をサクサクとこなしていく彼の性格に期待したからである。

流平は電話番号をたどたどしくプッシュした。呼び出し音がしばらく鳴りつづけた。こんな大事な電話のときに限ってなかなか出てくれない。出るまで延々と鳴らしつづけてやろうか、とヤケクソめいた考えを持ったころに相手は出た。

「はい、もしもし」

特有の張りのある声の感じで牧田裕二本人だと判った。とりあえずはホッとした。友の声に励まされる気分だった。

「牧田か。おれだ。戸村だ」

「ああ、流平か。どうしたんだ、慌てたような声して」

自分では普通に話しているつもりなのだが、やはり切羽詰まった気分は隠せないようだ。

「うん、実は、その、なんといったらいいか——」流平はいいよどんだ。自分の置かれている立場をどう表現すればいいのだろうか。「実は、大変なことに巻き込まれちまったらしいんだ」

「ああ、そうらしいな」

この牧田裕二の何気ない一言に、流平は思わず「あッ」と声をあげそうになった。うっかり掌《て》から受話器を落っことしそうになるのを、しっかりと握りなおして、流平はまた平静を装った。

「そうらしいって——どういう意味だ？　なにか知ってるのか」

「ああ、さっき聞いたよ」牧田は抑揚のない声で、「ほんと、おまえも大変なことになったよな」

「そ、そうか」流平は意味が判らないまま頷く。「聞いたって誰から聞いたんだ？」

「うん、ついいましがた二人組の刑事がやってきたんだ」

「け、刑事！」

「あれ、おまえのところには、まだきてないのか」

流平の脳味噌はフル回転で牧田の言葉の意味を探りはじめた。《大変なこと》《二人組の刑事》《おまえのところには、まだきてないのか》。どうやら自分の周囲で大変なことが起こっているらしい、ということは判る。ただし、それはいまこの瞬間に茂呂が浴室で冷たくなっていることとは、別の話としか考えられない。いくらなんでも、茂呂耕作殺害事件が公然と捜査の対象になっているわけがない。死体はまだこの場所に——この部屋の隣の浴室のタイルの上にあるのだから。それを知っているのは、自分だけなのだから。

それじゃ、二人組の刑事はなにを探っているのだ？　なぜ、牧田裕二のもとに現れるのだ？

混乱する頭を抱えながら、流平はとりあえず聞かれたことだけには答えようとした。

「おれのところには、まだ警察はきてないな。そのうちくるのかな」

「そりゃくるに決まってるだろ。おまえの彼女なんだからな」

流平の胸がドキリと激しく高鳴った。「おれの彼女って——」

「ああ、悪い悪い」牧田は軽い口調で謝った。「元彼女というべきだよな」

紺野由紀だ！　牧田が喋っている《大変なこと》は茂呂のことではなく、紺野由紀にまつわる事件らしいと判った。そこまで判れば、さすがに勘の悪い流平でも見通しがついた。

昨夜、買い物に出かけた茂呂が高野アパートで墜落事件に遭遇した話をしてくれた。その高野アパートには紺野由紀が住んでいる。そして今日になって、警察が彼女の関係者たちに話を聞いて回っているらしい。導き出される結論はひとつしかなかった。

昨夜、高野アパートで墜落死を遂げたのは紺野由紀だったのだ。

だとすれば刑事が彼女の友人知人に話を聞いて回ることも頷ける話だ。牧田裕二のところにも、そして元彼氏の流平のところにも、話を聞きにきて当然のことといえる。

「しかしなあ、おまえも災難だよな。刑事たち、おまえのこと疑ってたみたいだったぜ。まあ、別れた直後に彼女のほうが墜落死だから、元彼氏のおまえに疑いの目がいくのも判らない話じゃないけどな」

「ちょ、ちょっと待てよ。おれが疑われてるって——彼女、紺野由紀は殺されたのか？　自殺じゃないのか？」

「あれ、おまえ新聞読んでないのかよ」

「え、うん――」

「彼女、殺されたんだぜ。背中を刃物で刺された後で部屋のベランダから突き落とされたんだってよ。ひッでーことするやつがいるもんだよな、まったく。どんな恨みがあったか知らねーけどさ」

「……」

「しかしまあ、まさかおまえじゃないよな。いくらフラれてむしゃくしゃしてたといってもなあ。そうだろ」

「お、おまえがやったのか！」

「――ま、まさか」

えらいことになった。流平はあまりの衝撃で頭のなかが真っ白になった。茂呂が殺されたことについて牧田裕二に助けを求めるはずが、ここでさらに紺野由紀の死についてまで疑いをかけられるなんて。「人に話すことで悩みは半分」どころではない。いまや悩みは二倍である。

流平は暗澹《あんたん》たる気分になって、もはや返事をすることさえ億劫《おつくう》だった。

「おい、どうしたんだよ、流平。大丈夫か。元気だせよ」

「ああ——そうだな、ありがと——それじゃな」

「おい」

「はあ?」

「おまえなにか用件があって電話してきたんじゃなかったのかよ」

「ああ——いや、とくに用事はないんだ。ただ紺野が死んだっていうことを誰かと話したかっただけだ。それじゃあな」

流平は咄嗟の嘘をつき、相手の言葉を待たずに受話器を置いた。結局は、茂呂のモの字も口に出せないままだった。まったく、なんのための電話だったのか判りゃしない、と流平は舌打ちした。

紺野由紀が墜落死したという事実を知ることができたのは良かったけれど、こちらの状況としてはなにも変わっていない。むしろ悪くなっている。

自分は現時点ですでに紺野由紀の死についての関連を疑われているらしい。そして、いま風呂場にある茂呂の死体が公になれば、それについても自分が疑われることは避けようがない。二重苦だ。さすがに能天気な流平でも、この状況で自分の未来に対して楽天的にはなれない。このままでは自分は逮捕されるだろう。そして無実を証明できる保証はどこにもないのだ。

いままでにない恐怖を感じずにはいられなかった。

それから流平が急遽とった行動は、これから先の物語をひどくややこしくするものだった。後々、流平自身も自らの軽率さを悔やむことになるのだが、この時点の彼はそこまでは気が回っていなかったのである。

流平は大急ぎで、受話器の指紋を拭き取った。さらにソファやテーブル、ドアのノブ、サッシ窓、照明のスイッチなど、昨夜から今朝にかけて自分が手を触れたと思う部分を片っ端からハンカチで拭いてまわった。もちろん一〇〇パーセント完全に拭いきれるものではないし、そこまでする必要もない。流平はこの部屋に何度も遊びにきているのだから、ちょっとくらい彼の指紋が残っているのは問題にはならない。だが、あまりたくさんではまずい、と流平は考えた。彼がこの部屋の最後の訪問者であることが、指紋の量から容易に推察できてしまうからである。

流平はさらにホームシアターのほうに回り、同様に指紋を拭ってまわった。そしてビデオデッキの上に置かれていた『殺戮の館』のテープを自分のデイパックのなかに仕舞った。

それが済むと、テーブル上に残されていた飲みかけの日本酒、チュウハイの空き缶、くいかけのツマミ類などを花岡酒店のビニール袋にいれた。未開封の日本酒やツマミなどはもったいないような気もしたが、やはりここに残しておくわけにはいかないので、同じようにビニール袋に放り込んだ。袋の口はきつく結んで、右手に持った。

説明するまでもない。流平はとうとうこの殺人のあった部屋からの逃走を決意したのである。いや、逃走を決意などというい方は毅然としていて立派すぎる。むしろ《トンズラこく》というようないい方のほうがピッタリくるだろう。

もちろん、この状況において逃げるということは、褒められないばかりではなく、自らの立場を苦しくする行為に他ならない。とんでもない悪手である。

だが、人間究極的に追い詰められるととんでもない悪手を打つものらしい。

流平もそのことには薄々気がつきながら、やはり弱気の虫に打ち勝つほどの精神力は持ち合わせていなかった。

流平は自分のデイパックとどこかで捨てるつもりのビニール袋を持って外に飛び出した。

腕時計の針は午前十時半を回っていた。

3

流平は全力で逃げていた。だが、その姿は事情を知らない街の人の目にはただコソコソと早歩きしているようにしか見えなかったはずである。

それはそうだろう。誰かに追いかけられているわけでもないのに、真っ昼間の街中をただひとり全力でツッ走っている男がいたら、かえって目立つではないか。

目立たぬように平静を装いながら、それでいて素早く現場を離れたいという矛盾した感情を抱きながら、流平は歩いた。でも、ときどき走った。

アパートを出てすぐのところにある幸町公園を横切った際、見つけたゴミ籠のなかに例のビニール袋を放り捨てた。似たようなビニール袋がいくつも籠のなかには捨ててあったので、流平が捨てた証拠品はたちまち紛れて判らなくなった。うまい具合だと思った。

ふと見ると、ビニール袋やペットボトルなどに混じって、真新しい新聞紙がきれいに折り畳まれて捨ててあった。拾い上げて日付を確かめてみた。案の定、今日の朝刊だった。

牧田裕二の話では新聞に昨日の高野アパートでの事件が載っているらしい。しかもそれは単なる墜落死ではなくて殺人事件として載っているのだという。

流平は胸の高鳴りを感じながら、恐る恐る社会面を広げてみた。隅から隅まで素早く目を通してみたが、女子大生の墜落事件を報じた記事は見当たらない。

だが、待てよ、ローカル面かもしれない。そう考えてそちらに目を通してみたところ——あった！


【女子大生謎の墜落死】

二十八日午後九時四十五分ごろ、幸町の高野アパートの四階に住む女子大生の紺野由紀さん（二十歳）がアパートの上階から転落したのを、たまたま通りがかった会社員が目撃し付近の交番に通報した。すぐさま警官が駆けつけたものの、紺野さんはすでに死亡していた。

警察の調べによると、紺野さんには墜落の際に負ったとみられる外傷の他に、背中にナイフのようなもので刺された傷があった。警察では、殺人事件と見て捜査を進めている。

「やっぱり殺人なのか」

あらためて意外なことだと思った。昨日の茂呂の話によれば単なる墜落死、あるいは飛び降り自殺といったニュアンスだったはずだ。だが、事実はそうではなかったらしい。

「午後九時四十五分か」

そのころ自分はなにをしていただろうか、と流平はしばらく考え込んだ。そうそう、昨夜の午後九時四十五分といえば、茂呂と一緒に『殺戮の館』を観ていた時間帯だ。簡単なことを思い出すのにえらく時間がかかった。

映画がちょうどクライマックスあたりに差しかかったころ、ほんのわずか離れたところにある高野アパートでは紺野由紀が何者かの手によって殺害されていたということになる。

それは不思議な気分だった。とても同じ町の同じ夜の出来事とは思えないほど、流平は彼女の死から離れた場所にいたような気がした。実際には高野アパートと白波荘とは幸町公園を挟んで徒歩一分の近さだというのに。

そしていま、こうして新聞での報道を目の当たりにしても、流平はどこかリアリティの欠如したような頼り無さを感じてしまうのだった。それは紺野由紀の死よりも、もっとなまなましい茂呂耕作の死を体験したせいかもしれなかった。

不思議といえば流平の置かれた立場こそは不思議としかいいようがないものだった。昨夜の流平は、元彼女である紺野由紀の死からほとんど一時間半と間を置かずに、今度は白波荘で茂呂耕作殺害事件に遭遇したということになるわけである。

世の中に、こんな禍々《まがまが》しい夜があるだろうか。

しかも、困ったことには、流平は紺野由紀殺害事件について完璧なアリバイを持っていながら、それを主張することができない。なぜなら、そのアリバイを証明してくれるはずの茂呂がすでにこの世のものではないからだ。

世の中に、こんな不運な男がいるだろうか。

そして最大の不運は、いま自分が警察に追われているという事実だった。だが、この現実は否定しようがない。自分が警察でもやはり真っ先に戸村流平を疑うはずだ。それくらい自分の立場は悪いのだと流平は確信していた。

そこで流平の下した結論。

とりあえず逃げる。警察に捕まったりしたらロクなことはない。実際、自分の無実を証明できるような理屈などまったく思いつかない。

いまはただ逃げの一手しか思い浮かばない流平だった。

流平はなるべく人通りの多い通りを選んで歩いた。すれ違う人達の姿が、どれも警察関係者のように見えて仕方がなかった。実際、高野アパートはすぐ傍《そば》なのだから周辺で警官と出くわす危険性は高かった。いきなり制服の警官に取り押さえられたりするのではないだろうか。そんな不安を感じながら歩いていると、流平の心臓の鼓動はまるで駆け足する者のように速まっていくのだった。

たまらなくなった流平は電話ボックスに駆け込んだ。逃げるにしても協力者が必要だ。流平はある人物に助けを求めることにした。

ある人物というのは、性別でいうと男、年齢でいうと三十四歳、続柄でいうと姉貴の元の夫であるから、つまり流平からすると元義兄ということになり、早い話がいまは赤の他人。職業でいうと私立探偵ということになる。

ひょっとすると、この緊急時に「探偵に助けを求めよう」などと考える流平のことを不審な思いでみる読者もいるかもしれない。随分、突拍子もないことをいいだすヤツだ、と。「探偵だって? バカバカしい。そんなものは探偵小説かフィルム・ノワールの世界にしか存在しない架空のヒーローさ」

なるほど。そのような考え方のほうが一般的ではあるだろう。実際、そこそこの都会に住む者も、街を歩きながら《探偵事務所》の看板を目にすることは稀《まれ》だ。コンビニやドラッグストアの店舗、若者のたむろするファストフードの店や行列のできるラーメン屋はそこかしこにあっても、《探偵》の事務所に出くわすことなど、およそ皆無といっていいはずだ。日本には《探偵》も《探偵事務所》も存在しない、アメリカにでもいかない限り実物を目にすることなど不可能なのだ、そう早合点している人がいても不思議ではない。

ならば、試しに電話帳の頁をめくってみてほしい。いや、青いやつではなくて黄色いほうのやつだ。タウンページ？　そういう呼び方もあるか。

「た」の行を上から順に追っていくと、「体育館」があって「大学」とある。さらに「耐火材料」「大工職」……いや、後ろから探していくほうがウンと早いはずだ。「段ボール」「暖房機器」「断熱工事」それから、ほらあった。「探偵」だ。もちろん「か」行から「興信所」を探すというやり方もあるだろう。両者は実態は同じだから、同じ頁にたどり着けるはずだ。では、さっそく「興信・探偵」の頁に目を通してもらいたい。

ちなみに、いまこの瞬間、流平が手にしている電話帳は烏賊川地域のものなのだが、八百頁になんなんとするその分厚い一冊のなかで「興信・探偵」の占める頁数はなんと十頁以上もある。これすなわち、大都市圏から幾分離れた中小都市にさえ実に百軒を超える「探偵事務所」および「興信所」が存在するということの証に他ならない。

もちろん、実際の探偵の数は電話番号の数よりもさらに多いと考えていいだろう。大変な数である。しかもこれは烏賊川市とその周辺だけのものであるから、東京や大阪ともなればその数は半端なものではないはずだ。

実態はともかく、数的にいえば、都市においては探偵という存在は決して小さなものではないということが判る。利用者もそれなりに多いのだろう。

ところで話は唐突に変わるが、探偵と葬儀屋は宣伝をしないものと決めつけている人がいるかもしれない。実は流平も昔はそう思っていた。

だが、現実はそうではない。探偵という業界も、他の業界と同様に宣伝には結構気をつかっているらしいのだ。

大手の探偵社ともなると、自社ビルの写真を誇らしげに掲げ、機動力と組織力をアピールし、イメージキャラクターとして安心と信頼を感じさせる有名俳優を起用するといった具合である。効果はテキメン、電話がジャンジャンという様子が目に浮かぶようだ。

だが、いま流平がアテにしている探偵というのは、そういった大手探偵社の一員ではない。《彼》は文字通りたったひとりで個人探偵事務所の看板を掲げているのである。したがって、悲しいことに大手のような広告戦略は望むべくもない。《彼》の事務所には流平も何度かいったことがあるが、雑居ビルの三階で見栄えは極めて悪い。機動力も自慢できるほどのものではない。組織力に至ってはゼロである。売りになるポイントがない。

ならば、せめてキャッチコピーくらいは恰好良く決めたいものだ、と《彼》は考えたそうだ。

「探偵は眠らない」といったようなやつを——これはたぶんアメリカ製だろうけど。

結局、電話帳に載った《彼》の探偵事務所の広告は、控えめな名刺大のもので、その内容はこんな具合である。

鵜飼杜夫《うかいもりお》探偵事務所
Welcome trouble!
TEL××—××—×××

「トラブル大歓迎」というこの言葉は、いまは亡き映画評論家淀川長治氏が度々口にしていた文句である。探偵事務所のコピーとしてもなかなかではないだろうか。

実は、このコピーを考えてやったのが、なにを隠そう流平自身なのである。鵜飼杜夫探偵と流平との縁はこのように結構深い。おまけに、すでに説明したとおり彼は流平にとっての《元・義理の兄》なのだ。流平がとりあえずいま頼りにできそうなのは、まさしくこの人物しかいないのだった。

流平は捜し当てた電話帳広告を脇において、さっそくナンバーをプッシュした。

受話器の向こう側で呼び出し音が鳴りつづけるのを聞きながら、流平は期待と不安がないまぜになったような気分で落ちつかなかった。

確かに、キャッチコピーには「トラブル大歓迎」と謳ってはいるが、果たして鵜飼杜夫探偵は、いま自分が直面しているようなトラブルを大歓迎してくれるだろうか——それがいささか疑問に思えるのだった。


数度目の呼び出し音が鳴りおわったところで、相手が出た。

「はい、こちら鵜飼杜夫探偵事務所です」

やや鼻にかかったような声には聞き覚えがあった。間違いなく探偵本人である。流平はとりあえずはホッとした。

「僕です。流平ですッ、御無沙汰してますが」

「ああああッ——はあはあ」

電話に出るなり顎《あご》が外れでもしたのではないか、というような奇妙な声が流平の耳に飛び込んできた。

「あの、僕です。戸村流平です。判りますか」

「ああ、はいはい。いやー、その節はどうもお世話になりました」

「はあ——」思わずキョトンとしてしまう流平だった。「その節って——どの節？」

「申し訳ございませんッ！」

いきなり強い調子で謝られてしまった。わけが判らないまま流平が思わず口ごもっていると、鵜飼探偵のほうから一方的に喋りだした。

「実はただいま来客中でございまして、ええ、その件につきましては若干のご説明が必要かと思いますので、ええ、申し訳ございませんけれど、そうですね、もう十五分ほどいたしましたらこちらからお電話差し上げますので、えッ！　そちらからお電話いただけるのですか？　さようですか。それではお待ちしております」

「あ、あのー」

「それでは十五分後にお電話お待ちしています――はいッ、はいッ、それでは失礼します」

そして電話は一方的に切れた。

いったいなんだったのだ。流平は意味が判らないまま受話器を戻した。しばらく考えてみてようやく「ははん、なるほど」と思い浮かぶものがあった。鵜飼探偵が伝えたかったポイントは「来客中」という部分だったのだろう、と流平は判断した。

では、その客とは誰か。たぶん警察だ。牧田裕二のところに電話したときにも、「たったいま警察がきた」という話が出ていたではないか。おそらく、いまの電話は鵜飼杜夫探偵事務所が刑事たちの訪問を受けている最中にかかってしまったのだろう。刑事たちの目的はもちろん流平に違いない。どうやら警察は本気で流平を捜し回っているらしい。鵜飼探偵は紺野由紀の死と流平がどういった関係にあるのか、あるいは無関係なのか、もちろん知らない。

そこで機転を利かせた鵜飼探偵は、あたかも第三者からの電話であるかのように装って刑事たちを煙に巻いた、といったところに違いない。

ところで鵜飼探偵は「十五分後にお電話お待ちしています」と念を押すように繰り返していたようだ。これはもちろん十五分経過して刑事たちが帰っていったころに、また電話してこいという意味にとるべきだろう。

流平は電話ボックスのなかに居すわってさらに十五分間を費やした。ボックスから一歩でも外に出ようものなら、たちまち誰かに見咎《みとが》められるのではないか、という恐怖感があった。流平は意味もなく電話帳を捲《めく》るなどしながら時間をつぶした。幸い、電話ボックスの前に行列ができるようなことはなかった。きっちり十五分後に、流平は再び鵜飼杜夫探偵事務所の番号をプッシュした。もし本人以外の人が出るようだったら、すぐに切るつもりで待った。三度のコールがあってから相手が出た。

「はい、こちら鵜飼杜夫探偵事務所」

「僕です、戸村です」

「おお、結構結構」電話の向こうの鵜飼が満足そうにいった。「なかなか察しがいいじゃないか。正直いって折り返しの電話が貰えるかどうか、心配していたんだよ。君からすればわけの判らない電話だったろう、さっきのやり取りは」

「ええまあ、ちょっと驚きましたけど。ところで、さっきはどういった状況だったんですか。

来客中っていってましたけど、やっぱり警察ですか」

電話の向こうで「ヒュウ」という口笛の音が響いた。探偵はご機嫌らしい。

「それも大正解だ。よく判ったね。君が電話をくれるほんの少し前にやってきたんだ。二人組でね。昨夜の紺野由紀さんとかいう女子大生の墜落死について捜査中だといって、君の居場所を聞きにきたんだ。もちろん、僕は君の居場所なんか知らないし、教えてやるつもりもなかったんだけどね」

「そこに、偶然僕が電話してきたというわけですね」

「そういうことさ。うっかり君の名前を口に出しそうになって、こっちも冷や汗をかいたよ。ところで、君。警察は紺野由紀さんの墜落事件について君を疑っているようだ。まさかとは思うけど——実際のところはどうなんだい」

「いいえ、とんでもない。僕はなんにもしてませんよ。君が疑われるような状況でもあるのかな？」

「そうかい。警察はもう少しなにかいってたようだったけど」

「なにかって——なにを？」

「なんだか、酔っぱらった君が駅前で『あの女、ぶっ殺してやるーッ』って騒いでたとかいう話だ。実話なんだろ、これ」

「そ、そんな話まで警察の耳に——」

いったい誰が喋ったのだろう。余計なことをする奴だ！

「なんでも場所が場所なんで目撃者が百人単位でいるらしい。君も騒ぎを起こすときは場所柄をわきまえたほうがいいね」

「……」

流平は猛烈な脱力感に襲われながら、なんとか受話器を握りつづけていた。

「と、とにかく、僕は彼女の墜落死とは無関係です。あれはたぶん自殺でしょう——いや、新聞には殺人と出てたから殺人かもしれませんけど。とにかく僕じゃありません」

「だろうね。それなら話は簡単だ。なんにもやましいところがないのだったら、そうそう逃げ隠れする必要もない。警察にいけばいいじゃないか。多少面倒臭いことは確かだけれど、あらぬ疑いをかけられ続けるよりはマシだろう。どうだい。なんなら、一緒についていってやってもいいけど」

「いえ、それがそういうわけにはいかないんです」

「気掛かりなことでも？」

「実は、大変なことになったんですよ——なんていうか、面倒なことに巻き込まれてしまって。ちょっと電話じゃ説明しきれません」

「ふうん。君もいろいろ背負い込む男だね。それじゃあここにくるかい？　それとも僕がそっちにいこうか？」

本当は、向こうから迎えにきてもらえれば、それが一番ありがたいのだが、それでは甘えすぎのような気がした。そこで、ついつい流平は多少強がってみせることにした。

「僕がそっちにいきます」

「それじゃ待ってるよ」鵜飼は軽くそういった後、やや厳しい口調になって、「ひょっとするとビルの入口が見張られている可能性がある。裏口から入って非常階段を使うんだ。そっちはたぶん大丈夫だから」

「えッ、えッ、あの――」

「それじゃあ、また後で」

電話は切れた。どうやら流平は《たぶん大丈夫》なやり方で鵜飼杜夫探偵事務所を訪ねなければならないらしい。やっぱり無闇に強がってみせるもんじゃない、と流平は強く反省した。

4

鵜飼杜夫探偵事務所の入っている雑居ビルは駅の裏口にある。北東に延びた狭苦しい道路から、さらに細くなった路地を通り抜けたところで、周辺には同様の雑居ビルが立ち並んでいる。ビルの外壁にはバーやクラブなどのケバケバしい色のネオンサインがこれでもかこれでもかと存在を主張しあっている。いわゆる歓楽街の外れに位置する探偵事務所といっていい。

それが立地条件として都合がいいのか悪いのかは判らない。おそらくは「安心と信頼」を売り物にしている大手探偵社ならば、こんな場所では営業しないだろう。しかし「トラブル大歓迎」が売り物の鵜飼探偵としては、相応しい場所に事務所を構えたといえるのかもしれない。

流平はタクシーで駅裏に乗り付け、そこから歩いて歓楽街を横切った。

途中、蝶ネクタイ姿の痩《や》せた男に「早朝サービス」を勧められたが無視した。なんの早朝サービスだったのかは判らなかったが、そういえば朝飯を食べていなかったということに気がついた。でも、いまのはたぶんパンと珈琲を出すモーニングサービスではなかったな。無視して正解だったようだ。また今度にしよう、と流平は先を急いだ。

流平は鵜飼にいわれたように、裏手から雑居ビルに近寄っていった。周辺に注意を払い、いちおう誰もいないことを確認すると脱兎の如く非常階段を駆け上がっていった。しかし悪いことに螺旋《らせん》階段である。一気に三階にたどり着き、錆だらけの鉄扉を開けてビル内に身体を滑り込ませたときには、息があがって目がクラクラした。日頃の運動不足はこういった非常時に露《あらわ》になる、と流平は思い知った。

目の前に冷たく薄暗い廊下が延びていた。このビルの半分は空室だと聞いている。夜になれば騒々しいらしいが、いまは日中なのでシンと静まり返っている。流平は廊下のなかほどにある一室の前に立った。

扉には白いプレートに黒い文字で看板が掲げてある。

「鵜飼杜夫探偵事務所」

そして、やはりその隣には「ウェルカム・トラブル」の文字が並んでいる。それだけのもので、実に素っ気ない。

これひとつとってみても、探偵が商売熱心でないことはよく判る。

流平はベルを鳴らした。すぐに扉が薄めに開き、鵜飼の見慣れた顔が現れた。

鵜飼杜夫探偵は探偵にはうってつけの人物である。中肉中背で顔つきも取り立てて目立つところがない。喜怒哀楽の変化に乏しい表情は、眼鏡や髪形や髭の具合で怖そうにも優しそうにも見える。教壇に立てば教師に見えるだろう。公園のベンチに座ればリストラされたサラリーマンにも見えるだろう。もちろん職業が職業だから、刑事のふりをするのも大の得意である。いっさいの装飾を省き、着古した背広姿で街を歩けば、ほとんど人目につかずに済むだろう。逆に最新のファッションに身を包めば——まあまあ、そこそこカッコイイお兄さんに見えるかもしれない。

「目立たないことは探偵の最大の武器だ」と彼は豪語するのだが、目立とうにも目立つ要素がないというのが本当のところだろう、というのが流平の見解だった。

「やあ、早かったね。誰にも見つからなかったかい？」

「ええ、たぶん大丈夫だったと思いますけど」

そういいながら、流平は事務所のなかに素早く足を踏み入れた。事務所内は暖房が効きすぎるほどだった。流平はいままでの緊張が解けた安堵《あんど》感と室内の暖かさのせいで、たちまち脱力し、そのまま手近にあった椅子の上にドスンと身体を沈めた。

「ふむ。ずいぶんとお疲れのようだね。ま、話はゆっくり聞くとして珈琲でもいれよう。警察はさっききたばかりだから、もうしばらくはこないだろうし。――あ、お腹減ってるかい？」

流平は猛烈な速度で首を上下させた。

運ばれてきた珈琲は墨汁かと見まがうほど濃く苦かったし、添えられていたフランスパンは厚紙のようにぱさついていた。とても食えたもんじゃない――だが、その墨汁と厚紙は数分で流平の胃袋に納まった。きっといまの彼ならば泥水と段ボールを出されてもおいしく頂いたことだろう。空腹は最高の料理人である、とは誰の吐いた名言だったか。

「それでは話を聞かせてもらおうか。なにがあったのかな。事件に巻き込まれたようなことをいっていたようだけど」

「そうなんです。まあ、聞いてくださいよ」

流平は昨夜の出来事のいっさいがっさいを語って聞かせた。記憶している範囲のことは包み隠さずに、会話もできるかぎり忠実に再現してみせた。身振り手振りまで交えて流平は語り尽くした。さながら《ひとり再現フィルム》といった具合だ。

鵜飼探偵は書類やら筆記具やらが乱雑に散らばったデスクの前で、ひじ掛け付きの椅子に腰を下ろしていた。それなりに熱心に聞いている様子だった。話を遮ったり、中途で質問を加えたりすることはなかった。

「要するにこうだね」

鵜飼は流平の話をひと通り聞き終わると、今度はそれを要約にかかった。

「昨夜、君は午後七時に茂呂耕作のアパートを訪れた。白波荘の一階の四号室だ。そして君は一風呂浴びた後の午後七時半からホームシアターにて茂呂耕作と一緒に映画のビデオを観た。映画は河内龍太郎監督の『殺戮の館』。上映が終了したのは午後十時ちょうどだった」

「ええ、そうです」

「ビデオ上映が終わると茂呂耕作は酒屋に買い物に出かけ、その途中で高野アパートで起こった墜落事件の現場をひやかして十五分後に戻ってきた。つまり十時十五分だな。君と茂呂氏はそれから十時半くらいまで一緒にチュウハイを飲みながら、その墜落事件などについて喋った。それから茂呂耕作はひとりで風呂に向かい、君はひとりでホームシアター内で雑誌と酒に夢中になっていた。そして午後十一時、茂呂氏の長風呂が気になった君が風呂場を覗いてみると、そこでは茂呂氏が刺されて死んでいた。君はそれを目の当たりにしたショックで失神して倒れた。ここまでが昨日だね」

「そうです」

「そして今日だ。午前九時半に目覚めた君は再び死体を確かめて、交番に向かおうとしたところで玄関の扉がチェーンで内側から施錠されていることを知った。おまけに玄関以外、人の通れそうな窓を調べても、すべて内側から施錠されていた。部屋のなかに何者かが潜んでいるわけでもなかった。すなわち密室というわけだ。君は助けを求めるつもりで牧田裕二君に電話したが、かえって紺野由紀の死のことを知らされてショックを受けた。そこで君は現場に残されていた遺留品や指紋などを片づけてトンズラこいた。途中で、幸町公園で昨夜飲み食いした酒やツマミ類を捨てた。そして僕のところに電話してきた。そういうわけで、いま君はここにいる。こんなものでいいかな」

「だいたい、そんなところです。なんか、国語の試験みたいですね」

「国語の試験?」

「『この物語の要旨を三百字以内でまとめなさい』みたいな感じだなーと思って」

「君、意外に呑気《のんき》だな。危機感のかけらも感じられない。まるで他人事《ひとごと》のようだ」

「実際、他人事なんですよ」流平は不貞腐れ気味にいった。「僕はなんにも関わっていませんからね」

「でも、警察はそうは考えてくれないだろうな。それはともかく、これは面白い事件だな。

実に面白い」

「密室ですからね」

「密室もだが、その密室についていま現在、把握しているのは君と僕だけだ。警察はまだなにも知らない。その状況が面白いと思うのだよ。腕が鳴るってもんだね」

「へえ、鵜飼さん、密室殺人を扱った経験とかあるんですか？」

「……………」

「無いんですね」どうやら探偵は口先だけで《密室》を語っているらしい。「大丈夫なんでしょうね」

「大丈夫だとも。まかしてくれたまえよ。当社は小規模ながら《トラブル大歓迎》をモットーとしてお客様の数々の期待に応えてきたのだからね」

「それ、僕が考えたコピーですけど」

「あ、そうだっけ。ま、いいじゃないか」鵜飼は頭を掻《か》きながら、「とにかく、質問を二、三いいかな」

「どうぞ」

「紺野由紀に恨みを持っていた人物に心当たりは？　もちろん、君以外で」

最後のひとことはどうも引っ掛かる。

「僕はべつに彼女に恨みなんて持ってませんよ」

「それじゃ駅前で大騒ぎした話はなんなのかね。バス停の看板にしがみついて『あのクソ女めー』っていうのは——」

「わ、もうその話はやめてくださいよ」流平は焦って打ち消した。「それに『クソ女』とはいってないですよ、たぶん」

「いったかもしれないじゃないか」

「…………」

「ほら、黙り込んだ」

「クッソーッ」

「ほら、やっぱり。いま『クソー』っていったね。きっと心のなかでは『このクソ探偵』って思ったんだろうね。君、意外に短気なところがあるようだ」

「誘導尋問ですよ、それ。自分で怒らせておいて人のこと短気だなんて」

「紺野由紀に恨みを抱いていたことを認めるかね」

「——判りました。いちおう認めます。でも僕が殺したんじゃないですよ」

「判ってる。で、君以外に彼女に恨みを持っていた人物は？」

「さあ、知りませんね。でも、これは想像ですけど、彼女は僕を振った時点で他の男に乗り換えた可能性があるんじゃないでしょうか。だとすれば、その他の男との間にトラブルが起こっても不思議はないわけで——これって動機になりますよね」

「他の男がいればの話か。頼り無いね。もうちょっと具体性のある容疑者はないのかね」

「思いつきません」

「警察が手っとり早く君に狙いを定めるのも無理のない話だな。判った。それじゃ茂呂耕作についてはどうだい。彼に恨みを抱いていた人物というのは、いるかね」

「さあ、ちょっと考えられないというか、まったく想像もできないですね。他人に恨みを買うような人じゃなかったですから、実際」

「恋人は？」

「茂呂さんの、ですか」

「そうだよ。君の恋人聞いてもしょうがないだろ。いないんだから」

なんで、いちいちそういういい方をするのだ？　流平は密かに傷ついていた。

「――茂呂さんにも恋人はいなかったと思いますよ」そしてささやかな復讐とばかりに、付け加えていった。「鵜飼さんと同様にね」

「………」

「あ」

鵜飼探偵は端《はた》から見てもそれと判るほどに傷ついたようだった。バツイチの独り者にとっては過酷すぎるいい方だったようだ。流平は少し反省した。探偵にはこれから先、なるべく気分よく働いてもらわなくてはいけない。無闇に傷つけあっている場合ではないのである。

5

それから鵜飼探偵はおもむろに立ち上がると「現場が見たい」などといいだした。現場といえば、もちろん白波荘の四号室のことである。流平にしてみればとんでもない話だった。たったいま、そこから逃走してきたばかりだというのに、なぜまたとんぼ返りをする必要があるのか。もちろん、流平は消極的な態度をとった。どうしても現場が見たいのであれば、場所だけは教えてあげるから探偵ひとりでいってもらいたい、というのが彼の偽らざる本音であった。

だが、鵜飼は引き下がるどころか《慣例》を楯にとってなおも主張するのだった。

「探偵が現場を見たいと思うのは当然だろう。その場合、ワトソン役は喜んでお供するのが《習わし》となっている。違うかね」

「ぼくはワトソン役ですか？　てっきり依頼人だと思ってましたけど」

「屁理屈はいいから、とにかく君もきたまえ」

どっちがヘリクツなのだ？　流平がなおも不満げな表情を見せていると、

「それに、ほら、昔からの格言にもあるじゃないか」

と、探偵は今度は《格言》を楯にとった。

「なんです？　あ、判った。《現場百回》ですね」

「いや、そうじゃない」鵜飼はサラリといった。「《犯人は現場に戻る》だ」

「あのねえ、鵜飼さん――」流平はひとつ大きく息を吸い込んだ。「僕は犯人じゃないッていってるでしょーがッ！　なんで、僕が現場に戻らなくちゃならないんですかッ！」

「まあ、それもそうだが」鵜飼は興奮気味の依頼人を宥めにかかった。「真実を確かめたいのだろう？　二人で一緒に観察すれば、また新しい発見があるかもしれないじゃないか。だいいち、警察沙汰になってしまった後では、もう誰に頼んだって現場を拝むことなんてできやしないんだからね。少ないチャンスなんだから逃さないことだ」

「解決するアテはあるんでしょうね。わざわざ現場に乗り込むからには」

「もちろんだとも。解決のアテならある。それを確かめるために乗り込むんだ」

「ひょっとして鵜飼さん、まさか実際の殺人現場を自分で体験してみたいなんていう子供っぽいことを考えているんじゃないでしょうね」

「ま、まさか――そんなことは考えるものか」

「怪しいですね。さっきの話では密室殺人の体験もなさそうだったし」

「ないよ、もちろん。なくて当然じゃないか」

「だから自分で体験してみたい、と？」

「違うってば！　冗談じゃないよ、まったく。ふん、実体験なんてどうだっていいことだ」

鵜飼は苛立《いらだ》つ様子をあからさまにした。

「だいいち、体験がなくてもわれわれは何度となく《密室》を経験しているじゃないか。あくまでも仮想経験の域をでないとはいえ、先人たちの創りだした《密室》は現実の事件よりもはるかに高度で独創的だ。より示唆に富んでいるといってもいい」

「それって要するに探偵小説のことですか」

「そうだよ。いままでに読破してきた数々の探偵小説とそのなかでくりかえされてきた密室殺人とが、わたしの経験となってこの頭脳に囁《ささや》きかけてくるのだよ。この密室は単純に考えればいい、とね。難しく考える必要はないんだ。探偵小説を愛読する者なら、誰だって見当がつきそうな単純極まりない話じゃないか。僕にはもうこの密室を解きあかすアテがあるんだ。それを確認する意味で現場をこの目で見たい。それだけだ。決して野次馬根性や物見遊山ではない！」

「そうですか——アテってどんなふうに？」

「いまはいえない。現場をこの目で見るまでは」

こういういい方をされると、流平としても協力しないわけにはいかなくなってくる。なんだかんだいって探偵は賢いのかもしれない。結局、押し切られる形で、流平は鵜飼と共にまたしても現場に赴くことになった。依頼人もまた現場に戻る、そんなケースもあるのである。

流平と鵜飼は探偵の所有するルノー・ルーテシアに乗り込んで出発した。頼り無い稼ぎしかないくせに車だけフランス製。鵜飼の価値観とその人生設計がどのようになっているのか、それが流平にとっては謎だった。

「なに、ルノーといっても見てのとおりの大衆車だよ。シビックやカローラと大差ない。値段だって手頃なんだよ」

「だったら、シビックやカローラでいいんじゃありませんか？　そっちのほうが目立たないでしょうし」

「そうはいかない」

「なんでです」

「だって、僕は探偵だよ」鵜飼はまるで世間の常識とばかりにいいきった。「探偵が国産の大衆車に乗ってられるかい。冗談じゃない。いわば探偵の車は名刺代わり。事務所には金をかけなくても、車には奮発する。それが探偵稼業を行うものの誇りなのさ」

なるほど。この場合《誇り》は《見栄》と置き換えてもいいようだ。

流平は車中で鵜飼からくたびれた感じのベースボールキャップと薄茶色のサングラスを手渡された。これで多少なりとも顔を隠しておけ、という意味らしい。無いよりはマシだと思って身につけた流平だったが、ルームミラーに映った自分の顔が《これぞまさしく逃走中の指名手配犯！》といった感じの顔になっていたので複雑な気分になった。逆効果かとも思ったが、やはり素顔で街をうろつくよりはいい。流平は妥協した。

「ああ、似合う似合う」

と、鵜飼は前を見たままでいった。褒めているつもりなのだろうか。それとも、他人事だと思って軽く考えているのだろうか。いずれにしても、流平と鵜飼探偵の二人連れは、端から見ればよっぽど怪しく映るはずである。通りがかりの巡査に職務質問とかされたりして——そういった危険も無きにしも非ず、と流平には思えた。

幸町公園付近の路肩に車を停めて、そこから先は二人で肩を並べるようにして何食わぬ顔で歩いた。公園内を横切る最中に、鵜飼が尋ねていった。

「君が逃げるときにビニール袋を捨てたゴミ籠というのは、どれのことだい」

「え、ゴミ籠?」探偵がそんなものに興味を示すとは思ってもいなかった流平は、面食らいながら、「あそこにあるやつですよ。ほら」

流平は公園の中央あたりにある錆びついた鉄製の籠を指し示した。数時間前に見たときと、ほとんど様子に変化はない。ビニール袋、ペットボトル、空き缶、古新聞、その他雑多なものが放り込まれている、要するに普通のゴミ籠である。

鵜飼は小走りにそれに近寄っていき、籠のなかに顔を突っ込まんばかりにして中をのぞき込んだ。

「——花岡酒店の文字が入ったビニール袋だったね。うーん、見あたらないな。もう、誰か目敏《めざと》い連中が持っていっちゃったのかな」

「あの——なにやってるんですか、鵜飼さん？」流平はなおも熱心に籠のなかを捜索している探偵に恐る恐る質問してみた。

「ゴミ籠を漁っているわけではない」鵜飼は顔を上げた。

「ゴミ籠を漁っているようにしか見えませんけど」

「やれやれ。君ってやつはよっぽどウッカリにできているようだね」

そういわれても流平には心当たりがなかった。「どういう意味です？」

「判らないかね。僕は君がうっかり捨ててしまった証拠品を取り戻そうとして頑張っているのだよ」

「証拠品ですか？」

「そうだ。でも、どうやらもう無くなってしまったようだ。残念だね。ま、警察の手に渡ったわけではないと思うけど」

「なんです、その証拠品って」

「よく考えてごらん。君は昨夜茂呂耕作と一緒に飲んだ。君がそのことを隠そうと思ったのは判るよ。君は昨夜茂呂耕作の部屋にはいなかった、そんなふうに取り繕いたいと考えたのだろう。それも当然だ。でも、だからといって花岡酒店のビニール袋や酒瓶やツマミ類をいっさいがっさい処分してしまうのは、やりすぎだ。軽率な勘違いだよ。だってそうだろ。茂呂耕作が昨夜花岡酒店に現れて酒やツマミ類を買って帰ったことは、歴然とした事実なんだ。警察が捜査を始めれば、酒屋の主人や店員がきっと証言するはずのことだ。だとすれば、茂呂耕作の部屋には酒やツマミ類がなければかえって不自然なんだ。そうだろ。それを君は全部袋にまとめてこのゴミ籠にポイしてしまったというわけだ。だから、ぼくはそれを探しているのさ。でも、どうやらもう無くなっているらしい。きっとホームレスたちが拾って持っていってしまったんだろう。飲みかけの日本酒や未開封のツマミ類は、彼らにとっては恰好の獲物だろうからね。ま、仕方がないね」

「……」

いわれてみれば鵜飼探偵のいうとおりだった。流平が現場から自分にまつわる痕跡を消し去ろうとしてやったことは、実は逆効果だったわけだ。いまさらながら自分の迂闊《うかつ》さに臍《ほぞ》をかむ思いの流平だった。

それと同時に、話を聞いただけで、そのような細かな点にまで注意が向くとは、鵜飼杜夫の探偵としての力量は案外なかなかのものではないか、とも思った。この人に助けを求めたのは正解だったのかもしれない。

それから流平と鵜飼は、目的地である白波荘の敷地内へと足を踏み入れた。周辺の様子にはまったく特別なことは見当たらない。自転車置場には自転車、新聞受けには新聞、物干し台には物干し竿。至極当然である。風呂場には男性の変死体、などとは誰も想像できないことだろう。

「玄関の錠はどうなってるのかな?」

「掛かってません。ただ閉めてあるだけですよ」

「そう。それじゃ勝手に入らせてもらうとしよう。君もきなさい」

もちろん、ひとりで外に待たされるのは流平としても御免である。周囲に人目のないことを確認して、流平と鵜飼は一瞬の早業で四号室に滑り込んだ。

鵜飼は背広のポケットから白手袋を二組取り出して、ひとつを流平に渡した。これをはめて、余計な指紋を残さないようにという配慮である。鵜飼は手袋をはめた指先でノブのツマミを回して内側から施錠をした。

「これでいい。とりあえずは茂呂耕作は土曜の休日でどこかに出かけていって、いまは留守ということにしておこう。そのほうが安全だからね」

「じゃあ、誰かが訪ねてきてもシカトするんですね」

「もちろんだ」鵜飼は力強く頷いた。「では、さっそく死体を検《あらた》めよう。おやッ!」

「どうしました?」

「どうしたもこうしたもないよ」鵜飼は上下左右を見回しながら、「君、この部屋からトンズラするときに、部屋の明かりを全部点けっぱなしのまま出ていっちゃったのかい。玄関も廊下も風呂場もみんな明かりが点いてるじゃないか。不用心というか不注意というか電気の無駄というか――」

鵜飼は心底呆れたようにいった。もちろん流平は反論した。

「いや、待ってくださいよ。これは停電のせいなんです。僕が逃げだすときは停電中で、みんな消えてたんですよ。それでウッカリそのまま出ていってしまったんです」

「いずれにしても注意力不足は否めないね」

「まあ、それはそうですが。とにかくいまは死体を検めることのほうが先決でしょう」

流平は鵜飼を風呂場へと誘《いざな》った。

脱衣場、洗濯機、洗濯籠、ガラス戸。すべては朝に見たままの状態である。空気が冷え冷えとしているのも変わりがない。

「ここが君が一晩過ごした脱衣場だね」

「そうです」

「風邪ひかなかった？」

「なんとか――死体はその戸の向こうです」

鵜飼は臆するところなくタイル張りの浴室をのぞき込んだ。流平もその背後から視線を送った。そこには昨夜以来不自然な恰好で横たわったままの茂呂が、冷たいまま眠り続けていた。もう二度とは見たくないと思いながら、すでにこの死体を確認すること実に三度目である。昨夜、今朝、そしていま現在。

三度も目にするうちに少しずつでも慣れるのかと期待したが、そんなことはなかった。何度見ても信じられない思いで言葉を失ってしまう、そんな光景だった。見ているうちに喉が渇き、膝頭《ひざがしら》が震えを帯びてくることも同じだった。動揺を抑え込み、目の前にある現実を冷静に観察するためには、よほど強靱な精神力が必要になるのだろう。残念ながら、いまの流平にはそんなものはなかった。

そんな流平とくらべると鵜飼の態度は遥かに平然としたものだった。あるいは事の重大さを認識していないせいなのかもしれないが、とにかく死体を怖がるような素振りも見せずに、冷静かつ事務的に観察に徹する鵜飼だった。

「ふふん、なるほど。確かに君がいったとおりだ。服の上から右脇腹を刺されているね。凶器は——ふふん、これだね。なるほど鋭利だ。しかし小振りだし、ナイフとしては薄っぺらだね。把手の部分は大きくできている。なるほど——」

探偵は独り言をさんざんにばら撒いた後で、ぽつりと呟いた。

「おあつらえ向きだな」

「おあつらえ向きってどういう意味ですか」

流平は勢い込んで尋ねた。だが、

「それじゃ次は例のホームシアターっていうやつを見せてもらうことにしようかな。こっちだっけ?」

流平の質問はまるで道端のタンポポのようにいとも簡単に無視されてしまった。文句をいっても仕方がないので、彼の後に続いてホームシアターへと入っていった。もちろん、ここも昨夜となんら変わったところはない。流平が飲み食いした酒とツマミが片づけられている以外は、昨夜のままである。

鵜飼はなかに入るなり、真っ白なスクリーンと立ち並ぶ機材の豪華さに圧倒された様子だった。もっとも、この部屋に初めて入った者の感想は大抵似たりよったりである。

「へえ、たいしたもんだねえ。まるで本物の映画館のようじゃないか。ここまで本格的なものだとは思わなかったよ。スゴイもんだ」

鵜飼の述べた感想は、まさしく典型的なものであった。

「それにしてもまるで掃き清められたかのような部屋だな。塵《ちり》ひとつ落ちてない。どこもかしこもピッカピカじゃないか。茂呂耕作という人はよっぽど几帳面な人だったんだな。おや、これはなんだ」

鵜飼はカーペットの床にしゃがみこんで、なにかを摘《つま》み上げた。小さな貝殻にも似たような物体。なにかの破片だろうか、と流平は興味を持ったが、

「なーんだ。ピスタチオナッツの殻じゃないですか」

「なーんだ?」鵜飼は流平の言葉に強く反応した。「なーんだ、とはなんだ。君はいまこの瞬間に僕の手によって危ういところを救われたのかもしれないのだよ。感謝の言葉のひとつ

くらい欲しいところだね」

また随分と大袈裟《おおげさ》なことをいう人だな、と流平は半信半疑だった。

「どういう意味ですか。救われたってのは」

「このピスタチオナッツの殻は、もちろん昨夜の酒宴のときのものと考えていいのだろうね。つまり花岡酒店から茂呂耕作が買ってきたもの。そうだね」

「そうですよ」

「だとすれば、これを食べたのは茂呂耕作か君ということになる」

「もちろんです」

「ということは、この殻には茂呂耕作か君の指紋が間違いなく残っているだろうね」

「あッ、そうか！」

「もしも君の指紋が残っていて――その確率は二分の一だ――それを警察が見つけた場合は、これは君の立場をますます悪くするだろう。昨夜、君がこのホームシアターにいたことの証明になるからね」

確かに鵜飼のいうとおりだと流平は思った。危ないところだったのかもしれない。

鵜飼は拾ったピスタチオナッツの殻を背広のポケットに仕舞った。それから鵜飼は、くるりと流平のほうに向き直りひとつの注文をつけた。

「君、ちょっと隣の居間にいって壁を叩いてみてくれないか。この壁、どの程度の厚みがあるのかその感じをつかみたいんだ」

流平はいわれたとおりに、ホームシアターを出て隣の居間に移った。ホームシアターとの間にある壁をこちら側から数回叩き、なにがしかの反応があるかと思い待った。だが、反応はない。また二度ほど拳《こぶし》で叩いてからホームシアターへと戻った。

「どうでした？」

「君、本当にこの壁を叩いたのかい？　違う壁を叩いたんじゃないの？」

「ちゃんと叩きましたよ。響きませんでしたか」

「ぜーんぜん。なんにも聞こえなかったよ。ふーん」鵜飼は感心の面持ちになっていった。「どうやらよっぽど念入りな防音が施されているようだね。これもまたおあつらえ向きだな」

「おあつらえ向きってどういう意味ですか」

「――とすると、居間か台所かな」と、探偵はひとり呟きながら顎を撫でた。

「………」

ああ、またしても流平の質問は校庭の隅で飼われているウサギのように、まるっきり無視されてしまったらしい。いや、ウサギのほうがもう少しはまともに相手してもらえるかもしれない。

流平はフラストレーションを抱えたままで、また探偵の後について居間へと移動した。

居間にて、鵜飼は神経質そうにあたりに目を配り、さらには四つんばいになって、ソファとその周辺を嗅《か》ぎ回るように動き回った。犯人の遺留品かなにかを探しているらしい、ということは流平にもよく判った。その目的のものがなかなか手に入らない様子であることも、彼の表情から読み取れた。

さらに鵜飼は這《は》いつくばったままで、台所の床の上まで観察の範囲を広げていったが、それもどうやら無駄骨に終わった様子だった。

数分後、鵜飼はサッパリとした表情で立ち上がると、スラックスの膝を手で払いながら、

「駄目だ。見つからない。ここじゃないのかな。ひょっとして玄関か？」

首を捻《ひね》る探偵に対して、流平は三度目の正直とばかりに、質問を投げかけた。

「説明してくださいよ。なにが《おあつらえ向き》で、なにが《見つからない》なんですか」

今度の質問には鵜飼も間髪を入れずに答えを返してくれた。

「凶器と空間が《おあつらえ向き》で、しかしながら血痕が《見つからない》のだよ」

「どういう意味ですか？」

「よし、それじゃ説明してあげよう。この説明を聞けば、もう君は僕が単なる好奇心でこの現場を見たがったなどとはいえなくなるだろうよ」

6

鵜飼は居間のソファに腰を下ろして、いま現在自分たちが不法侵入の真っ最中であることを忘れたかのように悠然と説明をはじめた。

「問題は玄関の内側から掛かっていたチェーンロックだ。そうだね」

「ええ」流平は短くいった。「それで？」

「まあ、考えてもみなよ。チェーンロックのような種類の錠が、外から何らかの手段で掛けたり外したりできると思うかい？　いいや、これは無理だ。シリンダー錠なら合鍵があればいいわけだし、プロなら合鍵なんかなくても針金一本で簡単に開け閉めできるだろう。でも、チェーンロックはそうはいかない」

「そうですね。つまり完璧な密室だった――と」

「いやいや、そうじゃないよ。むしろ完璧すぎるところが穴なのさ」

「というと？」

「つまり、どう逆立ちしたって犯人が外からチェーンロックを施錠することなんか不可能ってことは、逆に考えて、施錠したのは部屋のなかにいた人ということになるんじゃないのかな。他になにをどう考えろっていうんだい？」

「ということは、チェーンロックを掛けたのは——えッ！」

「そうだ」鵜飼さんはニンマリと笑みを浮かべた。

「ひょっとして——僕？」

「馬鹿か、君は」鵜飼はいともたやすく元義理の弟を馬鹿よばわりした。「なんで君なんだよ。自分のやったことくらい判るだろ。いくら酔ってたとはいえ」

「ええ——あの、鵜飼さん、もうちょっと冷静になりましょうね。そんなに興奮しないで。いくらなんでも馬鹿はヒドイですよ、馬鹿ってのは」

「判ってるとも。君があんまりトンチンカンなことをいうものだから、ついカッとなってしまったのだ。それはそうと君、さては探偵小説、案外読んでないな」

「探偵小説ですか。確かに読んでないほうでしょうね。まあ、探偵小説に限らずほとんど活字は読めない質なんで」

「そういう質でよく大学生がつとまるものだね」

鵜飼は呆れたようなため息を漏らした。

「まあ、大学が大学ですしね」

実際、流平にとってミステリといえば映画のなかのことでしかない。いままで触れてきたような《横溝映画》や《清張映画》や《クリスティー映画》なども、実は流平自身は原作を読んだことはほとんどないというのが本当のところである。ミステリは好きだけど、それは小説についてのことではない。流平の興味の窓は一方的に映画のほうを向いているのだった。

「探偵小説がどうかしたんですか？」

「有名なトリックがある。馬鹿馬鹿しいほどありふれているので、わざわざ説明する気にもならないけれど、仕方がない。探偵小説に馴染みのない君の為に教えてやろう。チェーンロックを掛けたのは、殺された茂呂耕作自身だ。決まってるじゃないか」

「茂呂さんが？　被害者ですよ」

「被害者でもいいんだよ。他にいないんだから。つまり、これはいわゆる《内出血密室》というやつだよ」

「《内出血密室》って、なんですか」

「なんですかって——うーん」鵜飼は困ったような表情になって腕を組んだ。「こんな初歩的な質問をされるとはなあ。まあ、いいだろう。説明するのは探偵の義務だからね。ところで、君だって映画マニアなら『人間の証明』くらいは観てるだろ」

「もちろん。生まれる前の映画ですけど」

「………」

鵜飼は絶句したまま、しばし視線を虚空《こくう》にさまよわせていた。心なしか肩がガックリと落ちたように流平の目には映った。

「どうしました？」

「い、いや——生まれる前?」鵜飼は動揺を隠しきれない様子。「そうなるかな。そうか、もう四半世紀前の映画だしな。う〜ん、そうか。二十一世紀ってそういう時代なのか。怖いな」

流平には二つの世紀はただ連続した時間の流れを区切っただけに思える。したがって怖くも痒《かゆ》くもないのだが、鵜飼にとっては特別な感慨があるようだった。が、とりあえずは二十一世紀の考察は後回しだ。

「『人間の証明』がどうかしたんですか」

「あの映画のなかで、若い黒人が公園で何者かに刺されたまま、ビルの屋上の展望レストランを目指してヨタヨタと歩いていって——と、そういう場面があっただろ」

「ええ、覚えてますよ。結局、エレベーターのなかで倒れて死ぬんですよね。謎の言葉を残して——」

「そう、そのとおりだ」鵜飼の声がまた大きくなった。「ところであれは《内出血密室》を扱った話じゃないんだけど、まあ似たようなことが起こったと思ってくれたらいいんだよ。つまり背中や腰を細身のナイフで刺されたような場合、そのナイフが刺さったままの状態ならば、かえってそれが栓の役目を果たして出血が抑えられることがあるんだ。だから仮にそれが致命的な大怪我だったとしても、しばらくの間は歩くことも可能なんだ。もちろん手を動かすこともね」

「へえ」

「ところで、そういった現象が起こるためには、いくつか条件が必要になるわけだけど、最大の条件は凶器の形態なんだ。肉厚の出刃包丁のようなものは向いてない。理想的なのは刃が薄く切れ味鋭いナイフ、あるいは錐《きり》のようなものだ。傷口が小さい分、出血が抑えられる。それでいて深く突き刺さるから致命傷に成りうるってわけだ。ナイフならば大振りのものよりも、小振りのもののほうがいいだろう。そして把手の部分が大きめにできていて、根元まで突き刺したときに、把手が栓の役割を果たしてくれるような恰好をしていれば、いうことなしだ」

「なるほど――それで、おあつらえ向きですか」

ようやく流平は合点がいって頷くことができた。

「そうだ。死体の傍らにあったあの凶器。まさしく内出血密室を演出するために作られたようなナイフだね。それに傷口の位置もいい。いくら小振りのナイフだとしても、心臓を一突きされたんじゃ、もはや被害者は一歩も動けない。首筋や腹部では出血が激しすぎて、これも相応しくない。腕や脚では致命傷にはならない。したがって、内出血密室というようなことが起こりうるのは、脇腹や背中を刺されたようなケースなんだな。被害者の右脇腹の傷はまさしくそれにあたる。出血はごく少なかったはずだ。そのうえ服の上から刺されているから、ちょっとくらいの出血ならば服の生地に染み込んでしまって、流れ落ちたりしなかったんじゃないかな」

鵜飼は調子良く話を続けていった。

「茂呂耕作殺害の経緯は、おそらくはこんな具合だったのだろう」

鵜飼は早々と密室の謎を片付けにかかった。「昨夜十時半に茂呂耕作は君をホームシアター内に残したままひとりで風呂場に向かった。だが、彼がシャワーの栓を開き、服を脱ごうとしていたところに、ナイフを持った犯人Xが突然現れたんだな。玄関のベルを鳴らしてやってきたのか、あるいは前もって侵入していたのかは、この際どうでもいいことだ。とにかくナイフを持ったXと対峙《たいじ》した彼は必死の抵抗及ばずに右脇腹に致命傷を負った。それでも抵抗を続けた彼はなんとかXを玄関から追い払った。もちろん追い払われるまでもなくXが自ら逃げたとも考えられるわけだけど、いずれにしてもXは現場からいなくなった。このとき茂呂耕作の右脇腹には凶器であるナイフが刺さったままだったんだな。そこで茂呂耕作はどういった行動に出たか。Xがとどめを刺しに再び襲ってこないようにと、彼は自分の手で玄関のチェーンロックを掛けたのだよ」

「なるほど」流平は頷いた。「でも死体は浴室にありましたよ」

「そうだ。施錠を終えた茂呂耕作は朦朧《もうろう》とした意識のなかで風呂場に戻ったんだろう。そして彼はそこで自らの手でナイフを引き抜いた。それがかえって出血を呼び起こしてしまい彼は絶命した。一方、君は事件が起こって三十分が経過した午後十一時になってようやく茂呂耕作の死体を発見した。そうすると、ほら、玄関のチェーンロックは内側から施錠されたままで、風呂場には茂呂耕作の死体が転がることになる。それでいて室内には君以外にはもう誰もいない。そういったわけなのさ」

「なるほど」流平は深く頷いた。鵜飼の推理にちょっと感心しつつ、ちょっと安心した。だが疑問もないではない。「なんで刺された茂呂さんは僕に助けを求めずに風呂場にいっちゃったんでしょう。僕のところにきてくれれば救急車を呼ぶこともできたのに」

「それは無意識の行動と考えられる」鵜飼は粘り強く説明を続けた。「深い傷を負った茂呂耕作は、その時点ですでに論理的に物事を考えられない状態に陥っていたと考えていいだろう。では、彼はどんなふうに考え行動したのか。話は簡単だ。彼はシャワーを浴びようとして、その途中で刺された。だから刺された後もやっぱりシャワーを浴びようとしたのだよ。つまり、この場合彼の行動を支配していたものは、自分は風呂場でシャワーを浴びるのだという、刺される以前の意思だったわけだ。無意味な行動だけれど、極限状況における思考の混乱は無理もないところだろうからね」

いちいちもっともな説明だと納得するしかなかった。

「内出血密室の可能性については以上だ。で、とにかくこれで事情はハッキリした。あとは、被害者が果たしてどこで誰に刺されたのかという点が問題になってくるわけだ。犯行は居間や台所あたりで行われた可能性がいちばん高いように思われる。しかし、すぐ隣のホームシアターには君がいたわけだからね。いくらなんでも居間で殺人が行われているのに、すぐ隣の部屋にいる君がなにも気がつかないということがあるのかどうか、という疑問が湧いてくるじゃないか」

「それでさっきの壁を叩く実験ですか」

「そうだ。結果判ったことは、この居間とホームシアターとは隣り合っていながら、まるっきり別個の空間であるということだ。居間で剣道の試合がおこなわれようとも、ホームシアターにいる人間にとっては、いっさい関係がない。音も振動も伝わらないようだ。これなら居間での犯行に支障はない」

「それで居間を調べていたんですね」

「そうだよ。いくら内出血といっても一滴くらいは血が滴り落ちるもんじゃないかと思ってね。だが、見当たらない。台所まで広げて調べたけど駄目だった。まあ、見落としてるのかもしれないし、本当に一滴も出血を見ないような完璧な内出血だったのかもしれないしね。それならそれで仕方がない」

「ということはつまり、犯人は居間か台所あたりで茂呂さんを刺した後、玄関から逃走していった。茂呂さんは刺された状態のまま、玄関のチェーンロックを掛けて、密室が完成した。それから茂呂さんは風呂場で倒れた——ということですね。ところで鵜飼さん」

「なんだい」

「その仮説で、警察は納得してくれると思いますか。僕の無実を認めてくれますか?」

「いいや、そんなに世の中甘くはないだろうね。たぶん、警察は納得なんかしないだろう。仮に警察が《内出血密室説》の可能性を認めたとしても、それは君の無罪を証明するものではない。相変わらず君が有力な容疑者であることには変わりがないだろうね」

「それじゃ、せっかくの《内出血密室説》も意味がないじゃないですか」

「む、意味がないとはなんだ、意味がないとは」鵜飼は不貞腐れたように唇をへの字にしながら捲《まく》し立てた。「そもそも君が密室だ、謎だ、不可能犯罪だ、というからひとつの有力な仮説を授けてやったまでのことだ。僕の仮説に意味がないというのなら、それは早い話がこの密室を問題視するそのこと自体に意味がないということなのさ」

「密室は問題ではない、ということですか?」

「いや」鵜飼は軽く首を傾けて、「正直よく判らない。ただ、少なくともいえることは、君の無実を証明する手段を見つけるというのは、単に密室の謎を解くという以上に難しいということだ」

7

二人の会話はいったん途切れた。すると、その瞬間を待ち構えていたかのようにバリバリという爆音が外から響いてきた。オートバイのエンジンを空吹かしする音だということは、すぐに判った。ときおり混じる調子っぱずれの破裂音に、流平は聞き覚えがあった。

「あ、あの音――」

「オートバイがどうかしたのかね」

「昨夜、聞いたのと同じです。そう、確か午後十一時に僕がホームシアターを出て風呂場の死体を発見した前後に、あの音が外で響いていたんです。こんな夜中にオートバイのエンジンの調子でも見てるのかな、ってちょっと腹を立てた記憶があります」

「ふむ。ということは、あのオートバイの持ち主は昨夜の午後十一時以前から外にいてオートバイをいじっていたわけだ。面白いな」

「でしょう。もし鵜飼さんの《内出血密室説》が正しいなら、ひょっとすると彼はこの現場から逃走する犯人の姿を見ているかもしれないわけですよ」

「その可能性はあるな。よし、さっそく確認してみようじゃないか――だが、その前に」

それから鵜飼探偵がとった行動は妙なものだった。鵜飼は洗面所の鏡に向かうと、背広の内ポケットから化粧道具らしきものを一式取り出して、顔を描きはじめたのである。

「眉毛をペンで、こう、ボヤボヤっとしてだ――目尻の小皺《こじわ》も書き込んで――肌はざらついた感じになるようにツヤをなくして――」

流平が見守る目の前で、鏡に映る鵜飼の顔はみるみる老けていった。そして最後の仕上げは縁の角張った眼鏡、そしてハンチング（こんなものまでポケットのなかに忍ばせていたとは！）。

「どうだい、中年刑事に見えるだろ。いちおう、イメージとしては『七人の刑事』の四番目ってところなんだが」

「み、見えます。刑事に見えます！　四番目か五番目かは、よく判りませんけど」

「よし、それでは職務質問だ。君は黙っててくれれば、それでいいからね」

流平と鵜飼は揃って四号室の玄関から外に出た。左右を見回してみたが、オートバイをいじっている男の姿は見当たらない。音だけが少し離れたところから聞こえてくる。建物の門を出たすぐ脇にある、居住者専用駐車場から聞こえているらしかった。二人はそちらに向かった。

見るからに故障中らしいオートバイと、それに向かって悪戦苦闘中の人の姿があった。車のほうは明らかに年代物だったが、人のほうはまだ若かった。それに女である。デニムのシャツにジーンズ姿。脱ぎ捨てたブルゾンが脇のコンクリートの上にあった。それでもまだ暑いのか、額にはうっすらと汗が光っている。よっぽど根を詰めて作業にかかっていたらしい。二人の男が近寄っても、なかなか彼女はその存在に気がつかないまま、中腰でエンジンのあたりを気にしているようだった。

「あの——失礼ですが」

鵜飼の問い掛けを聞いて、ようやく彼女は顔を上げた。彼女の視線が警戒するように素早く動いた。おそらくは怪しい二人組とでも思ったのだろう。当然である。

「誰、あなたたち？」物おじしない態度だった。「いったいなんの用？　おじさん」

「なにィ、お、おじさ——いや、ま、確かにおじさんには違いない」

自分で中年男に変身したくせに、一瞬我を忘れかける鵜飼。もう少しでせっかくの変装上手が台無しになるところである。なんとか踏みとどまった鵜飼は、背広の内ポケットから黒革表紙の手帳を摘み出した。

「私、こういう者です」

隣で見ていた流平が肝を冷やしたことはいうまでもない。あまりにも大胆に《偽警察手帳》を振りかざす鵜飼のやり方に、思わず「あッ」と声を上げそうになったくらいである。いくらなんでも無理。無茶。それに無謀だ、と流平は思った。

「ああ、警察の人。昨夜の女子大生の墜落死事件ね」

意外や、いとも簡単に彼女は騙された。手帳の表紙の文字を確認しようとさえしなかった。そこにはハッキリと金文字で「開運手帳」とあったのに。

「察しがよろしいですな。まさしくその事件について捜査中でして。私、中村というものです」

鵜飼は飄々と偽名を名乗りながら、手帳を内ポケットに仕舞った。流平はホッと息をついた。

「二宮朱美《にのみやあけみ》よ。その人は？」

朱美と名乗った彼女の視線は当然のように流平のほうへと向いた。

「あ、彼は竹下という者で、ハハハ、まだまだ新米でしてね」

どうやら自分は新米の刑事役を演じなければならないらしい。おまけに、なぜか名前は竹下と決められてしまった。流平は緊張した。カクンとぎこちないお辞儀をして、それからはなるべく鵜飼の背後に隠れるようにした。

「ふーん」朱美はなおも不審そうに流平のほうを見ながら、「そういうふうなキャップにブルゾン着たグラサンの刑事さんって本当にいるんだ。刑事ドラマのなかだけかと思ってたけど」

「いやあ、滅多にいませんよ。こんなのは」

鵜飼は調子を合わせるように「ガハハ」と大袈裟に笑ってみせた。一方、流平は内心ムッとした。こんな恰好させた張本人のくせに、と。

「で、なにが聞きたいわけ」

「あなた、昨夜の午後十一時前後、このあたりでバイクの修理などやってませんでしたか。実は、その時間にバイクのエンジン音を耳にしたという情報がありましてね」

「やってたわ。いまだってやってるけど」

「ほう、エンジンの具合が悪いのですかな」

「さあ、判らないわ。どこが悪いんだか。ただいじり回してるのが楽しいからいいの。で、私が昨夜ここでバイク修理してたら、どうだっていうの?」

「怪しい者を見かけたのではないか、と思いましてね。ちなみに、あなた何時から何時までこの駐車場にいたんですか」

「そうねえ、九時台のドラマを観終えてからだから、午後十時ちょっと前から午後十一時半までってところかしら」

「随分と頑張ってたんですね。ご近所から苦情などは?」

「意外にないのよね。それに、そんなにうるさくはしてないつもりだし」

「結構です。場所はここと同じ?」

「大体同じ」

「大体というと?」

「正確には、そこの門の明かりの真下よ。そこにバイクを停めてやってたの。門の前ね。そのほうが明るくていいでしょ」

朱美は右手でアパートの共同門の門柱の上に備えつけられたライトを示した。その真下で彼女は昨夜の午後十時過ぎから十一時半まで作業をしていたのだという。これは重大な意味を持つ証言だった。鵜飼の表情にもさすがに緊張が走った。

「ここにいたんですね。この門のあたりに」

「そうよ」

「ここだと、一階に住んでいる人たちの出入りは一目瞭然じゃないですか」

門の位置からだと、ずらりと四枚並んだ玄関扉が一望できるのである。一番手前が問題の四号室、その向こうに三、二、一号室が続いている。

「べつに見張っていたわけじゃないわ」

「でも、もし誰かが玄関を開けて出入りするなら、ここにいるあなたはそれに気がついたんじゃないですか」

「それは、まあ、そうね」

「それに玄関を出入りする人間は、いずれにしてもこの門を通らなくては敷地の外に出られない。そうですよね」

「そうよ。刑事さん、なにが聞きたいの」

「では、よく思い出してみてください。昨夜の午後十時から十一時半までの間に、あなたは誰か見かけませんでしたか。この門を通った人やら玄関を出入りした人やら」

「見かけたわよ、確かに」

「見た！　誰をです？」

「茂呂さんよ」

「茂呂さん？　茂呂さんというのは誰です？」

鵜飼の惚《とぼ》けた質問を、流平は可笑しさをかみ殺しながらその背後で聞いていた。

「四号室の人よ。二十五歳くらいで映像関係の会社に勤めてる人」

「ほほう。それでその茂呂さんという人は何時頃ここを通ったのです」

「私がここで作業を始めてすぐだから午後十時ちょうどくらいに、この門から出ていったわ。それから十五分くらいして戻ってきたの」

「ほう、それはなんのための外出なのか、判りませんか？」

判りきったことながら、鵜飼はなおも惚けた問いかけを続けた。

「酒屋にいって戻ってきたのよ」

「どうして判ります」

「茂呂さんがそういってたもの。出掛けていくときに『ちょっと酒屋まで』っていって、挨拶して出ていったの」

「そうですか。では、戻ってきたときにはどんな感じでした？　挨拶されましたか」

「戻ってきたときは、ただ黙って私の前を通りすぎていったわ。右手にたぶん酒屋の袋かなにか持ってたと思うけど、暗くてよく見えなかったわ」

「その茂呂さん以外には、どうです？　誰か見かけませんでしたか？」

「さあ、どうだったかしら」

「よく思い出してください。例えば午後十時半あたりにはなにか動きがあったんじゃないかと思うんですがねえ」

鵜飼は露骨に探りをいれた。流平の証言によれば犯行時刻は午後十時半から十一時までの三十分間。しかし、被害者が服を着たまま殺されているところから判断して、犯行時刻はシャワーを浴びるよりも前。ということは午後十時半のほうにより近い、というのが鵜飼の判断である。そして犯行時刻の直前直後には当然ながら犯人の出入りがあってしかるべきなのだ。

「午後十時半ねえ。あ！」朱美は突然なにかを思い出したように顔を上げた。「そういえば、なんか大きな音がしたみたいよ。午後十時半ごろに」

「大きな音？　どこでです」

「その四号室だと思うんだけど、なんかドスーンっていう感じの音がしたのを聞いたわ。ほら、そこの窓あるでしょ。お風呂場の斜めに開く窓」

風呂場のスライド式の窓は表からみると、玄関扉のすぐ横の位置になる。

「そこから聞こえてきたような気がしたわ。お風呂場でなにかあったのかなって思ったけど――それっきり何事もなかったからそれ以上は気にしなかったけど」

「そ、それは確かに午後十時半ごろなんですね」

「腕時計を見たから間違いないわ。正確には午後十時三十五分ごろね」

「なるほどなるほど――ちょっと失礼」

そう頷きながら、鵜飼は百八十度旋回をして流平のほうへと向き直った。そして流平の肩に手を置きながら、

「おい、これは思いがけない情報だぞ。午後十時三十五分。これが犯行時刻とみてよさそうじゃないか。彼女が聞いたのは、刺された茂呂耕作が浴室のタイルの上に倒れる音に違いない」

「らしいですね。ということは、その直前には犯人が四号室から逃走しているはずですよ。鵜飼さんの《内出血密室説》が正しいのであるならば」

「なに、正しいに決まってるじゃないか」

鵜飼は自信満々意気揚々で再び朱美のほうを向いて詰めの質問を投げた。

「では、午後十時三十五分の直前に四号室から出ていった人物がいたと思うのですが、心当たりは？」

「いいえ。全然」

「いいえ――って、本当に？」アテが外れた鵜飼は途端に焦りの色を見せた。「入ってきた人も出ていった人も無しで？」

「間違いないわ。ズーッとここにいたんだから間違うわけないもの。午後十時ちょうどと十五分に茂呂さんが通った以外は誰も通らなかったわ。午後十一時半までズーッとよ」

「いや、しかし――」

鵜飼は困り果てた様子で腕を組んだ。流平もつられるように同じポーズをとりながら考えた。どうやら犯行時刻の前後にこの門を通ったのは、被害者である茂呂をおいて他にない。犯人はどこからやってきて、どこから逃げたのだ？

密室の謎は解けるどころか、ますますその不可思議さを増していくばかりだった。

8

さて、ここらあたりで例の二人の刑事にも登場してもらわなくてはならないだろう。本格推理に限った話ではないが、なにせ読者というものは忘れっぽいし飽きっぽい。おまけに薄情なので、あまり長すぎる空白期間をおくとどんなに重要な役割を担っている登場人物でも、いとも簡単に《過去の人》扱いを受けることになる。二人の刑事に可哀相な思いをさせないためにも、しばらくは彼らのために紙数を割く必要があるというわけだ。

これ以降、いくつかの場面はすでに戸村流平の視点から語られたことの繰り返しになるが、ご容赦願いたい。

二人の刑事――砂川警部と志木刑事――の行動については、紺野由紀殺害事件の現場にて血痕を発見するところまで述べた。その後のことは、はしょって書かせてもらおう。なにせ殺人事件の捜査というようなものは、テレビドラマならいざしらず、実際は地味で退屈で根気を要する作業である。とてもじゃないが物語として楽しいものではない。

それは例えば、死者の机の引出しのなかから一冊のノートを引っ張りだして、それにザッと目を通し死者の悪筆にうんざりしたり、さらにその隣にあった雑誌の切り抜きをいちおう開いてみて、それが通販カタログの切り抜きであることを確認して肩を落としたり、さらにまだなにかないかと捜し回ったあげくに一枚の写真を発見し、「これはッ！」とばかりにウキウキと表を返してみると、笑顔満点のダックスフントの写真だったり——といったことの繰り返しなのである。

ごみ箱を漁って「これは食える」「これは食えない」といってるのと大差ないのである。で、捜査の結果「これは食える」というほうに分類された情報を元に、翌日の捜査は開始された。

まずは紺野由紀の別れた彼氏を捜し出して事情を聞く、というのが二人の刑事の当面の行動指針となった。

別れた彼氏の名は戸村流平。今年に入ってから彼の就職にまつわる意見の食い違いから仲《なか》違《たが》いをし、真っ昼間のカフェテラスで壮絶な痴話喧嘩を行った顚末が、彼女の日記に残されていた。これは大変有力な情報だ、と志木刑事などは早々とこの戸村という男に狙いを定めてしまった感さえあった。

「犯罪の影に女ありですよ。ね、警部」

「いってる意味が判らんが」

「ですから、女が殺された場合は《男あり》ですよ。そうでしょう?」

「そうなるかな? 拡大解釈が過ぎるような気もするが――」

いずれにしても戸村流平を捜し出すことが先決だった。

まずは朝一で、さっそく戸村のアパートを訪れたがここは留守だった。まあ、そうそう行く先々で目的の人物に出くわすわけはない。刑事ならばこれくらいは慣れっこである。

近所に住む同じ大学生に話を聞いたところでは、昨夜は帰ってこなかった様子だという。帰ってきたならテレビ、ステレオ、酔っぱらった唸《うな》り声などが必ず大音量で聞こえてくるから、すぐにそれと判るのだという。

戸村という男、相当生活態度の悪い人物らしい、と志木は即断し、ますます彼に対する疑いの思いを強めていった。

戸村の友人で牧田裕二という男の名を聞き出して、さっそく彼のアパートを訪ねていったのが午前十時頃だった。牧田という男は頭の良さそうな男で、刑事たちの来訪の意味を即座に理解したらしく、すぐに二人を部屋にあげて調べさせるという、実に協力的な人物だった。善良な市民とはこういった人物をいうのだろう。鑑《かがみ》だ、と志木は唸った。

唸ったついでに戸村という男の人となりを聞いてみたところ、彼はいいにくそうにしながらひとつのエピソードを語ってくれた。

「実は彼、先日飲みすぎましてね、居酒屋の帰りに駅前のロータリーでバス停に抱きついてその——とても人前で口にするのは憚《はばか》られるような言葉を連呼しまして、ええ」

「というと、どのような言葉?」

「要するに別れた彼女、紺野由紀さんを罵倒するような言葉です。まあ、ジャパニーズ・スラングとでもいいましょうか」

「ううむ!」

志木刑事はうめき声を発した。やはり自分のプロファイリングに狂いはなかった。戸村流平という男、なんとも態度劣悪なばかりでなく品性下劣ときているのは明らかである。おまけにこのエピソードからは、戸村の紺野由紀に対する明確な怨恨が読み取れるではないか。ますます戸村に対する悪感情を増幅させていく志木だった。

私立探偵鵜飼杜夫の名前もまた、牧田裕二の口から聞くことができた。戸村の義兄だという。

単なる身内ならば、そう気にかけるほどの情報でもないが、職業《私立探偵》となれば話は別だ。怪しい臭いがプンプンする、と志木はさっそくそちらに車を走らせた。

砂川警部は志木刑事の張り切りようについていけないのか、それともハナからやる気が欠けているのか、なにもいわずただ志木のやりたいようにやらせているといった感じだった。

鵜飼杜夫探偵事務所を訪れたのは午前十時半頃だった。駅裏の雑居ビルに隣接する駐車場に車を停めた際、志木はそこに場違いな感じの外車（ルノー？）が停めてあるのを記憶の隅に留《と》めた。

三階にあがり白い看板のある玄関の呼び鈴を鳴らした。探偵はチェーンロック越しに顔を少しだけのぞかせた。突然、二人組のいかつい男たちの来訪を受け、驚きを隠せない様子がうかがえた。

「戸村流平がきていないか？　隠すと為にならないぞ」

尋ねられて探偵は、

「流平君ならきておりませんが――あの、サラ金のかたですか？」

刑事をサラ金の取立屋と勘違いするのも失礼な話ではある。が、逆に考えるなら、戸村という男、サラ金に借金があってもおかしくない程度の人物である、ということを身内である鵜飼探偵が図らずも認めたというふうにとることもできる。

いよいよ志木刑事の脳裏に描きだされた戸村という人物の全体像は真っ黒なものになっていくのだった。

「サラ金ではない。こういうものだ」

志木はなるべく恰好よく手帳を取り出した。それを見るなり探偵の態度は一変した。

「なんだ、刑事さんか。ちぇ、敬語で話して損したな」

「そーか、そーゆー態度か——いい度胸だ」

普通は逆だろう。鵜飼という探偵、なかなか人を食ったことをいう男だ、と志木は警戒した。

二人の刑事は探偵事務所のなかに通されて、いくつかの質問と応答があった。その途中で、探偵の元に依頼人らしき人物から電話が入った場面があった。

「はい、こちら鵜飼杜夫探偵事務所です——あああッ、はあはあ」

なんだろう。電話に出るなり顎でも外れたのかな。そんなふうに考えた志木だったが、それ以上に突っ込んだことは考えもしなかった。結局、二人の刑事は特別手掛かりになりそうな話を聞き出すこともできず、探偵自身が匿《かくま》ってやっているというような不自然さを感じることもなかった。

かくして志木刑事の警戒の甲斐もなく、戸村流平の影は彼らの傍らを素通りしていった。もちろん戸村流平にしてみれば、幸運以外のなにものでもない。

鵜飼杜夫探偵事務所を収穫のないまま出た砂川警部と志木刑事が、次に向かったのは桑田一樹という男のところだった。戸村流平が紺野由紀の元彼氏ならば、桑田一樹は彼女にとっての今の（というか、最後の）彼氏であった。

そのことは彼女の手帳の予定欄などを見れば一目瞭然。一月途中までは戸村の名前が目立つのに、それ以降は桑田の名前ばかりが連なるように現れてくるのだ。いかにも《乗り換えた》といった感じが強い。

それが今回の紺野由紀殺害事件とどう絡んでくるのか、また絡まないのか、それを探るためにも一度会っておく必要がある。それが刑事たちの考えだった。

あらかじめ電話で連絡をとって、彼のバイト先で会う約束をした。バイト先は大学の正門前からほど近いところにあるビデオ屋「アトム」である。店先には手塚プロの承諾を得たのかどうか、といった微妙な感じのアトム人形が置かれていて、道行く人たちを誘っていた。

二人の刑事がなかに入っていくと、店番をしていたのはただのひとりだけだった。

「君が桑田一樹君かね」

砂川警部が警察手帳をかざしながらさっそく尋ねた。

店番の男はひと言「はい」と答えた。桑田一樹は長身で肩幅の広いスポーツマンタイプ。だが顔はあまり日焼けはしていない。焼かないのが今風なのだろう。その代わりといってはなんだが、サラサラの髪はうっすらと茶色に染めてある。なかなかの美形ぶり。砂川警部はさっそく彼に対する警戒を強めた様子だった。モテる男にはとりあえず反感を覚えるのが砂川警部の特徴的なメンタリティーであることを、志木はよく理解していた。

したがって砂川警部の桑田への質問の矢は容赦なく放たれた。一方の桑田は、なんら動じること無く淡々とそれに答えていくばかりだった。

「付き合いだしたのは?」「二カ月前」

「きっかけは?」「コンパで隣になったので」

「うまくいってた?」「普通でしょう」

「最近、彼女の様子に変化は?」「べつに気がつきませんでしたね」

「最近、彼女と喧嘩したことは?」「小さい喧嘩ならしょっちゅうありますよ」

「ほんの二カ月とはいえ付き合っていた彼女が殺されたんだから、ショックだろうね」

この質問にだけは、桑田も少しだけ気を悪くした様子だった。

「当たり前じゃないですか。でも、働いていたほうが気が紛れます。葬儀には出ようと思いますけど」

「戸村流平という人を知ってる?」

砂川警部は相手の反応を見るために、わざと唐突に戸村の名前を出したようだった。

「知ってますよ」何事もないように桑田は答えた。「同じ学校の友達です。それに彼女の側から見れば昔付き合っていた彼氏ってことになります」

「意外だな。君と戸村流平が友人同士だったとは——。では、戸村流平は君と彼女とが付き合っていることを知っていたかね」

「さあ。知らなかったかもしれませんね。べつに教えてやる筋合いでもないし」

「戸村流平は彼女のことを恨んでいたようだったか、どうか。君はどう思う?」

「振られて嬉しくはなかったでしょうけど、さあね、殺すほどの恨みを持ったかどうかはなんともいえません」

「最近、彼に会ったことは？」

「昨日も会いましたよ」

「えッ！」これには砂川警部も驚きの声をあげた。「昨日、何時ごろかね。どこで会ったのかね」

「この店にきたんですよ。確か午後五時頃だったと思いますけど」

「なにをしにきたのかね、彼は。君に話でもあったのかね」

「違いますよ、刑事さん。彼はこの店の客としてきたんですよ。ビデオを借りるためにね」

「ビデオを借りにきた？　なんのビデオを」

「『殺戮の館』っていうミステリ映画です。刑事さん知ってます、『殺戮の館』って？」

「ああ、知ってるとも。随分と昔の映画だな。くだらない映画だ。映画館で観たときには退屈で死にそうだったぞ」

「あ、僕も同感です」横から志木も話に加わった。「学生時代に友人たちと一緒にビデオで観て、大不評でしたっけ」

「僕もやめとけって忠告したんですけどね。なにか、そのビデオじゃなければならない理由でもあったらしくて、結局借りていきましたね」

「なぜ、そのビデオじゃなければいけなかったのかな」

「たぶん、誰かとそのビデオを観る約束があったんじゃないですかね」

「なるほど——しかし、こりゃ変だな」

砂川警部は急に自分の思考のなかに埋没していくかのように、独り言を繰り出した。

「戸村流平は昨夜は自分の部屋には戻っていない——それなのに昨夕、彼はこの店でビデオを借りている——となるといったい彼はビデオ一本を持ってどこへいったんだ？」

桑田はそれを聞くなり、答えていった。

「それなら茂呂さんじゃないですか。茂呂耕作さんっていう大学のOBがいるんですけど、その人の家で戸村は時々ビデオを観せてもらっていたようでしたから」

「え、茂呂耕作！」

驚きの声を上げたのは、今度は志木のほうだった。

茂呂耕作の住むアパート白波荘の所在地が幸町五丁目と判って、二人の刑事はますます手応えを感じた。幸町五丁目といえば紺野由紀殺害事件のあった高野アパートから目と鼻の先である。そこに昨夜、一本のビデオを持って戸村流平が出かけていった可能性が出てきた。いい換えるならば、戸村流平が現場のすぐそばに存在していた可能性が出てきたということである。となれば、これは単なる偶然とは思えない。

「戸村流平は茂呂耕作のアパートにいる。いや、少なくとも昨夜はそこにいたに違いない。どうやら今度こそ間違いなさそうだ――それはそうと、おい志木ッ」

砂川警部は運転席でハンドルを握る志木刑事を問い詰めるようにいった。

「おまえ茂呂という男のことを知っているような素振りだったな。知り合いか？」

志木は車を一路白波荘へ向けながら、前を見たままで答えた。

「高校時代の友人です」

「おまえの昔のクラスメイトが容疑者の先輩か。世間は狭いな」

「ええ――」志木はちょっと考え込むように間を取りながら、言葉を続けた。「確かにそのとおりかもしれませんね。世間は狭いようです。警部、実は昨夜ちょっとおかしなことがあったんですよ」

「なんだ」

「彼――茂呂耕作ですけど、昨夜の現場付近にいたと思うんですよ。野次馬たちに混じってよく似た男の姿を見たんです。一瞬でしたけど、たぶん間違いないと思います」

「なにッ、それじゃ茂呂耕作はあのときおれたちのすぐそばにいたってのか。おいおい、そりゃ偶然なのか？」

「さあ、判りません。まあ、彼自身高野アパートの近所に住んでいるわけですから、現場にたまたま居合わせたって不思議じゃありませんけどね。ただ、ちょっと変だったのが――」

「なんだ。なにが変だったんだ」

「よくは判らなかったんですけど、僕が声を掛けようとした瞬間に、彼の顔つきが変わったんですよ。なんていうか、なにかに驚いたというか意外なものを見たような、そんなふうな表情でした。それで結局は、こっちが声を掛ける前に彼のほうが消えていってしまって——」

「ふーむ。なにかに驚いたねえ。で、心当たりは？」

「いいえ、全然ありません」

「おまえ昔、そいつのことイジメてなかったか。カツアゲとかしなかったか。そのせいで、いまだに嫌われて恐れられてるなんていうんじゃないのか」

いまは正義が売り物の警察官も元をたどれば昔は結構ワルだった、という類の話はそんじょそこらに叩き売るほどある。砂川警部の勘繰りも無理のないものだった。

「してません、断じてしてません。彼には——いえ」

「ほう、それじゃ彼以外の他の連中にはやったのか、『カツアゲ』とか『パン買ってこい』とか『ジャンプしてみ』とか」

「まあまあ、昔のことなんですから」

志木はアッサリと若かりし日々の罪の一部分を認めた。「でも、そんなこと、いまさら僕を恐れる理由にはならないんじゃないですかね。お互いもう大人なんだし——おっと、危ねえッ！」

彼らの乗った車の直前に、ひとりの若い男が歩道から不意に飛び出してきた。志木は急ブレーキを踏み、助手席の砂川警部は水飲み鳥のようにカックンと首を前後させた。

若い男は、野球帽にサングラスという競輪場あたりでよく見かける恰好。肝を冷やしたとばかりに路上で立ちすくんでいるところをみると、べつに自殺志願者ではないらしい。

傍に停めてあった車（ルノーだ！）の陰から、冴えない感じの背広姿の中年男が脱兎のごとく飛び出してきて、すぐさま若い男を歩道に引っ張り戻していった。

「ちッ、どこみて歩いてんだよ、ったく、ひき殺されてーのかッ」

「……………」

突如豹変し奇声を発する志木の様子を、砂川警部は言葉もなく見つめるばかりだった。

「あ、いえ、いまのはですね――」

「判った。おまえが昔ヤンキーだったたってことは、よーく判った」と砂川警部は決めつけた。

「判ったから、志木、カッカしないで冷静にちゃんと前を向いて運転してくれよ。刑事の運転する車が人をはねたとなったら問題だからな」

「ええ、もちろんですよ。いまのはただ、警部が僕の昔の悪事をほじくり返すようなことをいうから、ちょっと興奮しただけでして」

「おれのせいだっていうのか」じろりと砂川警部は助手席から鋭利な視線を投げつけた。

「いえ、べつに、そういうわけでは」

「まあ、その話はいまはおいておこう。茂呂耕作が昨夜なにを見て驚いたのか。それが紺野由紀殺害事件と関連があるのかどうなのか。そんなことは茂呂耕作本人に会ったときに、問いただしてみればいいことだ」

「それもそうですね」

志木も砂川警部の言葉に全面的に納得して、再び運転に集中した。

だが、いうまでもなく二人の刑事にとって、茂呂の口から直接謎の真相を語ってもらうことは永遠にかなわぬ夢であった。彼らがそのことを認識したのは、この直後のことだった。彼らは白波荘に到着し、四号室の風呂場で茂呂耕作の死体を発見したのである。

9

戸村流平と鵜飼杜夫の二人は、とりあえず貴重な情報を提供してくれた二宮朱美に対して悠然と礼を述べて、白波荘を辞去した。だが、朱美がもし立ち去る二人を背後から忍び足で追ったとしたら、彼女は妙な光景を目の当たりにできたはずである。

なにせ白波荘の敷地を一歩出るや否や、さっきまで《刑事》を名乗っていた二人の男たちは急に俯《うつむ》きがちになり、足取りはそそくさとせわしなく、視線はしきりにあたりをうかがいはじめたのだから。

それは明らかに刑事というよりはそれに追われる者の雰囲気に他ならない。

だが、二人にしてみれば無理もないことだった。わざわざ危険を冒してまで現場を訪れて、《内出血密室説》などという一見もっともらしい仮説を立てて、密室の謎を解きかけたと思えたそのときに、二宮朱美の証言である。流平はもちろんのこと、鵜飼にもさきほどまでの自信に満ちた様子は微塵もみられなかった。

「鵜飼さん、いったいどういうことなんですか、これは。彼女の証言、あれは内出血密室じゃ説明がつかないじゃありませんか」

早歩きで歩道を進みながら流平が探偵を責めた。

「考えるのは後だ。いまはとにかく車に戻ろう。このあたりは危険だ。どこで警官と出くわすかもしれないからね」

「自分で連れてきたくせして」

「むッ」

こんなふうにいわれて鵜飼としても面白いわけがない。それでも甘んじて沈黙を守ったのは、やはり自説が砕けて散った面目のなさを痛感していたからだろう。だが、あの状況をみれば、たとえそれが手垢にまみれた理屈であろうとも、やはり内出血密室を思い描くのは本格推理に通じるもののいわば本能のようなもの。鵜飼としても自信の推理だったはずである。

事実、鵜飼の曇った表情には「いまだに信じられない」の思いが凝縮されて張りついていた。

「もう一度整理して考えてみようじゃないか」

鵜飼は車の運転席に滑り込むなり、助手席の流平に提案した。もちろん流平も異存はない。

二人は車を停めたままで話し込んだ。

「君と茂呂耕作は午後七時半から十時ちょうどまで一緒に『殺戮の館』を観た」

「そうです」

「犯人は君たちが映画を観ている間に四号室に侵入したと思われる。おそらく玄関の錠は掛かっていなかったのだろう」

「ちょっと待ってくださいよ。なんでそう決めつけるんです。僕らが映画を観ている間に侵入者があったなんて」

「だってそうじゃないか。彼女——なんていったっけか」

「二宮朱美です」

「そうそう、その二宮朱美の証言によれば彼女は午後十時頃からずっと白波荘の門の前でバイク修理にかかりきりだったらしい。そこで彼女は十時過ぎに花岡酒店に買い物に出掛ける茂呂耕作と挨拶をし、それから十五分後に戻ってきた茂呂耕作とまたすれ違っている。しかし、それ以外の人物の姿は見ていない。ということは犯人の四号室への侵入は午後十時以前としか考えられないんじゃないのかな」

「それはそうです――けど、実際に凶行があったのは、午後十時半を過ぎたあたりですよ。その二宮朱美の証言から察するところでは、たぶん午後十時三十五分っていう可能性が高いでしょう。ということは、犯人は午後十時よりも前に四号室に侵入を果たしていながら、それから犯行まで三十分以上も待ったわけですか」

「そうなるね」

「随分悠長な犯人ですね」

「優柔不断なやつなのかもしれないな」

「優柔不断な犯人が、深夜に刃物を持って他人の部屋に乗り込むような真似しますかね」

「ひょっとすると優柔不断かつ大胆不敵な犯人なのかもしれないな」

「それ、どーいう犯人像なんですか。想像つきませんよ」

「僕にも判らないな。あるいは優柔不断かつ大胆不敵で、おまけに前代未聞、珍無類の――」

「ま、それはおいておきましょう」流平はさすがにもう付き合っていられなかった。「とにかく判りました。それじゃ侵入は午後十時より以前ということにしておきましょう。その時間帯、玄関の錠は開いていたということにして」

「うむ、すると問題は逃走のほうになる。茂呂耕作が花岡酒店から戻ったのが午後十時十五分。これは君と二宮朱美の証言から間違いない。そして茂呂耕作と君との間で若干の酒宴と雑談があった後で、茂呂耕作はシャワーを浴びてくるといってホームシアターを出ていった。これが十時半頃だ。そして茂呂耕作はシャワーを浴びる以前に刺されて死んでしまった。この点から考えて、茂呂耕作が刺されたのはシアターを出た直後だったのではないかと推測されるわけだ。そして二宮朱美の『午後十時三十五分頃に風呂場で大きな音がした』という証言は、このことを裏付けていると考えていいだろう。おそらく犯行は午後十時半から三十五分の間に行われたと見ていいわけだ」

「僕もそう思います」

「ところで、いっぽうでは玄関のチェーンロックが内側から掛かっていたという密室の謎がある。これを説明できる理論はすでに述べたように《内出血密室説》しかない」

「つまり、犯人が逃げていった後で、被害者である茂呂さんが痛みを押して自らチェーンを掛けて、そして死亡したということですね」

「そうだ。すると、仮に茂呂耕作が風呂場で絶命したのが午後十時三十五分だとした場合、その少し前に玄関から逃走する犯人の姿があったということになる」

「でも、二宮朱美はそんな人物はなかったといってるんですよ」

「そうだ」

「それどころか、午後十一時半まで広げても、誰ひとりとして門を通った者はなかったといってます」

「そう簡単に投げ出さないでくださいよ。さっきはそれしかないみたいないい方だったくせに」

「さっきはさっき、いまはいまだ。二宮朱美の証言はすべてを覆してしまったよ。君もさっきいっただろ。十時以前に侵入を果たした犯人が十時半まで犯行を待つなんて悠長すぎる、と。まったくそのとおりだと思うよ。おまけに逃走時刻も変だ。犯人が二宮朱美の目につかないように逃走するためには午後十一時半過ぎまで犯行現場である四号室で待機しなければならなくなる。それもまた悠長だ。だいたいなぜそこまで人目をはばかる必要があるんだ？顔を見られたくないなら、隠す方法はいくらだってあるのに」

「それもそうですね」

「もし百歩譲って犯人が午後十一時半過ぎ、つまり二宮朱美がバイク修理を終えて門の前からいなくなったのを見計らって逃走したのだとしよう。それでは玄関のチェーンロックはいったい誰が掛けたのだ？　茂呂耕作はもうとっくに冷たくなっている。いっぽうの君は翌朝までチェーンには触れていないという。チェーンは自動的に内側から掛かったのかな」

「そんなの無理でしょう」

「もちろん無理だ」

「それじゃ、いったいどういうことになるんですか」

「唯一の結論は――」

「結論は？」

「君が犯人である、ということだ」

「本気ですか？」本気なら殴ってやろう、と流平は拳に力を込めて答えを待った。

「いや、それなら楽だと思っただけだ。いまこの瞬間にジ・エンド・オブ・ミステリってわけだから」

そうそう楽をされたのではたまったものではない。流平は鵜飼を殴った（軽く）。

どうやら密室にまつわる謎は解けるどころか、こんがらがるばかりである。このままでは埒《らち》が明かないと見た流平は、なぜかいままでほとんど触れることのなかった重大事実について、ようやく話を展開していった。

「ところで鵜飼さん」流平は運転席で頭を摩《さす》っている探偵に呼びかけた。「昨夜、紺野由紀が殺された事件と茂呂さんの刺殺事件との関連をどう考えてます？」

鵜飼は不意に顔を上げて、ハンドルを右手で軽く叩く仕種をした。

「そうだ。それがあったな。いままで君が密室密室と騒ぐから、ついついそちらに気を取られていたが、そうだった、問題なのは密室なんかじゃないんだ。一晩に君の周辺で君にとって大事な人が立て続けに変死を遂げた、それがなによりも重大な問題なんだ。うん、これは確かに密室よりも問題だ。案外、事件の謎を解くには、このあたりから解きあかすほうが近道かもしれないな」

「それじゃ、鵜飼さんは二人の死には関連性があると考えるんですね」

「それはそう考えるのが普通なんじゃないかな。偶然とは考えにくいじゃないか。ただ同じ夜に命を落としたというだけならともかく、白波荘と高野アパートとは幸町公園を挟んでほんの一分程の距離しかないんだから」

「同じ犯人が二人を立て続けに殺害したというんですか?」

「その可能性はあるだろうね」

「信じられませんね」流平は否定的にならざるをえない。「だって茂呂さんと紺野由紀との間には、お互い僕の知り合いという以外は、なんの繋がりもないんですよ。おそらく面識もなかったと思います。それなのに紺野由紀を殺した犯人が、同じ夜に茂呂さんも殺すというのはいったいどういうことでしょう? 犯人にいったいどんな動機があったというのか、見当もつきませんよ」

「それはよく判らないのだが——ただ、茂呂耕作と紺野由紀との間にはまったく関係がないとはいえないと思うな」

「どんな関係ですか」

「ほら、君の話にも出てきただろ。茂呂耕作は昨夜、花岡酒店に買い物に出掛けた際に、紺野由紀殺害事件の現場に出くわしているじゃないか」

「ただ野次馬の群れに加わっただけのことですよ」

「そうかもしれない。しかし、僕はこれはかなり重大な接点だと思うな。ひょっとしたらその野次馬たちのなかには真犯人の姿が紛れていたのかもしれないじゃないか。さらに想像を逞《たくま》しくするならば、茂呂耕作はその野次馬の群れのなかでなにか重大なものを見たのかもしれないだろ。たとえば、そこにいるはずのない人物の姿とか、あるはずのない物があるのを見たとか」

「それが原因となって、犯人に急遽狙われる羽目に陥ったというわけですね」

まったく無関係の人物が偶然、重大な瞬間を目撃してしまったばっかりに、犯人に命を狙われる。連続殺人においては、掃いて捨てるほどありがちな展開である。知恵のない探偵にかぎって、そういった方向に話を進めたがるものだ。鵜飼も例外ではなかった。

「そういう考え方もあるだろ。細い線だとは思うけれど、まったく無理な話ってわけでもない。そう思わないか？」

「そりゃまあ、可能性はあるかも――」

「よし、そうとなったら早速調査開始。茂呂耕作は高野アパート前でなにを見たのか、あるいは見なかったのか、それがポイントだ。まずは花岡酒店から始めよう」

高野アパートの周辺には警官がうろついている確率が高い。したがって花岡酒店前に車を駐車した場合、違法駐車を咎められる可能性がある。ならば歩こう、という話になった。

二人は再び車から出て、歩いて花岡酒店を目指そうとしたのだが、その矢先——

「うわっ！」

車を降りてすぐ車道を渡ろうとした流平は、走ってきた車にはねられかけた。慌てて鵜飼が流平を歩道へと連れ戻す。急停車した車のなかでは運転手が凄《すご》い形相になって吠えている。だが、助手席の中年男性にひと言ふた言声をかけられると、運転手は急におとなしくなり、次の瞬間にはまた何事もなかったかのように車を走らせ去っていった。

「あー、驚いた。轢《ひ》き殺されるかと思った」

流平は本音を漏らした。正《まさ》しくいろいろな意味で危険な瞬間だった。だが、流平自身はたったいま自分の身に降りかかった危機の正体には気がついていなかった。もちろん、鵜飼にしても同様である。

「おい、気をつけろよ。万が一、交通事故に巻き込まれでもしたらその時点で君はアウトなんだぜ。警察は血眼《ちまなこ》になって戸村流平を捜しているはずなんだから」

正しく、その《血眼》が自分たちの目前を通りすぎていったことに気がつかないまま、二人は歩きだした。もちろん、知らないほうが幸せという見方もあるだろう。

10

案の定、高野アパートの正面には一台のパトカーが停車中だった。しかし、制服の巡査の姿は見当たらなかった。あるいは歩道で佇みながら煙草をふかしている、一見したところサラリーマン風の背広姿の男が実は刑事ということも考えられるのだが、そんなふうに考えだすと道行く人はみな刑事に見えてしまう。

流平はなるべく周囲を気にしないように振る舞った。二人はよそ見をしないでまっすぐに花岡酒店の入口をくぐった。

店内は薄暗く客は途絶えていた。ほぼ開店休業状態。二人にとっては好都合といえた。特に鵜飼にとっては願ってもないところである。さっそく例の黒革表紙の「開運手帳」を店主の眼前に突きつけたところ、ここでも手帳は物をいった。まさしく、この手帳の行くところに運は開けていくかのようである。

「これはこれは、ご苦労さまです」

店主は丁寧にお辞儀をしたが、どうも手帳に頭を下げているようにしか見えないのはなぜだろう。これが権力というものか？　不思議な気分を味わう流平だった。

「ちょっと尋ねたいことがある。いいかね」

「はいはい、なんなりと」

店主の名は花岡良二。年齢は五十三歳。酒屋の主人らしく昼間から一杯やったかのような赤ら顔をしている。血色はすこぶるよさそうだ。ただし肥満の気が見える。激しい運動には向きそうにない典型的な中年男性、というのが流平にとっての第一印象だった。

「ここから歩いて一分ほどいったところに白波荘という古いアパートがあるだろ。そこの住人で茂呂耕作という男がいるんだが、知ってるかね。二十五歳くらいの眼鏡を掛けた男で、ここにも時々買い物にきているはずなんだが」

「はいはい、そりゃもちろん知っておりますよ。うちのお得意様ですからね」

「よくくるのかね」

「はいはい、三日とあけずにいらっしゃいます」

「そうかね」

「はいはい」

「《はい》は一回でよろしいですよ、ご主人」

「は、はい！」

花岡良二の声が裏返り、背筋がピンと伸びた。これでもし偽刑事だということがバレたら、どれほどの怒りを招くことだろう。鵜飼のやることは、どうも過剰である。やりすぎる傾向がある。流平は心配になるのだった。

「で、いちばん最近、店にやってきたのはいつのことかね」

「はい、それは昨夜です」

「え、なんだって」また少しわざとらしい演技を交えながら鵜飼は声をあげた。「昨夜だって。昨夜、茂呂耕作はこの店にきたのだね。それはいったい何時ごろかね」

「ええっと」花岡は初めて《はい》以外の受け方をした。「確か向かいのアパートで事件が起こって、その後だから――そうですそうです、思い出しました。午後十時ちょっと過ぎですよ。ラジオの番組が十時台の音楽番組に変わってすぐぐらいにきましたからね」

「買い物の様子は普段どおり?」

「はい、いつもと特に変わったところはありません。酒とチュウハイとツマミを何種類か見繕って――」

「支払いは現金?」

どうでもいいような質問を混ぜるあたりが探偵の手腕である。

「はい、おかげさまで」

「会話はなにかあったかね」

「あまり長い話はしてませんが、まあ向かいのアパートで事件が起こってパトカーやら野次馬やらが大勢集まっていたところでしたから、それについて少々話しましたっけ」

「もうちょっと具体的に教えてもらえないかね。どういった会話だったのか」

「はい、えぇっと」花岡は記憶を手繰《たぐ》るように視線を遠くに向けながら、「確か最初に茂呂さんのほうから『ひどい人だかりだ。いったいなにがあったのか』というような質問があったので、それで私が『どうやら飛び降り自殺らしいですよ』と答えました」

「ふむ。それから」

「そう、それから――いえ、それだけだったと思いますけど」

「それだけかね。なんだ、ほんとに少々なんだな。他にはなにもいわなかったのかね」

「ええ、なにも。ただ『それじゃ、どうも』といって出ていきました。それだけです」

「そうか、ううむ」鵜飼は低い唸り声を発した。次の質問が浮かばない様子だった。

「あの――」花岡良二が不思議そうな表情で問いかけた。「茂呂さんがどうかなさったんでしょうか？　高野アパートで殺されたのは確か女子大生のはずでは？」

「余計なことは聞かなくてよろしい」鵜飼はピシリといい放った。

その実、これは偽刑事にとってはもっとも恐れていた質問だった。だからといって、弱みを見せれば余計に怪しまれてしまう。強気に出ることが嘘をつき通すコツと探偵は心得ているらしい。上手いやり方なのかもしれないが、心臓にはよくない。

「ついでにいっておくが、ここでのやり取りは捜査上の重要な機密であるから、無闇と世間にふれ回ったりはしないように。いいね」

「もも、もちろんですとも、刑事さん」

花岡良二が権力の前では無力化するタイプだったのは、偽刑事にとってなによりだった。

「ところで、茂呂耕作はこの店を出て真っ直ぐ自宅に戻ったのだろうか？　どうだろうね」

「いや、私の見たところでは、店を出た後はそのまま野次馬たちのほうへ向かっていったようでしたよ。なんだ、飛び降り自殺に興味がないような振りして、やっぱり興味あるんだなってふうに意外に思ったもんです」

「うむうむ、なるほど。それで彼はその野次馬たちのなかで誰かと会ったり話したりしてなかったかね」

「してました、してました」

「なにッ、誰かね、その相手は？」

「遠目にしか見てませんけど、たぶん『高麗軒』の主人だったと思いますよ。『高麗軒』って、そこのラーメン屋ですけど」

「ラーメン屋ァ——ふうむ」

どうも殺人事件に重要な影響を及ぼすキーマンにしては少し平凡すぎる印象を拭えない。そんな気分が滲《にじ》み出たような鵜飼の言葉だった。

とにもかくにも昨夜の茂呂耕作の行動を逐一追いかけるためには、相手がラーメン屋だろうが畳屋だろうが文句をいってはいられない。二人の偽刑事は花岡酒店の主人に礼をいって外に出た。「高麗軒」の看板は同じ通りの三軒先に華々しく掛かっていた。店名から判断して韓国風ラーメンを売り物にしているらしい。現れた店主はみるからに生真面目そうな男。年齢は三十を少し越えたくらいである。脱サラでラーメン屋を開業して現在に至る、といった筋書きを流平は勝手に頭のなかで思い描いた。

「松永文雄、三十三歳。二年前に勤めていた会社を辞めて、いまの店を開業しました」

几帳面な自己紹介。流平の予想は怖いほど当たっていた。賞品も賞金もないのが残念なくらいである。

「忙しいところをすまないが、いくつか質問に答えてもらうよ」

「はい、どうぞ」

松永文雄の《はい》は実に歯切れのよい《はい》だった。もちろん、回数は一回である。

「そこの花岡酒店の主人に聞いたんだがね、君は昨夜、高野アパートの事件があった際に野次馬のひとりとして現場にいたね」

「ええ、確かにいましたよ。店もちょうど閉店時刻だったものですから。確か午後十時くらいから十分くらいはいたでしょうか。それがなにか」

「そのときに誰かと会って話などしなかったかね。知ってる人物と」

「知ってる人物なら野次馬のなかに何人かいましたよ。けど、話をしたのはひとりだけですね」

「ほう、誰かね、その相手というのは」期待を胸に秘めつつ鵜飼はさりげなく尋ねる。

「茂呂さんという人です。うちの常連さんです」

「よろしい」期待した通りの答えに鵜飼の表情がゆるんだ。「その茂呂という人物について聞きたいのだが——どんな会話だったのかね。そのときの会話というのは」

「なんでもない話でしたよ。確か向こうが『死んだんですかね。可哀相に——』というようなことをいってたんで、私が『そうらしいね』と答えました」

「ふむ、それから」

「それで終わりですよ」

「それで終わりって——それだけで？」膨らみかけた期待感は急速に萎《しぼ》んでいった。

「あ、そうだ、それでちょっとおかしなことがあったんですよ」

どっこい、萎みかけた期待感は再び膨らんでいった。

「なにかね、おかしなこととは？」

「いや、なにかと聞かれると私にもよく判らないんですけどね。茂呂さんの顔色がパッと変わったような気がしたんですよ。なにかにひどくビックリしたような、なにかとんでもないものを見たような、そんな感じに見えましたね」

「えッ、ほ、本当ですか！」

鵜飼と流平の一方的な期待がついに確信に変わった瞬間だった。やはり茂呂耕作は昨夜、高野アパートの前でなにかを見たのだ。

「そ、それで、なんです、そのビックリしたというのは。なにを見て彼は驚いたんです？

お願いです、教えて下さい」

「さあ、それは私にもよく判らなかったんですけど」

「そこをなんとか思い出してくださいよ。誰か思いがけない人物を見たのか、それともなにか珍しい物を発見したのか。それが知りたいんです」

「さあ、そういわれてもですね」

「お願いしますよ」

「あの――刑事さん」

松永文雄が突然、訝しげな視線を鵜飼のほうに投げた。

「はい、なんでしょう？」

「刑事さん、さっきまでと喋り方違ってませんか？　なんで急に《です・ます調》で喋るんです？　さっきまではエラソーだったくせして――」

「え！　――あ、あわわわ」

鵜飼は思いがけない指摘を受けて面食らった。いわれてみればそのとおり。いまのいままで横柄な態度で、自称《七人の刑事の四番目》を好演してきた鵜飼だったが、彼の重大な証言を耳にした途端に演技を忘れて素《す》にもどっていたのである。人間、喜びすぎるとロクなことはない。

鵜飼の表情から余裕が消え去って、代わりに冷たい汗が額に浮かび上がった。大ピンチ到来と思ったそのとき――

「あれッ」流平が小さく叫んだ。「なんです、あのサイレンは!」

耳を澄ますまでもない。高らかなサイレンの響きがごくごく近くから聞こえてくる。消防車のものではない。鵜飼はこれ幸いとばかりに刑事としての自分を取り戻した。

「うむ。この付近で事件発生のようだな。おい、竹下刑事、我々も駆けつけるとしよう」

「た、竹下?」そうだった。自分はいま竹下刑事なのだった。忘れていた。「は、はいッ、そうしましょう、警部」

流平も調子を合わせた。様々な意味からいって、いますぐにこの場を離れる必要があったからである。こういったところの呼吸は不思議と一致するものである。

「それではご主人、我々はこのへんで。捜査への協力、感謝いたしますよ。それでは」

鵜飼はサラリと礼を述べて、呆気《あっけ》にとられる主人を尻目に流平とともに高麗軒を後にした。

「あー、危なかった」鵜飼は冷や汗を掌で拭いながら、「あの男、なかなか鋭いところがある。さては、ただのラーメン屋じゃないな」

「ただのラーメン屋ですよッ!」流平は早歩きしながらいった。「それにしてもなんなんです、このサイレンは?」

「とにかく車に戻ろう」鵜飼はまっすぐ前を向いたまま答えた。「パトカーがこの付近にうようよしていることだけは、間違いないようだからね」

まったくだ、とうんざりしながら流平は歩きつづけた。サイレンはますます近づいてくる。二人は車にたどり着くと、向かうアテもないままとにかくその場を離れた。法定速度に則ってゆっくりゆっくり。本当なら猛スピードで逃走したいところだったが、それではかえってパトカーに見咎められる心配があったからである。

途中、白波荘前を通りすぎようとしたところで、鵜飼が緊張した声をあげた。

「見なよ、ほら、やっぱりだ」鵜飼は舌打ちしながらハンドルを叩いた。「どうやら風呂場の死体が見つかっちまったらしい。意外に早かったな。もう一晩くらいはもつかと思ってたのに」

いわれて流平は窓ガラスの向こうに目をやった。さっき二宮朱美から話を聞いた、その駐車場にいまは数台のパトカーが停まっていた。赤色灯は激しく旋回している。制服の警官に私服の刑事らしい男たちの姿も見える。周辺には早々と野次馬たちが人の垣根を形成しつつあった。

鵜飼と流平の車は、忍び足をするようなゆるい速度でその前を静かに通りすぎていった。

11

さて、ここで白波荘四号室の風呂場に転がっていた変死体が、どのような経過で警察の知るところとなったのか、それを語らなくてはならない。もちろんそれを発見したのは二人の刑事の手柄——といいたいところなのだが、厳密にいうならそれは二宮朱美の手柄であった。事情は次のようなものであった。

砂川警部と志木刑事の二人は、捜し求めてやまない戸村流平を寸前で轢き殺しかけたとも気がつかないまま、無事に白波荘にたどりついた。名前とは裏腹な外観については、さっそく砂川警部の口から、

「なんだ、随分と小汚い長屋だな。想像していたのと違うぞ」

と忌憚のない意見が出された。

長屋という言い方もそう外れてないな、とは志木の抱いた感想だった。

それはともかくとして、当然のことながら車で到着した二人の刑事は白波荘の駐車場の空いているスペースに車を停めた。そこには壊れかけたバイクの修理に勤《いそ》しむ若い女の姿があったが、とりあえずは気にしないで、彼らはまっすぐ四号室へと向かった。

玄関のチャイムを鳴らすこと数回。もちろん返事はなかった。しかし、今回に限っては返事がないからといって諦めるわけにはいかない。茂呂耕作が戸村流平を匿ってやっているという可能性が充分に考えられるからである。

かといって、勝手に踏み込むわけにもいかない。令状を持っているわけでもないし、緊急事態発生といった状況でもない。手詰まりに陥った砂川警部はまるで暇つぶしのような気軽

さで職務質問をおこなった。相手はもちろんたまたまそこに居合わせただけの彼女、二宮朱美である。

これが刑事側にとってみれば大正解。なにしろ朱美の側にしてみれば《刑事》を名乗る二人連れの男に質問を受けるのは、この日二回目なのだ。不審に思うのも無理はない。

怪しむ気持ちは彼女の表情と言動にハッキリと現れ出た。

「あなたたち、本当に刑事なの？」

問われて「もちろん」と砂川警部は頷いて手帳を見せた。これで文句はないだろう、と思いきや、彼女は意外に疑り深く、

「これ、本物なの？　変ねえ、ちょっと見せて」

と、いうが早いか手帳をひったくってなかを覗き込んだ。

「あら、刑事さん、汚い字ね」

「わあッ、読むなよッ」

「ふんッ、読めないわよッ」

二宮朱美は憎まれ口を添えて手帳を放って返した。

「それじゃ、さっききた二人組の刑事さんはあなたたちの仲間なの？　なんでこう次々に刑事さんがくるわけ？　このアパートでなにかあったの？」

二人の刑事が驚いたのはいうまでもない。最初は、自分たち以外の警官がべつのルートを

たどってこの白波荘までやってきたのかとも考えたが、どうもそうではないらしい。二人組の特徴を尋ねてみると、

「ひとりは地味な背広姿にダサイ眼鏡とハンチングを被った四十過ぎくらいの男で中村とかいったわ。もうひとりは野球帽にグラサンかけた若い男」

「野球帽にサングラスかけた刑事だって？　そんな恰好の刑事なんているかなあ？」

志木はつい昨日の自分の恰好を棚上げしてそう呟いた。そして、まさしくその野球帽にサングラスという取り合わせに心当たりがあるような感触を覚えながら、このときの志木はそれ以上深く考えることはしなかった。

「それで、彼らはあなたにいったいなにを質問したのかね」

砂川警部の問いに二宮朱美は曖昧《あいまい》な答えを返した。

「さあ、なんだったかしら。確か高野アパートの墜落死事件を捜査中だとかなんとかいってたけど、その割には四号室の茂呂さんの話ばっかりだったようね。昨夜の十時半頃、誰かが四号室に出入りしなかったか、とか――そんな話だったわ。よく意味は判らなかったけど」

砂川警部と志木刑事にとっても意味の判らない話だった。だが、それについて詳しく問い詰めるよりも先に聞きたいことがあった。志木が質問した。

「四号室の茂呂耕作さんがどこにいるか、判りませんか。さっきからベルを鳴らしてるんで

すが返事がない。出掛けてるのか、それとも部屋にいるのか。それだけでも知りたいんですがね」

「あら、そんなことだったら簡単じゃない。入ってみればいいわ」

砂川警部は「やれやれ」と首を振って、アッチを向いてしまった。これだから素人は困る――丸みを帯びた背中がそう嘆いていた。

「そう簡単にいいますがね」志木刑事が憮然とした表情で諭すようにいった。「我々刑事の立場としては、令状も無しにそうそう勝手に他人の家に入るわけにはいかないんですよ。お判りでしょう。世間ってそういったことに喧《やかま》しいんですよ」

「だったら、私が入って見てきてあげようか?」

「え! それは――いや、しかし――ねえ、警部」

「うーむ、そう――鍵が掛かってるだろうから」

口では否定的なことをいいながら、内心期待している様子がありありの二人だった。彼らの苦しい胸のうちを察してか、朱美はさらにこういった。

「あら、鍵なんてなんでもないわ。合鍵持ってるもの」

「――え、合鍵?」「なんでそんなもの?」

キョトンとする二人の刑事の目の前で、若い女は胸をはった。

「私、ここのオーナーなの。これでもお金持ちのお嬢様なんだからね」

「え、ここのオーナー!」砂川警部はおうむ返しにいった。「君が?」

「そう、それとも《小汚い長屋の大家》っていったほうがいいかしら」

「……」

返す言葉を失った刑事連中を尻目に、自称お金持ちのお嬢様はいったん自室に戻り、鍵束を鳴らしながら戻ってきた。大家であることの証明である。それからさっそく四号室の扉に向かい、呼び鈴を三、四回立て続けに鳴らして反応がないのを確かめた。それでは、とノブに手を伸ばしたところで彼女は「あれッ」と声をあげた。

「なんだ、鍵なんて掛かってないじゃない。馬ッ鹿みたい」

ノブは軽く回転するようだ。朱美は躊躇《ちゅうちょ》なく玄関を開けて、なかに向けて声を張り上げた。

「茂呂さーん。大家の二宮ですーッ、入りますよーッ、いいですねーッ、おじゃましまーすッ」

いいながら、彼女は靴を脱ぎどんどんなかに入っていった。自称お嬢様のわりにはその行動には高貴さも上品さもなにもない。砂川警部と志木刑事は彼女の大胆さに少々呆れながらも、やはり内心はありがたいと思い、黙って玄関で待った。しばらくすると、奥の部屋をのぞいて回った朱美が再び廊下に出てきて身体の前で両手で×印をつくった。

「誰もいないわ。やっぱり留守みたい——あッ、ちょっと待って。お風呂場の戸が開いてるわ」

その戸の奥にどんな凄惨《せいさん》な光景が広がっているか、この時点の朱美にそれを予知しろというのは酷である。もちろん二人の刑事も、なんの危険も感じずに彼女の反応を待った。もちろん賢明なる読者のみなさんならば、次にどのような展開が待ち受けているかはすでに予想済みのことだろう。事実はその予想を決して裏切るものではなかった。

朱美が刑事たちの視界から離れて数秒後、突如として絹を引き裂くような叫びが玄関にまで轟《とどろ》いた。砂川警部と志木は一瞬顔を見合わせると、先を争うように駆け込んだ。廊下から脱衣場へ飛び込むと、そこではさっきまで元気一杯だった二宮朱美が震えながらしゃがみこんでいた。彼女は無言で浴室のほうを指で差した。刑事たちもそちらに目をやった。タイルの上に横たわっているのは二十代と見える男性の死体だった。

「こりゃ、いったい——」志木はあまりの事態に言葉を失った。

いっぽうの砂川警部は傍らで放心状態の朱美に冷静な問いを発した。

「この人が茂呂耕作さんですか？」

朱美はかすれ声で「そ、そうよ」と答えるのが精一杯のようだった。

数分後、白波荘の周辺はパトカーと野次馬で騒然となった。昼夜の違いはあるものの、昨日といい今日といい似たような光景を目にするものだな、というのが志木の率直な印象だった。

そんなふうにアパート側から路上を見渡す志木刑事の視界の隅っこを一台のルノーがのろのろと通りすぎていったのだが、もちろんそれは彼の意識の端にさえ引っ掛かることはなかったのである。

結局、二人の刑事は血眼になって戸村流平の行方を追っているのだが、そのわりにすれ違ってばかりなのだった。

例によって鑑識班の作業が終了するまで、刑事たちは現場から追い出された。砂川警部と志木刑事は物珍しい気持ちも手伝って、ホームシアター内へと移動した。

「これはこれは、凄い部屋だな」砂川警部はその特殊な空間に一歩踏み込んだ途端に、さっそく声をあげた。「自分だけの映画館か。なるほど、戸村流平がときどき茂呂耕作の家でビデオを見させてもらっていたという桑田一樹の話は、まさしく真実だったらしいな」

「そのようですね」志木は壁に設えてある棚に並んだビデオテープの背ラベルを読みながら頷いた。「そして、おそらくは昨夜も戸村は一本のビデオテープを持参して、茂呂耕作と一緒にこの部屋で映画を観た――そういうふうに考えていいんでしょうね、警部」

「ふはははははッ」

「なにがおかしいんですか」志木は怪訝《けげん》な表情を浮かべた。「しかも無理して作ったような笑い方で」

「ふは、――べつに作った笑い方ではない。おかしいから笑ったまでだ。ふふん、甘いな、志木刑事！」

「というと？」

「昨夜、戸村流平が茂呂耕作と一緒にビデオを観て過ごしたなどというストーリーは、でっち上げのごまかしに過ぎん。戸村の用意した偽アリバイだよ」

「偽アリバイ？　なんのための偽アリバイですか」

「決まってるじゃないか。紺野由紀殺害のためさ！」

砂川警部の発した声は狭い空間のなかでよく反響した。たいして美声とも思えない砂川警部の声も多少はマシに聞こえるということは、相当な音響効果といわなければならないだろう。砂川警部はいい気分になって、

「紺野由紀殺害のためだ！」

同じ言葉を繰り返して、ますますご満悦の砂川警部だった。

「なるほど、判りましたよ、警部の考えていることが。つまり戸村は昨夜、自分を捨てた紺野由紀を高野アパートにて殺害することを決意した。けれども、ただ殺したのでは自分に容疑がかかってしまうことは明白だ。容疑を逃れるためには偽アリバイを用意しておくのが一番いい。そこで戸村は自分の身近な人物に共犯を頼んだ。それが茂呂耕作というわけですね」

「そのとおりだ。戸村はビデオ屋『アトム』にて桑田一樹の目の前で『殺戮の館』のビデオを借りて、あたかもその夜に茂呂耕作と一緒に観るかのように印象づけた。だが、実際はそうじゃない。戸村は昨夜午後九時四十二分に高野アパートで紺野由紀を殺害したのだ。そして後々、捜査の手が自分のところに伸びてきたときには、我々の前でこんなふうにいうつもりだったのだろう。『刑事さん、僕は犯人なんかじゃありませんよ。なぜなら、その時間、僕は先輩の茂呂さんという人の部屋で一緒にビデオを観ていたんですからね。嘘だと思うなら茂呂さんに聞いてみてくださいよ』ってな」

「もちろん、茂呂耕作は戸村と口裏を合わせているわけですね。『刑事さん、確かに僕はその時間は戸村君と一緒にビデオを観ていましたよ。彼が犯人なわけがありません』とかなんとか」

「そんなところだろうな」

「それで、どうして茂呂耕作まで殺されてしまったんでしょうね」

「ま、大体のところは想像がつくじゃないか。戸村流平の犯行計画は頓挫したってわけだ。無理もない。事は人ひとりの命に関わる問題なんだからな。いざとなったらお互いに疑心暗鬼にもなろうってものだ」

「つまり共犯関係が崩壊したというわけですね」

「ああ、まず間違いないだろうな。きっかけはどういったものか判らないが、急に共犯者である茂呂耕作が約束を反故にして警察に全てをぶちまけるといいだした、とか——」

「あるいは、主犯である戸村流平のほうが茂呂のことを信用しきれない気持ちになったということも考えられますね」

「そうだ。ひょっとすると戸村流平の最大の弱みを握った茂呂耕作が、突如として共犯者から恐喝者へと変貌したのかもしれない。まあ、考え方はいろいろあるだろう。いずれにしても共犯というものは口でいうほど簡単ではない。いったん関係が崩れれば、あとは殺し合いも無理ないところだな」

「そうですね。でも、ちょっと待ってください。もうひとつ疑問があります」

「なんだ」

「さっき車のなかで話したことですよ。茂呂耕作は午後十時過ぎに高野アパート付近にわざわざやってきてます」

「ああ、お前が偶然目撃したというやつか」

「そうです。茂呂が戸村流平の共犯者だったとすれば、いったいあの午後十時過ぎの茂呂はなんの目的で高野アパート前に現れたんでしょう。すでに事件が発覚して警察が到着していることは判っていたでしょうに」

「なに、不思議なことはないさ。《犯人は現場に戻る》というじゃないか。戸村流平だって自分が殺人を犯した後、現場がどんな具合になっているのか、当然関心があったはずだ。しかし、実際に自分でもう一度現場に戻るというのは気が進まなかったのだろう。そこで共犯者の茂呂耕作に野次馬のふりをして見てきてくれるように頼んだ。そういうことなんじゃないかな。うむ、ひょっとすると茂呂はそうやって現場の喧騒や捜査員の数などを自分の目で見てはじめて、事の重大さに気がついたのかもしれない。そこで怖じ気づいた茂呂は白波荘へ戻ると共犯関係を反故にするといいだして――」

「なるほど、戸村は頼りがいのない共犯者を抹殺して逃げた、というわけですね」

「そういうふうに考えればすべて辻褄はあうじゃないか」

いや、すべてではない、と志木は思った。志木の脳裏には昨夜、茂呂耕作が現場付近で一瞬見せた驚愕とも恐怖ともとれるような謎めいた表情がこびりついて離れなかった。あれはいったいどういう意味を持つ表情なのだろう。単に《事の重大さに気がついた》などといった類のものではないような気がする。もっと強烈な衝撃を感じたのでなければ、あれほどの表情の変化にはならないのではないか。

だが、この疑念を口にすることは志木には憚られた。砂川警部の推理はそこそこ筋が通っているし、いっぽう志木の疑念はあくまでも彼自身の感覚に頼ったものに過ぎなかったからである。

いずれにしても戸村流平が犯人であるということには疑問の余地はない。だったら、それでいいではないか。余計なことをいうと砂川警部の機嫌が悪くなる。それは志木としてもマズイのである。

「しかし、そうだとするといよいよ戸村流平という男、紺野由紀および茂呂耕作殺害の連続殺人犯ということですね。しかも、たった一晩で二人の男女を立て続けに殺害したとは、とんでもない極悪非道な殺人鬼ってことになります。早く逮捕しないと、また犠牲者を出さないとも限りませんね」

「そうだな。だが、問題は戸村がどこへ逃げたか——あッ！」

「どうしました、警部」

「うっかりして忘れるところだったぞ。さっき二宮朱美が話していたじゃないか。二人組の男たちが刑事を名乗って四号室のことをあれこれ聞いていったと」

「ああ、そうでしたね。確か、片方が地味な背広姿、眼鏡にハンチングの四十男でもう片方が野球帽にサングラスを掛けた若い男」

「そう、その野球帽にサングラスをかけた若い男だ。志木、覚えてないか、ほら、おれたちの前を通りすぎていった若い男がいたじゃないか。野球帽にグラサンの男が」

「えッ、まさか——」志木は信じられないといった表情を浮かべながら顔を上げた。「ひょっとして、さっき僕が轢きそうになったあの男のことですか」

「そうだ、それだ。そういえば一緒にいたのは地味な背広姿の中年だったような気がする。ほんの一瞬しか見なかったし、単なる出会い頭だと思ったから特に注意して見なかったが、おそらくは間違いない」

「あの二人が偽刑事だったってわけですね。いわれてみればそうかもしれません。しかし、彼らがわざわざ偽刑事になりすまして現場にやってきたということは、どういった意味なんでしょう」

「なに、簡単だ。これまた《犯人は現場に戻る》だ。きっと逃亡を果たしたものの、また心配になって現場に戻ってきたのだろう。遺留品や指紋などの始末をつけるためだったのかもしれないな」

「始末といえば、犯人にとって都合の悪い目撃者や証人を始末するつもりだったのかも」

「うむ、あり得る話だ。殺人犯はひとつの殺人を隠し通すためには、次々に殺人を犯すことも厭《いと》わないからな。間違いない。あいつらが犯人だったのだ」

「それじゃ、二人組の片方が戸村流平ってことですか」

「そうだ。年齢からいって、あの不自然な野球帽の若者、あれが戸村流平の変装した姿に違いない」

「一緒にいた四十過ぎの中年男性というのは誰でしょう」

「背広姿の四十男というだけじゃ誰とも特定できんな。くそッ、こんなことになるんだったら、あのときもう少し注意して見ておくんだったな、あの二人の姿を」

「そうですね。あッ、でも警部、あの二人組の乗っていた車なら覚えがありますよ。あれは珍しい車でしたからね。確かルノーですよ。ルノーのルーテシアっていう中型車で――うん、ちょっと待ってくださいよ。あれは、なんだか、どこかで――見かけた――ような――気がしま――すよ」

「おい、どうしたんだ、志木」砂川警部は志木の肩に手を置いて心配げな声でいった。「電池切れでも起こしたか？」

おもちゃの兵隊じゃあるまいに。志木は砂川警部をキッと睨《にら》み付けた。

「いや、そうじゃなくて。あの二人組が乗ってた車ですよ。あれは確かルノーなんですけど、つい最近、同じものをどこかで見かけたような気がするんですよ。ええっと――」

散々考えたあげくに、ようやく志木は手を叩いた。

「判った！　思い出しましたよ。鵜飼杜夫です。彼の事務所のビルの隣の駐車場に外車が一台停まってました。それがルノーだったんですよ。警部、これは偶然じゃありませんよ。あんな車、この街で何台も走ってるわけがないですからね」

戸村流平は謎の中年男性と共にルノーを足にして街をうろついているらしい。いっぽうで戸村の元義兄にあたる鵜飼杜夫の事務所の駐車場には同じくルノーの姿があったというのだ。結び付けて考えないほうが不自然というものである。

「よし、判った」砂川警部は二度三度と頷いて、「戸村流平と一緒に行動している中年男性の正体は鵜飼杜夫だ。いや、待てよ。あいつは確か三十ちょっと過ぎくらいだったようだが——」

「変装ですよ。顔は化粧ひとつで十歳くらいは老けさせることができます。おまけに眼鏡やハンチングでわざと中年を演出したんでしょう。鵜飼で間違いありません」

「うむ、なるほど。あの野郎さっきはおれたちの前でなに食わぬ顔だったくせに、しっかり戸村と行動を共にしてやがったんだな。ふざけた野郎だ」

「まったくッスね」志木はいかにも残念といった様子でいった。「だったら、あのときいっそ轢いときゃよかったッスね」

「いや、それはまずいだろ」

「死なない程度に、ですよ」

「それならいいけど——今度出くわしたときにな」

端で聞いてる者がいない気安さも手伝って、話の内容は過激なものになっていった。もちろん半分は冗談なのだが、半分は本気かもしれない。すると、不謹慎極まりない会話を聞きとがめたかのように、勢いよくホームシアターの扉が開いて制服の巡査が顔をのぞかせた。よくみれば昨夜も共に働いた加藤巡査である。

加藤巡査は三角定規で計ったような敬礼を見せて、歯切れよくいった。

「砂川警部、鑑識班のほう終了したとのことです。現場にどうぞ」

「はいよ、ご苦労さん」

砂川警部の敬礼はいつもおざなりで不格好なのが特徴である。

「ところで加藤巡査」

「はいッ」

「いまの我々の会話、聞いたりなどしなかっただろうね——いや、聞いてないのならそれで結構。では死体とご対面といこうかな」

12

ようやく警察の手によって発見された茂呂耕作の死体については、ここであらためてくどくどと書き述べることはなにもない。

昨夜、戸村流平が目にして卒倒するほど驚いた、その禍々しい様子がそのまま刑事たちの目の前にあった。もちろん死後、半日以上の時間が経過していることは確かであるが、その点についても監察医は的確な判断を下した。

「死亡推定時刻は昨夜の午後九時半から十一時半までの二時間あたりでしょう。解剖してみればもう少し狭められるかもしれませんが、まず間違いのないところだと思います」

「死因は？」砂川警部が尋ねた。

「右脇腹を細身のナイフ状のもので刺されています。外傷は他には見当たりません。これが致命傷ですね。直接の死因は出血性のショック死という可能性が高いでしょう」

「警部、これが現場に落ちていたナイフです」

志木刑事がビニール袋に収められた一本のナイフを砂川警部に示した。それはまるで監察医の言葉を補足するかのように、見るからに薄く鋭利な刃を持っていた。

「これが凶器と見て間違いないんでしょうね」

砂川警部が念を押すように問いかけると、監察医はあくまでも慎重に、

「傷口とは一致するようですね」

とだけ答え、それ以上の言明を避けた。そこには、凶器の特定は医者の仕事ではない、といったニュアンスが含まれているらしい。砂川警部は別の角度から質問を試みた。

「どうです、先生、この薄っぺらなナイフが昨日殺された紺野由紀の死体の背中の傷と一致するかどうか、判りませんか」

「断言することはできませんが」とひとつ前置きして監察医が答えた。「この男性の脇腹の傷口と昨夜の女性の背中の傷口がよく似ていることは確かです。両者が同じ凶器によってできたものという可能性はあるでしょうね」

どこまでも慎重ないい回しながら、監察医の言葉は砂川警部の描きだす事件像をほぼ裏付けていた。

一本のナイフを手にした戸村流平が高野アパートの一室と、この白波荘の風呂場で二度に

わたって殺戮を繰り返した、その光景がまざまざと目に浮かぶような気がして志木は思わず身震いした。

それにしても大胆な犯行である。犯人はこれ見よがしに凶器を現場に放ったまま逃走しているのだ。凶器を始末しようという意思がまったくなかったのだろうか。志木はあらためて現場に残されていた血染めのナイフを無言で眺めてみた。

これが凶器であることは九分九厘間違いはなかった。これに戸村流平の指紋でも付着していれば証拠になるのだが、まず今時の殺人犯は凶器に指紋など残したりはしない。入手ルートを探るにしても、見るからにありふれたナイフである。凶器から犯人を特定することは期待薄だな、とは志木刑事の感触だった。

指紋といえば、風呂場に限らず、居間や台所やホームシアターなど、至る所で指紋が採集された。だが、仮にここで戸村流平の指紋が発見されたところで、それはなんの手掛かりにもならない。彼は茂呂の後輩にあたるのだから、この部屋に戸村の指紋があってもなんの不思議もない。これも駄目だ。

「物証に期待するよりも目撃者だな」砂川警部が独り言のようにいった。「昨夜、戸村流平がこの部屋を訪れたことはあくまでも推理としては成り立つ。ビデオ屋での桑田一樹の話もあるし、今日になって戸村らしい男が鵜飼杜夫らしい男と共に偽刑事になりすましながらアパート周辺を歩き回っていたという目撃もあるしな」

「そうです。僕たちが轢きかけた――いや、見かけたあいつらですよ」

「うむ、ならば昨夜この茂呂耕作の部屋を訪れた戸村流平の姿を目にした目撃者がいれば、それが証拠になる。特に昨夜午後九時半から十一時半までの時間帯に、現場を立ち去る戸村の姿を見た者がいればなおいい」

「いますかね、そんな時間帯に目撃者が」

「さあな。とりあえずは、さっきのお嬢様に期待しよう。まだなにか知ってる雰囲気だったからな」

砂川警部と志木刑事は居間のソファで再び二宮朱美と相対した。朱美はさきほどのショックからはすでに立ち直ったらしく、いまでは血色を取り戻していた。さっそく彼女の昨夜の行動を質問すると、おあつらえ向きに「門のところでバイク修理してた」との返事があった。恰好の目撃者とばかりに刑事たちが意気込んだのも当然だった。

「昨夜、この四号室に出入りした人物がいなかったかどうかを知りたいんだ。時間帯でいうと――」

「午後十時半あたりでしょ」

「う――まあ、そんなところだな」先回りをされた感のある砂川警部は少し動揺の色を見せた。「午後九時半から十一時半だ。午後十時半前後といういい方もできるが――どうして判ったんだね、こちらの聞きたいことが」

「さっきの二人組の刑事——え、あれ偽刑事なの？——彼らが同じこと質問したわ」

「そうか。それでなんと答えたのかね」

「私が見たのは茂呂さんだけ。茂呂さんが午後十時に部屋を出ていって、十五分ほどして戻ってきたのを見たわ。それ以外の人物にはお目にかかってないわ」

「なに、ということは茂呂耕作は午後十時十五分までは確かに生きていたというわけか」

「そうよ。それは保証するわ」

「すると死亡推定時刻は午後十時十五分から十一時半までと狭めていいわけだ。これは助かる。他になにか変わったものを見たとか聞いたとか？」

「午後十時三十五分に大きな音が四号室のお風呂場から聞こえてきたわ。人が倒れるような感じの音」

「なにッ、十時三十五分に風呂場で——ふーむ、するとそれが茂呂耕作の絶命の時か」

「あの二人の偽刑事も同じことといってたわ。ねえ、あれ本当に偽刑事？」

考え込んでいる砂川刑事に代わって志木が答えた。

「正真正銘の偽刑事です。ひょっとすると茂呂さんを殺害した犯人かもしれません。あなたは危ないところだったんですよ」

「どう危なかったの？」

「つまり、彼らは目撃者探しをしていたと思われるのです。なんの為かというと、もちろん犯人を捜し出す為ではなくて、その逆。犯人である彼らが罪を逃れるために、目撃者を前もって捜し出して消してしまおう、というような考えだったのでしょう。しかし、あなたは音を聞いただけで犯人の姿は見ていない。そうですね？」

「ええ、見てないわ」

「だから生き延びているんですよ。もし犯人の姿を見ていて、彼らの前でそう証言していたならいまごろは――」

「いまごろは？」

「こんなだったかもしれません」

志木は自分の両手で自分の首を絞める恰好をしてみせた。あなたはこんなふうに奴らに消されていたかもしれないんですよ。そんな意味のポーズだったのだが、二宮朱美には大して深刻な事態としては受け取ってもらえなかったらしい。彼女は志木の姿を見ながらケラケラと屈託なく笑いながら、

「ホント？　でも、あの人たちそんなに悪い人には見えなかったわよ」

圧倒的に不利な立場に立たされた戸村流平が聞いたなら、さぞや感激したことだろう。だが、せっかくの彼女の言葉も、志木刑事が一度手にした《極悪非道の連続殺人犯・戸村流平》という先入観を覆すほどのものではなかった。

「人は見かけによりませんよ」

志木は朱美の発言を一蹴しようとしたが、

「あら、私、これでも人を見る目は自信があるんだから」二宮朱美は心外とばかりにいった。「ね、刑事さん、昔は不良だったでしょう。ね、学生のころは相当ワルだったんじゃない、ね、ね、当たりでしょ」

残念ながら大当たりなので困ってしまう志木刑事だった。

13

いずれにしても刑事たちの標的は戸村流平ただひとりである。そのことは死体の数がひとつだろうと二つになろうと変化はない。午前が午後になっても同じことである。

しかしながら大きな進展がひとつある。それは戸村流平が鵜飼杜夫を味方につけているらしい、ということがほぼ確実となったということである。午前中に探偵事務所に探りをいれた際には、一切関わりがないかのような振る舞いだったあの探偵が、やはり一枚嚙んでいたのだ。腹立たしい思いは二人の刑事に共通の感情だった。だが、これで肝心の戸村流平を探しやすくなったことも事実だった。

刑事たちは彼らの常套手段にして最終兵器ともいうべき行動に出た。張り込みである。もちろん張り込む先は戸村流平の自宅などではなく、鵜飼杜夫探偵事務所。

「戻ってきますかね」

志木は半信半疑だった。だが、砂川警部には自信があるらしい。

「必ず戻ってくる。まあ、考えてもみろ。戸村流平はともかくとして、鵜飼杜夫のほうは自分が警察に追われているとは思っていないはずだ。おれたちが事務所を訪れたときにはボロをださなかったし、偽刑事の真似をするときには偽名を使って、おまけに変装していた。しかも、その変装がすでにバレてることを奴は知らないのだ。だから鵜飼杜夫は自分はまだ安全だと高を括《くく》っているに違いない。だったら彼は必ず自分の事務所にあたりまえのように戻ってくる。絶対見逃すな」

二人は歩道に寄せて停めた車のなかで待った。事務所の入った雑居ビルには日中はほとんど数えるくらいにしか人の出入りがなかった。繁盛しないビルらしい。夕方になって少しだけ人の出入りが増えたのは、テナントで入っているスナックが開店したからだろう。

やがてとっぷりと日が暮れて、さらに数時間が経過した午後八時。一台の外車が刑事たちの車の脇をすり抜けるように通りすぎ、そのまま駐車場へと納まった。

「ルノーですよ、警部ッ、鵜飼杜夫に違いありません」

降りてきた男の姿はひとりだけ。鵜飼杜夫に間違いなかった。刑事たちはそれを確認した後に、揃って車から飛び出していった。駐車場から雑居ビルの入口へと向かいかけた鵜飼を二人の刑事が両端から挟み込むように制した。

鵜飼は大して動揺した様子も見せずに、実に飄々とした応対をした。

「やあ、これはこれは刑事さん、コンバンハ」

「コ、コンバン——」

にこやかな鵜飼に釣られるように挨拶しそうになる砂川警部。根は律儀な男なのである。

「いや、挨拶などどうでもいいのだ。君に用件がある」

「どういった？」

「惚けるなよ。判ってるくせに。戸村流平のことだ」

「おや、まだ見つかっていないんですか。ふーん、彼も意外にしぶといなあ」

「ふざけるんじゃない。君が匿っていることは判っているんだからな。さあ、いえ。戸村はいまどこにいるんだ。彼をどこに隠したんだ」

「彼のことなど知りませんよ。午前中にもそういったでしょう」

「確かにな。では聞くが、その君がどうして今日の午後にはその戸村流平と一緒になって白波荘に現れたのだ？　ええ？」

「そりゃ僕じゃありませんね。僕によく似た誰かでしょう」

「いいや、君だ」砂川警部は強硬にいいはった。「我々がこの目で見たのだから間違いはない」

「僕の姿をですか？　おや、どこでお会いしましたっけ」

「幸町公園の付近だ。君は若い男と一緒だった。若い男は車から降りたところで車に轢かれそうになっただろう。あの若い男が戸村流平だな」

「な、なんで——」鵜飼はさすがに目を白黒させた。

「実は轢きかけたのは、ここにいる志木刑事なのだ。私も乗っていた。君と戸村流平の姿は我々の目の前にあったのだ。片方は地味めの背広姿、いまの君の恰好がまさしくそうだな。もう片方は野球帽にサングラス。車はそこの駐車場にあるルノーだ。そのまんまの恰好の男二人は白波荘で二宮朱美という女相手に偽刑事になりすまして情報を集めていた。これをどう説明してくれるのかね」

「いや、しかし——」

「なんなら、眼鏡にハンチングを被らせて二宮朱美に会わせてやってもいいのだよ」

「うーん」鵜飼は動揺をみせながらもしぶとかった。「黙秘権ってのは、こういう場合でも認められるんでしょうね」

「あくまでもシラを切るというのなら仕方がない。署までご同行願おうかな」

「トラブルは御免ですね」

「看板にはそう書いてなかったようだぞ」

「あの看板はそろそろ片づけようかと思って——」しかし、途中までいったところで観念したらしい。鵜飼は急におとなしくなって、「判りましたよ。いきますよ。警察署だろうが監獄だろうが、どこだっていってやろうじゃありませんか。でも、刑事さん――」

「なんだ」

「時間の無駄ですよ」

「大丈夫だ」砂川警部は胸をはった。「時間ならたっぷりある」

それが警察の強みなのだ。

14

さて、ここで最後の重要人物にご登場願わなければならない。この物語においては、あるいは最も重大な役割を担ったともいえる人物――だが、極めて異色の人物である。性別は男。ただし年齢不詳、住所不定。特定の職業には就いていない。早い話が、その居住形態から一般にはホームレスとか段ボールハウスの人々とかいわれる類の人種である。

ただいま現在警察に付け狙われる立場とはいえ、戸村流平はそもそもは普通の学生である。ホームレスとの接点などはもちろんのこと無い。彼をホームレスの元へと連れてきたのは鵜飼杜夫であった。

白波荘の茂呂殺害事件が警察の知るところとなった。もはや、ちょっとやそっとの隠れ家では危険である。そう考えた鵜飼が無理矢理に流平を説得して連れてきたのである。

もちろん、鵜飼自身が警察の手に落ちる、その数時間前のことである。

彼がいうには《橋の袂《たもと》の段ボールハウス》はむしろ《安全な隠れ家》なのだそうである。果たしてそうか？　ホームレスという存在は度々警察から目を付けられる、そんなイメージが流平にはあった。かえって危険ではないのだろうか。

「大丈夫」鵜飼は胸に手を当てて主張した。「警察は大学生の逃亡先といえば学校の仲間や家族、親戚、彼女、彼氏、昔のクラスメート、そんなような発想なんだからな。こういう所はかえって盲点なんだ。大丈夫。大学生とホームレスは警察の頭のなかじゃ結びつかないって。西瓜と納豆、味噌とアイスクリームみたいなものだ」

よく判らない譬えではあるが、そういうものかと納得した流平だった。こんな説明でよく納得するものだ、などと皮肉なことをいってはいけない。紺野由紀殺害の疑いをかけられ、おまけに茂呂耕作の死体も警察の手によって発見されたいまとなっては、流平の立場は風前の灯《ともしび》、いや台風の目のなかで辛うじて燃えつづけているローソクの火みたいなものである。彼がほぼ鵜飼のいいなりだったとしても、それは責められない話である。

鵜飼は流平を烏賊川に架かる西幸橋へと連れてきた。西幸橋は烏賊川に架かる何本もの橋のなかのひとつであり、他の橋と同様に、その袂はホームレスたちの恰好の住処《すみか》となっているのだった。

鵜飼は、その橋脚へと流平を案内した。そこには二つの段ボールハウスが軒を並べるように（といっても軒なんてものは段ボールハウスにはないのだが）建っていた。鵜飼は並んだ二軒のうちの片方へと流平を案内した。

鵜飼はそこの住人をキンゾーと呼んだ。金蔵と書くのだという。これは実に名は体を表さないという見本のような男だった。

段ボールの家が意外に広々としていることと、金蔵という男が案外清潔（といっても程度は推して知るべしだが）なことは救いだが、とにかく貧乏は間違いない。金の蔵など一生涯、夢のなかで建てるしかなさそうな感じである。もっとも、それは流平とてたぶん同じだろうが。

ハウスのなか、居心地はすこぶる悪い。椅子がないのは仕方がないにしても、壁が紙で出来ているというのは、なんとも不便なことに思えた。これでは身体を寄っ掛からせることもできないじゃないか。不貞腐れながら段ボールハウスのなかで身を小さくする流平だった。

いっぽうの鵜飼はまるで自分のハウスのように寛いでいる。この二人、いったいどういう関係なのだろう、と不審に思った流平は金蔵がハウスの外に出ている隙に探偵に尋ねた。

「あのキンゾーという男は、僕の信頼する相棒なんだ」と、鵜飼は答えた。「ま、不定期で仕事を頼む助手ってところだ。一見してむさ苦しい男だが、あれでなかなか頭はいいんだ。口も堅いから誰かを匿わせるにはうってつけといっていい。少なくとも、僕の事務所や君のアパートで過ごすよりは、ここは絶対に安全だと思うよ——おおいッ、キンゾー」

鵜飼がハウスの外にいる金蔵を呼び込んだ。日焼けした髭面が入ってきて、

「なんだい、兄貴」

「彼の《ホテル代》だ。とっとけよ」そういって、鵜飼は数枚の紙幣を金蔵に手渡した。

「いいか、この人を絶対警察の手に渡すんじゃないぜ。ま、ここに捜しにくるたあ、ないとは思うけどな」

「まかしといてよ、兄貴。兄貴の客人なら、絶対悪いようにはしないからさ」

胸を拳でドンとひとつ叩いてから、金蔵は流平のほうを向いた。

「そうかい、兄さん、警察に追われてるのかい。可哀相にね――」

どうやら自分が哀れみの対象らしいと判って、流平は少なからずショックを受けた。確かに警察に追われているが、住む家のない彼から同情されるほど悲惨ではないはずだ。

「べつに追われてるっていったって、悪いことはしてないですから。そのうちになんとかなるでしょう」

果たして《なんとかなる》とは、どうなることをいうのだろう。それは流平自身、よく判らない部分だった。そもそもなんのために逃げ回っているのか。突き詰めて考えてみると、案外ハッキリした理由はない。茂呂耕作や紺野由紀の死、それに密室やらなんやらが絡まって、すっかり動転した自分が殺人事件の現場から逃走したのがすべての始まりだったのだ。あれはやはりマズかったな、と、あらためて後悔する流平だった。

だが、いまさら態度を改めて警察に出頭するほどの度胸も湧いてはこないのだ。

「兄さん、腹減ってないかい。食い物ならあるよ」

金蔵は気をきかせたつもりかもしれないが、流平にしてみればいったいなにを食わされるやらといった感じである。

「食欲無いですから」流平は素っ気なく断った。

「遠慮はいらないよ」金蔵がなおも勧めた。

「そうだ。遠慮はいらない」鵜飼も同調した。「実際、キンゾーの持ってくるものは旨いんだぜ。もっとも、どこから持ってきたものか、その出所が不明なのがちょっと気味悪いけどな」

「………」

普通の学生としてはついていけない社会である。

「腹減ってないなら、酒はどうだい」金蔵は食事を勧めることは諦めたらしい。「いいのが手に入ったんだ。ツマミもあるし、せっかくだから一杯やんなよ。おいらもひとりで飲むよりか、そのほうがいいし、兄さん、いけるほうだろ」

「酒ですか？」

なにか妙なものを飲まされてはたまったものではない。流平は警戒した。アルコールならなんでもいいとばかりにメチルアルコールに手を出してひどい目にあった人たちの話を流平は知っていた。しかし――

「ほら、これ見なよ。清酒『清盛』だよ。まだ封が切ってないから安心だろ」

目の前に突如として現れたのはまさしく清酒「清盛」の四合瓶が一本である。昨日の今日なだけに流平はギョッとなった。だが、彼を驚かせるものはそれだけではなかった。

次に金蔵が取り出したビニール袋から出てきたのは、柿ピー、ポテトチップス、一口サラミ、チーズ鱈、ピスタチオナッツ――封の開いているものも未開封のものもある。いずれにしても、これまた昨日の酒宴で見かけたものばかりではないか！

流平は慌ててビニール袋に印刷された青い文字を確かめた。やはりというべきか、そこには「花岡酒店」の文字があった。なんだこれは――流平は頭をひねった。

「ははは、これはこれは」鵜飼が横から茶化すようにいった。「花岡酒店のビニール袋か。意外なところでお目にかかれたものだね」

流平も鵜飼と同様の考えだった。どうやら、考えられることはひとつしかない。

今朝、茂呂の部屋から逃走を図った際、流平は花岡酒店のビニール袋に酒とツマミをまとめて、幸町公園のゴミ籠に捨てた。その自分自身が捨てたものが、いま夜になってこういった形で再び目の前に現れたということなのだろう。

「おい、キンゾー。この酒とツマミ、どこから拾ってきたものか当ててやろうか」

鵜飼がいうと、金蔵は鵜飼の答えを待つことなく、

「そりゃ拾ってきたもんじゃないよ」といった。「隣に越してきたヤツから貰ったもんだから。ま、引っ越し蕎麦《そば》みたいなもんだ」

アテが外れた恰好になって、鵜飼は少し調子が狂ったようだった。

「それじゃ、その隣の人が拾ったんですね。公園で」

「らしいな――ふふん、世間は狭い」鵜飼は面白がっている様子だった。「とにかくそうと判れば安心だ。出所のハッキリした食い物なら、君だってべつに怖がることもないだろう。安心して飲み食いできるってわけだ。それでも気になるなら、未開封のものを選んで食えばいいんだしな」

そういいながら鵜飼はピスタチオナッツの袋を力任せに開き、それを流平の目の前に差し出した。

「そうですね」

流平は気を取り直してナッツを二つ三つ手に取った。そして金蔵が紙コップに注いでくれた酒を手にした。

「それじゃ奇妙な偶然に乾杯しましょう」

「乾杯ッ――でも兄さん、偶然ってなんのことだい？」

きょとんとした金蔵の顔が流平には可笑しかった。

「兄貴も一杯やりなよ。ほら」

「いや、僕はいいんだ。車だからな」

「え!」流平は驚きの声をあげた。「鵜飼さん、帰っちゃうんですか!」

「そりゃ帰るさ。僕は警察に追われてるわけじゃないんだから」

この時点の鵜飼はまだ自分の名前が捜査線上でクローズアップされているとは、思っていなかった。

「ま、待ってくださいよ、鵜飼さん」流平は親に追いすがる子供のように、鵜飼の腰にしがみついた。「ぼ、僕をひとりにする気ですか。ヒ、ヒドイじゃないですか」

「馬鹿いっちゃいけない。こんな汚い――いや、こんな狭い家に三人も寝れるわけないじゃないか。僕は事務所に帰るよ。そしてひとりで今日のことをいろいろ整理して考えてみることにしよう。密室の謎に茂呂耕作の謎めいた表情の意味、ひとりで落ちついて考えればなにか新しい発見があるかもしれないだろ」

そんなふうにいわれると、返す言葉のない流平だった。

「ああ、新しい発見といえば――」鵜飼は付け加えていった。「さっき金蔵のことを頭がいっていったけど、あれはなんの誇張もないからな。例の密室の謎くらいは話して聞かせてやるといい。なにか面白いアイデアを与えてくれるかもしれないよ」

「なんのことだい、密室って」

金蔵が不思議そうな顔で問いかけてきた。

「それは彼から聞いてくれよ。それじゃ僕はこれで失礼するよ。君も風邪などひかないように気をつけたまえ。また、明日の朝に会おう」

そういい残して鵜飼は去っていった。

15

その鵜飼はほぼ無防備な状態で事務所へと帰還したところ、刑事二人の待ち伏せを受けてあえなく降参。たったいま西幸橋を警察車両の後部座席に座りながら通りすぎていった。今宵留置場にでも寝かせて貰えるのか、それとも眠らせて貰えないまま取り調べを受けることになるのか。いずれにしてもこの夜の鵜飼に《ひとり落ちついて考える》ような余裕など無いことだけは確かだった。もちろん《明日の朝に会おう》という約束も、この時点で既に絶望的である。

もちろん流平はまさか自分の頭上を鵜飼を乗せたパトカーが通りすぎていったなどとは知る由もない。

時刻は午後八時を十五分ほど回ったところである。

金蔵と流平はすでにかなり酔いが回っていた。

しばらく飲み交わして徐々に気持ちがほぐれてくると、流平はさきほど鵜飼が言い残していった言葉が気になりはじめた。鵜飼は金蔵のことを《頭のいい男》といった。密室の謎を話してやれば、なにか面白いアイデアをだしてくれるかも――そんなこともいっていた。

もちろん流平にしてみれば半信半疑ではあった。ホームレスの恰好をした名探偵などというものは、現代のおとぎ話としては喜ばれるだろうが、まず現実的ではない。ましてや目の前にいる薄汚れたおじさんがそれにあたるなどとは片腹痛いではないか。

そんなふうに思いながらも流平は、いちおう事件について話してみることにした。藁《わら》にもすがりたい――べつに金蔵のことを藁呼ばわりするわけではないが――そんな気分だったことが理由のひとつ。もうひとつの理由は、テレビもステレオもない夜は流平にとって驚くほど長く、堪えがたいほど退屈だったからである。

流平は事件の顚末についてかいつまんで説明した。特に密室については、玄関のチェーンロックと事件当夜に現場付近にいた女性（二宮朱美のことだ）の証言によって二重に守られていることを強調した。犯人はどうやって部屋から出ていったのか。どうやって朱美の視界をすり抜けられたのか。それは不可能ではないのか。

話がひと通り終了して、流平は「どうだ！」という顔で金蔵を見下ろした。べつに流平が自慢する理由もないのだが、話をしているうちにいつのまにかクイズ番組の司会者のような気分になっている流平だった。もちろん本人は無意識である。

ところが、金蔵は話を聞き終わるなり胡座《あぐら》をかいた膝を二度三度と叩きながら、

「なーんだ、そんな話かあ。そんな密室なら簡単簡単、へのかっぱ」

「へ——へのかっぱ？」

何年も一般世界から離れて暮らしてると、言葉のセンスにもズレが生じてくるのかもしれない。しかし、それにしても《へのかっぱ》とは——死語にも程がある。

「本当に判るんですか。あの、いっときますけど《内出血密室》ってのはナシですからね。それは鵜飼さんがこだわって失敗しましたから」

「ふふん、そんなんじゃないって」

金蔵は余裕の笑顔を見せた。その言葉から察するに少なくとも《内出血密室》のなんたるかは理解しているらしいと判る。なるほど、単なるホームレスではないのかもしれない。

「要するにだ、その白波荘の四号室ってのは玄関にはチェーンロックが掛かっていて、窓には三日月錠が掛かっていたんだろ。だから、誰も出入りすることができなかったはずだと」

「そうですよ」

「誰も出入りできなかったってことは、門のところでバイク修理していた朱美って娘の証言とも一致しているわけだね」

「そうです。だから密室だといってるんですよ」

「不思議だねえ」

「まったくです。犯人はどうやって現場に出入りしたのか——」

「いやいや」ホームレスは不精髭の伸びた顎をさすりながら首を振った。「おいらが不思議なのは、鵜飼の兄貴やお兄さんみたいな頭の良さそうな人たちが、なんでこんなことに気がつかないのかなってことなのさ」

「こんなこと——というと？」

「犯人は現場にはいなかったってことさ」金蔵は自分の紙コップの中身をグイとあおって話を続けた。「だって、そうじゃないか。人ひとり出入りするだけの隙間がどこにもないんだからさ、犯人は現場には一歩だって入れなかったのは間違いないじゃないか。単純に考えれば、そういうことになるだろ」

「それはそうです。でも、それじゃ解決にはなりませんよ。実際、茂呂さんはナイフで刺されて殺されたんですからね。誰か、犯人はいたはずです」

「そりゃいたともよ。でも、死体が風呂場にあったからって、犯人も風呂場にいたとは限らないじゃないか。犯人は風呂場の外にいたのかもよ」

「風呂場の外？」

風呂場の外とは脱衣場や廊下のことをいってるのだろうか、と一瞬流平は考えたが、どうも話の流れからいってそうではないようだ。流平は緊張して金蔵の次の言葉を待った。

「犯人はよ、風呂場の外から風呂場のなかにいる被害者を刺し殺したんだよ」

「えッ！　外からなかって——外っていうのはつまり屋外ってことですか」

「そうさ。風呂場には外に向かって開く窓があったはずだよな」

「確かにありました。でも、それは大きく開く窓じゃないんですよ。斜めに薄く開くタイプで完全に開いた状態でも人が通ることは無理――」

「でもさ、お兄さん、人が通る必要はないはずだろ。ナイフが通れるくらいの隙間があればそれでいいのさ。ナイフというよりも槍《やり》といったほうが近いかな」

「槍！　そ、そうか、判りましたよ、金蔵さんのいっている意味が」

「鈍いねえ、お兄さん、おいらなんか話聞いただけですぐにピンときたぜ」金蔵は酔いも手伝ってかえらく得意気な態度。「犯人は棒の先にナイフを括り付けて槍のようなものを作った。それでもって窓の外から風呂場のなかにいる相手を狙ったんだな。これなら風呂場の窓がほんの僅《わず》か開いていればそれで充分だろ。玄関にチェーンロックが掛かってようと、窓という窓に三日月錠が掛かってようと関係ない。そして犯人は見事、その槍でもって相手の脇腹を一突きしたってわけさ。それから後のことは、説明しなくても判るだろ」

「犯人は槍からナイフだけを外して、それを窓の隙間から風呂場のなかに放り込んだんですね」

「そういうことさ。これで密室は完成だろ。簡単簡単」

金蔵は一丁あがりとばかりに手を打ち、また紙コップの酒を一飲みした。

「なるほど。でも、そんなに簡単にいきますかね。槍で一突きなんて、狙いを外す可能性も高いような気がしますけど」

「大丈夫」金蔵は質問を予期していたようにサラリと応じた。「もし仮によ、狙いを外したとしても犯人にとって致命的な失敗にはならないのさ。だって被害者の側からすれば、ほんの僅かな隙間から槍で攻撃してくる犯人の姿形を見るってことはできない話だろ。おまけに被害者は風呂場のなかにいて犯人は外にいるんだから、追いかけてって捕まえることだってまず無理だ。だから犯人はもし失敗したときには全力で逃げればいいんだよ。そうすりゃ、とりあえずは助かる可能性が大だろ。へへん、なかなかよく考えられた話だよなあ」

「なるほど、確かに」

実際、よく考えられた推理と感心するしかなかった。少なくとも鵜飼の《内出血密室説》にくらべてより頷けるところの多い理論であるように流平には思えた。

ただし、金蔵の推理したようなトリックを実行するには、もうひとつ最終的な関門が残されている。それをクリアして初めて槍のトリックは可能になるのだが——しかし、流平はあえてそれについては金蔵の意見を求めることをしなかった。自分で一晩考えてみようと思ったからである。

「いや、驚きました。まったく金蔵さんの推理力には脱帽ですよ。僕の話をちょっと聞いただけで密室の謎を解きあかしてしまうんだから——いや、本当に助かりましたよ。いまの話、明日になったらさっそく鵜飼さんにも話してみますよ。うまくいけば事件解決までたどり着けるかもしれません」

流平はとりあえずは金蔵を褒めまくって、一連の話を終えることにした。

「そうかい。役に立ったかい。それなら結構結構。ささ、飲みなよ、お兄さん、ほれ、ツマミも遠慮しないで食ってくれよ。どうせ貰い物なんだから」

「はあ、どうも」

流平は既視感にも似た感覚を味わいながら、ナッツの袋に手を入れた。

昨日も似たような酒宴をやった。相手は茂呂耕作。その彼はもうこの世にいない。だが、自分はいまこうやって昨夜と同じように酒を飲み、ナッツを食べている。そのことが不思議だった。いや、そればかりではないのかもしれない。そればかりでは――いくらか深酔い気味の流平の頭のなかでは、昨日と今日とがまるで二重露出のピンぼけ映像のように重なりはじめていた。明日になれば、すべての焦点は一点に結ばれるのだろうか。

それとも――？

とにかく流平にとっての長い綱渡りのような一日はこうして更けていったのだった。

第四章　事件三日目

1

朝起きた流平の目にまず最初に飛び込んできたのは薄汚れた茶色の板だった。

自分の視線のすぐ先にあるそれがいったいなんなのか、思い出すのに結構な時間がかかった。しばらく寝惚《ねぼ》け眼《まなこ》を瞬《しばたた》かせたあげくに、ようやく流平は自分が段ボールハウスで一夜を明かしたことに思い至った。

してみると目の前にある板はなんのことはない、この家の屋根ではないか。昨夜は気づかなかったけれど随分低い屋根だ。見つめつづけていると頭上から大きな力で押さえつけられているかのような圧迫感を感じてしまう。やはり段ボールハウスは自由で開放的なキャンピングテントとは似て非なるものらしい。

流平は狭い空間のなかで身体を起こそうとした。どうやら足元あたりにはこの《屋敷》のあるじ――金蔵（そういえば名字を聞いてなかった）が横になっているらしい。彼はまだ眠っているのだろう。ひょっとすると夢のなかで旨いものでも食っているのかもしれない。だとすれば無闇に現実に引き戻しては恨まれる。流平は慎重に上半身を起こした。

バリバリと音がするほどに身体中が強張っている。そういえば昨日の目覚めもこんな感じだった。あのときは脱衣場の板の間の上だった。今朝は硬い地面に直《じか》に敷かれた段ボールの上である。強張り方から判断するに、まだ板の間のほうがマシといえた。

だが、起きてすぐに死体と対面する必要がない分は、まだ今日のほうがマシなのかもしれない。

いや、待てよ――

流平は足の指先で足元にいるホームレスを軽く押してみた。腰のあたりに刺激を感じた金蔵はくすぐったそうに身体をよじって反応した。良かった、死んじゃいない。

まあ、そうそう何日も続けて死体の傍で目覚めるわけもないか。

だが、今朝のことはいいとして、問題なのはこれからのことだ。例えば明日の朝。留置場のコンクリートの上でのお目覚めなどということにならなければいいのだが――その可能性は否定できないのが現状だった。

流平は外に出た。腕時計を見ると午前八時半を回ったところだった。川の水で顔でも洗おうと思って烏賊川の川面をのぞき込んでみたが、きれいな川ではないと判ってやめにした。

腹は減っているが陽光降り注ぐ川原でブレックファストという気分でもない。流平は比較的背の高い草むらのなかに身を隠すように腰を下ろして、昨夜以来中途半端なままになっていた思考の続きをはじめた。

昨夜、金蔵が滔々《とうとう》と述べた推理にはまったく感心する他はなかった。なるほど、犯人はナイフを槍のように使ったのかもしれない、と思う。だが、問題がないかといえばそうではない。大ありだ。

もし犯人が槍を手に風呂場の窓からなかにいる茂呂を突き刺したのだとする。門のところでバイクをいじっている二宮朱美にはその犯人の姿が丸見えのはずなのである。金蔵には風呂場の窓の位置について詳しく説明してはやらなかったから、彼は勘違いしたのだろう。その窓は玄関のすぐ隣に開いているのだ。だから、門のところにいて四号室の玄関を間近に見ることのできた二宮朱美は、同時に風呂場の窓もその視界に捉えていたはずである。そこに怪しげな誰かがいれば気がつかないはずがない。ましてや金蔵の推理によれば、犯人は槍を手にしているはずなのだからなおさらである。

これが最後に残された関門だった。二宮朱美の証言のなかには、花岡酒店との間を往復した茂呂耕作の姿が登場するだけで、他の人物は一切影も形も登場しないのだ。したがって鵜飼の《内出血密室説》は否定されたわけだが、同じ理由から金蔵の《槍密室説》も否定されなければならないことは明白である。

しかし——と、流平はこだわった。

《内出血密室説》と《槍密室説》。

二つの説ともに二宮朱美の証言ひとつで簡単に覆されてしまう。それほどに二宮朱美の証言は重大である。しかし逆にいうならば、密室を解きあかす二つの説を妨げているものは、彼女の証言だけなのだ、ということも事実である。

こうなると彼女の証言そのものの信憑性《しんぴょうせい》が俄然重要なものになってくる。

いままで鵜飼も流平も二宮朱美のことをあくまでも善意の第三者として扱ってきた。だが、そのように彼女のことを信用する限り、この密室の謎は解きあかされることがない。

もはや彼女の証言そのものを疑ってかかる必要があるのではないか。

二宮朱美の証言を疑えば、密室の謎は解ける。鵜飼がこだわった《内出血密室説》もアリならば、金蔵の《槍密室説》もいける。彼女の証言に振り回されたまま第三の仮説を考えるよりも、こちらのほうがむしろ現実的だろう。

二宮朱美は嘘をついたのだ。

では、なぜ。ハッキリした理由は判らない。だが、それでも最低二つの可能性を見いだすことができそうである。すなわち、真犯人が二宮朱美にとって身近な人物であり、それをかばうために彼女が誰も見ていないかのような嘘をついた、というケースがまずひとつ考えられるだろう。

そしてもうひとつのケース。それは二宮朱美自身が真犯人である、というケースなのだが——案外、それも否定できない話ではないだろうか。

流平は思考を巡らせれば巡らせるほど、いてもたってもいられない気分になってきた。とりあえずは金蔵の推理を鵜飼の耳にいれることが必要だと思った。そのうえで対策を講じるのが順序というものだろう。

流平は立ち上がり段ボールハウスへ戻った。金蔵はまだ熟睡中だった。鼾《いびき》をかきながら、さきほどよりもさらに深い眠りのなかのようだ。起こすことは躊躇《ためら》われたので、流平は黙って入口の扉（といってもベニヤ板だが）を閉じた。一宿一飯の恩義については後々報いる場面もあるだろう、そう思いながら彼はその場を辞去した。

川原の土手を駆け上がり、なに食わぬ顔でしばらく歩道を進んだ後、大通りに出て流しのタクシーを拾って乗り込んだ。目指すはもちろん鵜飼杜夫探偵事務所である。

まともなら五分でたどり着けるはずの道のりに二十五分かかって、流平はようやく目指す雑居ビルにたどり着いた。

早朝のラッシュに巻き込まれたのが不運だった。運転手は二度にわたって「歩いたほうが早いですよ」と親切なことをいってくれたが、早かろうが遅かろうが関係ない、流平には表を堂々と歩けないワケがあるのだから仕方がなかった。

昨日と同様に雑居ビルの裏手にある螺旋階段を駆け上がって、重たい鉄扉を開けてなかへ滑り込んだ。息切れがして目眩を感じたのも、昨日とまったく同じだった。三階の廊下が薄暗く静まり返っていることも、まるで昨日のリプレイを見ているかのような錯覚を流平に与えた。流平は真っ直ぐに「鵜飼杜夫探偵事務所」の看板の前に立ち、呼び鈴を鳴らした。反応はなかったが、どうせまだ寝ているのに違いない、と流平は勝手に解釈した。扉のノブに手を掛けてゆっくり回してみると、それはクルリと回った。なかからチェーンロックが掛かっているのかと思ったら、それもなし。

これはおかしい――と警戒すべきところなのだが、このときの流平はただ単に鵜飼の戸締りの悪さを感じただけだった。

「まったく、探偵のくせにロクに鍵も掛けないで寝てるなんて――殺し屋とかに狙われたりしたらどうすんだろ」

もっとも現実の探偵は殺し屋に狙われたりはしないものなのだろう、たぶん。

部屋のなかはひんやりと冷えきっていた。ここでも流平は探偵の不在を予感することはなかった。思えばトコトン鈍い逃亡者である。流平は事務机とソファが並んでいる事務所兼応接間を通り抜け、その向こうにある私室へと向かった。そこには鵜飼が普段からベッドとして利用している壊れかけのソファが置いてあるはずだった。なかに入ると、確かにそこにはソファがあった。だが探偵の姿はなかった。

ここに及んで、ようやく流平は不審を感じた。鵜飼はいない。部屋の空気は冷えきっている。しかしながら部屋の鍵は開いている。いま、自分はその部屋のなかにいる。ただ、ひとりだけで、この三階の一室に――。

どうやら、こういうのを袋の鼠というのだろう、と流平が気がついたときにはもう勝負はついていた。

流平が振り向くと、すでにそこには二人組のあやしげな男性が立っていた。正確にはどこといってあやしい人相風体ではない二人だったのだが、とにかく流平の目にはそう映ったことは確かだった。流平は案外平然と二人の姿を見下ろした。実際、彼のほうが二人組よりも頭ひとつ上背があった。

「誰です、あなたたち」

冷静な問い掛けに、かえって二人組は戸惑いの表情を浮かべた。若いほうが慌てた仕種で胸の内ポケットに右手を差し入れて、例によって黒革の手帳を取り出した。

「我々はこういうものだ。君は戸村流平君だね」

流平は彼らのほうに近寄ると、差し出された手帳をしげしげと眺めた。

「………」

本物だった。「開運手帳」ではない。

「………」

「君——君ィ」若い刑事はあまりにも熱心に手帳に見入る流平を奇異に感じた様子だった。「そんなに穴の開くほど見なくてもよろしい。君たちのように偽手帳を振りかざす偽刑事ではないから、安心しなさい」

「は、はあ」

流平は急に脱力感を感じた。昨日の朝から始まった逃避行もほぼ丸一日で終了かと思うと、それはそれで安堵するような気分だった。実際、もう一週間も逃げ回ったような気がするのが不思議だった。もう充分だろう。仕方がない。流平はもうじたばたする気力もなかった。

中年の刑事が一歩前に出て、流平に向かって宣言するようにいった。

「鵜飼杜夫には昨夜のうちに出頭してもらっておる。君も署まで同行願いたい。なにせ、君のまわりで二人の人物が相次いで変死を遂げているのだ。君には事情を説明する義務があるとは思わんかね？　もちろん君には様々な権利が認められてはいるが、しかし、それよりもいいかげん捜査に協力していただきたいものだ——我々だって忙しいんだから、そうそうかくれんぼに付き合ってはおれんのだよ」

中年刑事の口調にはどこかうんざりした思いが込められているようだった。

流平は取調室で二人の刑事たちと向き合う形で取り調べを受けた。二人の刑事たちは中年のほうが砂川警部、若いほうが志木刑事と名乗った。流平は彼らの名前をすぐに記憶した。

流平は彼らに問われるままに、いままでの出来事をすべて語っていった。

流平が体験した密室の謎も、鵜飼杜夫のこだわった《内出血密室説》も、金蔵の唱えた《槍密室説》も、さらにはそこから流平が独自に推理した《二宮朱美犯人説》も、すべては流平自身の口から砂川警部と志木刑事に向けて語られた。

もはや無抵抗の構えを見せている流平を見て、二人の刑事は当然のように油断していた。苦もなく自白が得られて事件は解決するものと高を括っていたのだろう。だが、話を聞くうちに両刑事の表情が微妙に変化していくのが流平にも判った。自白の代わりに密室という難題が飛び出してきたのだから、無理もなかった。信じる信じないは別として、二人の刑事が真剣に話を聞いてくれていることが、流平にとっては救いだった。

流平はかなりの時間を費やして、ひと通り話を終えた。問いかけるような視線を送る流平に対して、志木という若いほうの刑事は、

「信じられないな」

いっぽうの砂川警部は静かにひと言。

「すまないが、もう一度最初から頼む」

流平は相手を納得させるためならば何度でも同じ話をする覚悟だった。

ようやく、といって構わないだろう。事件発生から三日目にして追う者と追われる者、二組四名の演じてきた二本立てのストーリーは、ついにひとつになる瞬間を迎えたようである。繰り返しの多いこの物語にも、どうやら決着の時が近づいていることを、すでに勘のいい読者のみなさんならば感じ取っているはずである。むろん勘の悪い読者だとしても残り頁の少ないことから考えれば、

「ここからさらに死体が増えるようなことはあるまい――」

というくらいの予想は立つだろう。事実、そのとおりである。終わりは近い。

2

どうやら事件解決のための材料はほぼ出揃った。元より戸村流平の自白から事件解決をもくろんでいた両刑事としてみればアテが外れた恰好だったが、いきなり目の前に提出された密室殺人のテーマはそれなりに刑事たちの興味を引きつけたようである。

いまひとつ乗り気でなかった砂川警部の目に異様な輝きが満ちたことは、特筆すべき出来事といっていいだろう。この物語の冒頭で述べた《烏賊川市警察にその人あり》の言葉は決して誇張ではない。どうやら彼は重大な手掛かりを手に入れた様子である。

では、さっそく砂川警部の口から事件の全容についての解明を――といきたいところなの

だが、残念、そこに至るまでにはもうワンクッションが必要である。

ならば、ここは初心に戻って、砂川警部を運河のほとりに立たせるところから始めよう。時刻は午後三時。戸村流平の事情聴取が一段落した中休み。天気は晴天。風は緩やか。水面に漂うクラゲの数は二つ三つといったところである。


砂川警部は運河の縁に椅子がわりに置いてあるビールケースに腰を下ろしていた。その様子はあたかも中年刑事の日向《ひなた》ぼっこのようにも見えるのだが、そうではない。砂川警部は一心不乱に手帳に書き込みをしていた。警察手帳ではなくて雑記帳ともいうべき自前の手帳である。書いては考え、考えては書き、気に入らないとなると頁ごと破り捨てる。それの繰り返しだった。

「警部ッ、砂川警部ッ」駆け寄ってきたのは例によって志木刑事である。「こんなところでクラゲの数なんか数えてる場合じゃないですよ。さッ、早く取り調べの続きを――」

「馬鹿をいうな」砂川警部は心外とばかりに声を荒らげた。「この忙しいときにクラゲの数など――」

「おや、数えてたんじゃなかったんですか？」

「――とっくに数え終わったとも。しばらく晴天が続きそうだから、安心しな」

「べつに天気の心配なんかしてませんよ。それよりも捜査に集中しましょう、警部」

「いわれるまでもない。いま、いろいろと考えておったところだ」砂川警部は手帳を背広のポケットに仕舞い込んで、話を続けた。「おい、志木、おまえはあの戸村流平の話をどう考える？『朝起きたら風呂場には死体、玄関にはチェーンロック、窓には三日月錠、室内にいるのは自分ひとり。でも自分は犯人じゃありません』。この探偵小説じみた密室にまつわる証言を信じるか？」

「まさか。信じるわけないじゃありませんか。犯人は戸村ですよ。事件の夜に茂呂耕作と一緒にいたのは彼だけなんですからね。おそらくは紺野由紀を殺害したのも彼でしょう。そもそもなにもやましいところがないのなら逃げたりはしないですよ」

「『密室に動転した』『警察は信じてくれないと思った』と、彼はいってる。その気持ちも判らんことはないだろう」

「そうでしょうか。密室だなんだというのは、彼の作り話ですよ」

「しかし、作り話にしてはちょっと突飛すぎる印象があるな。そもそも犯人というものは自分が助かるために嘘をでっち上げるものだ。だが、彼の証言している密室は彼以外の犯人の存在を否定するだけだ。つまり戸村は自分で自分の立場を苦しくするような証言をしているわけだ。不思議だな」

「頭が悪いだけなんじゃないですか」

「案外、正直者かもしれんぞ」

「信じるんですか、警部」志木は呆れたとばかりに目を見開いた。「そもそも紺野由紀殺しと茂呂耕作殺しとは、ほんの数十分の間隔で起こってます。場所的にも徒歩一分の近さです。おまけに監察医の所見によれば凶器もたぶん同一でしょう。この二つの事件をまったく別々に起こった事件と考えることは無理があります。二つの殺人事件を結び付けて考えるならば、そこで浮かび上がってくる人物は戸村流平です。それ以外には考えられませんよ。そうでしょう、警部」

「まあ、そうなんだが——」

言葉とは裏腹に砂川警部の表情からは、戸村流平以外の人物を模索している様子がうかがえた。

「戸村は『二宮朱美があやしい』ともいっていたな。どう思う?」

「ははは、ナイフを槍のようにして使うという、あの珍妙な手口ですか。冗談じゃありませんよ」

「しかし、風呂場の窓越しに刺せないこともないと思うが」

「いや、刺せる刺せないの話じゃないですよ、警部。だいたい犯人は——例えばそれが二宮朱美だったとしてもです——午後十時半過ぎ頃に茂呂耕作が風呂に入ることを、どうやって予期できたというんですか。被害者が何時何分に風呂場に現れるか、それが前もって判っていなければこのトリックは不可能ですよ。咄嗟には凶器が用意できないでしょうからね。それにだいいち、なんで二宮朱美がそんな面倒なことしなくちゃならないんですか。警部も見たでしょう。彼女は白波荘の大家なんですよ。勝手に合鍵を使ってどんどん部屋のなかに入っていっちゃう娘なんですよ。その娘がなんでわざわざ槍を使ってまで密室殺人を演出しなくちゃならないんですか。密室なんか作ったら、かえって合鍵持ってる分、大家は不利な立場なんですからね。あり得ませんよ」

「ま、そうだろうな」

「それじゃ、やっぱり犯人は戸村ですね」

「いや、それはどうかな」思わせぶりな言葉を吐いて、砂川警部は話題を転じた。「実は彼の語ってくれたなかにちょっと気になる部分があったのだ。ほんの些細《ささい》な——というか微妙なところなんだが、とにかく気になってな。ひょっとして私の考えたとおりならば、ちょっと面白いことになると思うんだが——」

「はあ、なに曖昧なこといってるんですか、警部。要するになんですか、警部は戸村流平が犯人ではないと考えてるってことですか」

「無罪の可能性がある、といっているんだ。あくまでもグレーだという意味だ」

「そうですかね。僕には墨汁よりも真っ黒に見えますが」

「よし、それなら白黒ハッキリつけようじゃないか」

「できるんですか、そんなことが」志木はあまりにもアッサリとした砂川警部の態度に戸惑いを隠せなかった。「白黒つけるっていったって、ジャンケンで決めるってわけにはいかないんですよ、警部」

「あたりまえだ」砂川警部はビールケースから立ち上がっていった。「やり方はあるんだ。志木、会議室か応接室か、どこでもいい、とにかくテレビとビデオのある部屋を用意してくれないか。それとビデオテープだ。戸村が持ち運んでいたデイパックのなかにビデオテープがあっただろ」

「あの『アトム』から借りた『殺戮の館』ですね。それがどうかしたんですか」

「みんなで観てみようじゃないか」

「『殺戮の館』をですか?」志木は怪訝な表情を浮かべて、「あんなつまらない映画は時間の無駄だ——確か、ビデオ屋ではそんなふうにいってませんでしたっけ、警部」

「まあな。それがどれくらいつまらないものか、もう一度確認してみたいんだ」

もちろん意味は判らない。それでもいわれたとおりにするしかない志木刑事だった。

3

砂川警部の望んだ装置は取調室に急遽、設えられた。いままで数々の取り調べが行われてきた部屋の一隅を、いまや一台のテレビとビデオが我が物顔で占拠している。それはなかなか奇妙な光景だった。

「すいませんね、警部。会議室を押さえようとしたんですけど、防犯講習会の会場になってましてーーここで勘弁してください」

「べつに構わんよ」砂川警部はパイプ椅子のひとつに浅く腰掛けて、志木の作業を見守っていた。「いや、むしろこの取調室のほうが相応しいくらいだな。どうだ、なにかに似ていると思わないか、この空間」

配線を繋いでいた志木は手を止めて尋ねた。

「といいますと？」

「茂呂耕作のホームシアターだよ。この取調室は完全防音で、しかもテレビとビデオがある。いわば簡単なホームシアターというわけだ」

「なるほど。事件の夜が再現されるというわけですね。しかし、それが事件の解決にどう結びつくのかーーどうせ、まだいまは教えられないんでしょうね、警部」

「そうだ。いまはまだ教えてやれない」

「やっぱりねーーさあ、これで映るはずですよ」

ビデオの配線を確認し終わった志木刑事はおもむろに電源をいれ、再生ボタンを押した。いきなり女性の局部のアップが画面を占拠し、死にかけのメス豚の鳴き声のようなものが狭い空間に響きわたった。動転した砂川警部の尻がパイプ椅子から滑り落ちるほどの大音量及び衝撃映像だった。

「おっと、これは失礼」志木はすぐさま再生をストップした。「どうやら裏ビデオのようですね。きっと違法店から押収してきたものでしょう」

「なんでそれがビデオデッキのなかに残ってるんだ」

「さあ」志木は肩を竦《すく》めた。「職務熱心な警官が多いですからね。ま、いいじゃありませんか。烏賊川市警は九割がた男所帯ですから、こういうこともありますよ」

志木は理由にならない理由を述べながら、デッキから無関係なテープを取り出して、テレビの脇に退けた。代わって問題となっている『殺戮の館』のテープをデッキに挿入した。デッキが自動で再生を始めようとするのを、志木はいったん停止させた。

「警部、これで準備OKです」

「うむ。それじゃ戸村流平を呼んできてくれ」

「はい」志木はいったん出ていきかけたが、ふと立ち止まって振り返った。「警部、あの探偵のほうも呼びますか？」

「いいだろう」砂川警部は渋々といった感じで頷いた。「いちおう呼んでやれ」

戸村流平と《あの探偵》鵜飼杜夫の二人は、相前後して取調室にやってきた。後から入ってきた戸村は鵜飼の顔を見るなり駆け寄って、しばし感動の対面をした。といっても二人が離れていた時間はほんの一日程度である。最初は仲間にめぐり合えた喜びで顔をほころばせていた二人も、やがて現実的な会話を始めた。

「なんで捕まっちゃったんだ。せっかく僕は完全黙秘を貫いていたっていうのに」

鵜飼が不満を口にした。実際、鵜飼は志木や砂川警部がどれほど脅そうと宥めようと、頑として戸村流平の居場所を吐くことはなかった。

吐かないどころか、彼は飯時を狙っては「カツ丼食わせろ」「今度は寿司がいい」などと厄介なリクエストを繰り返し、刑事たちをうんざりさせていた。それが探偵流の後方支援だったのだろう。

が、結局のところ戸村は簡単に捕まってしまい、彼の努力は水の泡となった。それが鵜飼にとっては不満の種のようだった。

いっぽうの戸村は早口でまくしたてるように、

「今朝になって、鵜飼さんの事務所にいったら、この刑事さんたちがいたんですよ。こっちはてっきり鵜飼さんがいるものと思っていたから——」

「馬鹿だな。電話くらいして僕がいるかどうか確かめればよかったじゃないか」

「確かに軽率だったとは思いますけど——」戸村はいったんは力なくうなだれる様子だったが、すぐに反撃するようにいった。「鵜飼さんこそ、なんで僕よりも先に捕まっちゃったんですか」

「ううむ、それは要するに――」

探偵は口ごもった。「外車が目立ちすぎたから」とは、ちょっと恥ずかしくて口にできなかった様子である。砂川警部は黙ったままで、ニヤニヤと唇の端に笑みを浮かべながら眺めていた。

「そ、それより僕と君はなんでここに呼ばれたんだ」

「え？　さあ」戸村は大袈裟なほどに首を傾けた。

砂川警部は二人の疑問に答えるような形で、彼らの前に進み出た。

「これから君たちに見てもらいたいものがあるんだ。なに、いちおう念のために見てもらいたいだけなのだが――例の『殺戮の館』だよ。ええっと、河内龍太郎監督で一九七七年度関東映協作品。上映時間二時間三十分」

砂川警部はビデオのラベルを棒読みした。

「戸村君、君が茂呂耕作と一緒に観たといいはっているのは、この映画のことで間違いはないだろうね」

「いいはってるとはなんですか。いいはってる、とは！」戸村は気色《けしき》ばんだ。「もちろん間違いありませんよ。僕は二月二十八日の夜に茂呂さんと一緒に『殺戮の館』を観ました。時間だってハッキリ記憶にありますよ。午後七時半から観始めて、観終わったのが午後十時ちょうどです」

だから午後九時四十二分に起こった紺野由紀殺害事件に関しては、いっさい無関係である。これが取り調べ時に於ける戸村流平の終始一貫した主張であった。そこで志木や砂川警部が「それを証明できるかね」と問いかけると、たちまち彼は「いや、それは――」と口ごもる。その繰り返しなのだった。

いま、もう一度その手のやり取りをここで繰り返すつもりは、砂川警部にもないらしい。ただ、砂川警部は二人に向かってパイプ椅子を勧めた。

「まあ、座りたまえ。そして、一緒に映画を観ようじゃないか。ほら、よく見たまえ。この取調室はまるであの白波荘四号室のホームシアターのようじゃないか。上映される映画もあの日とまったく同じものだ。君は二月二十八日の夜と同じような気分で、ただ映画を観てくれればそれでいい」

戸村と鵜飼は怪訝な表情ながら黙っておとなしく椅子に腰を下ろした。「よし。それじゃ志木、上映を始めてくれ」砂川警部は自分の時計を確認しながらいった。「いま、ちょうど午後四時だ。上映時間が二時間半だから、終了予定は六時半だ。ま、ゆっくり楽しもうじゃないか」

志木はビデオデッキの再生ボタンを押して映画をスタートさせた。やがて画面に関東映協のロゴマークが大写しになり、暗く沈鬱《ちんうつ》な殺戮の物語が始まっていった。

十分が過ぎ二十分が過ぎ、そして三十分が過ぎた。

薄暗い取調室に四半世紀前の映像と音響があふれかえり、志木の脳裏にはかつて深夜に友人たちと一緒にこの映画を観たときの強烈な退屈さが蘇ってきた。主要な登場人物は両手で数えきれないほどで、なおかつ人間関係は複雑奇妙に絡み合っている。したがって物語の展開は遅く台詞は無闇に多くて長いのだ。もう十分もすれば、毎朝届けられる新聞のように睡魔は確実にやってくるに違いなかった。勤務中の志木にとってはそれがなによりも気掛かりだった。

なんで、わざわざこんな真似を？　警部はいったいなにを考えているのだ？

あらためて砂川警部の行動の無意味さに首をひねる志木だった。

さらに二十分が経過した。

眠りの縁《ふち》でなんとか踏みとどまっていた志木は、ふと隣に座っている戸村の表情を横目で盗み見た。瞬間、志木の目に映ったのは、ポカンと口を開けて放心したような表情の戸村だった。志木は困惑した。

いったい、なんて顔で映画を観ているのだ、この男は？　あまりの退屈さに呆れたかな。いや、しかし彼の場合はこの『殺戮の館』を観るのは二度目のはずだ。つい一昨日に観たばかりなのだから、そんなに呆れ返ることもあるまいに。

「――と、止めてください！」

突然、取調室に強い調子の声が響きわたった。発したのは戸村だった。志木はすぐさま手元のリモコンを操作してビデオを一時停止の状態にした。いますぐにでも戸村の自供が始まるのかと身構える志木だったが、いっぽうの砂川警部はまだまだ呑気に構えているらしく、鷹揚《おうよう》な調子で尋ねた。

「どうかしたのかね。映画はまだまだ途中だよ。半分もいってない」

「い、いえ――そ、それは判ってます。判ってますけど――」

戸村流平はいったんは言葉を失ったかのように黙り込んだ。が、すぐに顔を上げて右手の人指し指で停止状態になっているテレビ画面を示しながら、かすれたような声で訴えた。

「しかし――しかし、判りません！　こ、この映画はいったいなんなんですか！」

「なんなんですといわれても困るね。君が持っていたビデオだよ。河内龍太郎監督の『殺戮の館』だ。間違いないだろう、なあ、志木よ」

突然、話を振られて慌てて志木も頷き返した。

「ええ、そうです。確かにこれは『殺戮の館』ですよ。もちろん」

「そんな馬鹿な――」

傍目にも明らかにうろたえた様子がうかがえるほど、戸村は激しく動揺していた。戸村は助けを求めるように隣に座っていた探偵に向かっていった。

「鵜飼さん、この映画は確かに『殺戮の館』ですか？　この映画が本物の『殺戮の館』なんですか」

もちろん探偵が呆気にとられたことはいうまでもなかった。目をパチクリとして戸村の目の奥をのぞき込むようにしながら、鵜飼は答えた。

「なにをいってるんだ、君。これが『殺戮の館』だよ。当たり前じゃないか——おい、君、ひょっとして君が茂呂耕作と一昨日の夜に一緒に観た映画は『殺戮の館』じゃなかったっていうんじゃないだろうな！」

「いえ」戸村は激しく首を振った。「そうじゃありません。僕が茂呂さんと観た映画は、確かに『殺戮の館』でした」

「なんだ。だったら問題ないじゃないか」

拍子抜けしたように鵜飼がいった。その直後に戸村がいい放った。

「でも、僕が観たのはこの映画じゃありません。もっと面白い『殺戮の館』でした！」

4

一瞬、取調室全体が凍りついたように沈黙した。流平の発した言葉の意味を正確に捉えている人物は、どうやら砂川警部だけだった。志木刑事と鵜飼の二人は、なにごとが起きたのか判断がつかず、しばらくは言葉もなかった。だが、誰よりも驚き混乱していたのは、他ならぬ流平自身だった。なぜ、同じ映画から受ける印象がこれほどまでに違うのか。彼自身、いままでに体験したことのない事態だった。

静けさのなかで、停止状態のビデオ映像の明かりが異様な眩《まばゆ》さを放っていた。

「ははッ、そんな馬鹿な」しばらくして志木刑事は笑いとばした。「世の中につまらない『殺戮の館』と面白い『殺戮の館』があるってのかい」

もちろん、そんなはずはない。

「リメイクかな?」ようやく鵜飼がそれらしい考えを披露した。「ひょっとして君が観た『殺戮の館』はリメイク作品だったということかい?」

映画を学ぶ者として、流平にも鵜飼のいわんとするところが理解できた。

映画のなかで、特に名画といわれる作品や大当たりをとるような題材は、二度あるいはそれ以上の回数にわたって繰り返し映画化されることがある。例えば『無法松の一生』『ビルマの竪琴』はそれぞれ稲垣浩監督、市川崑監督の手によって二度映画化されている。これなどは監督が同一だから、どちらがどうということはないのだが、監督を替えてリメイクされたような場合、同じタイトルの同じストーリーでありながら出来ばえに大差がつく場合があるのだ。

だが今回のケースはそうではない——。

「それはあり得ないだろう」流平の代わりに志木刑事が発言した。「一九七七年度の関東映協制作の『殺戮の館』が二本もあるはずがない。一昨日に彼と茂呂耕作とが一緒に観た映画が『殺戮の館』なら、いま我々が観ている『殺戮の館』と同じもののはずだ」

「そうです、確かに同じ映画です」戸村は頷きながらいった。「でも違う映画です。ああ、なんてこと──信じられません。たぶん、これは編集です。編集が違っているんです！」

「編集？」志木刑事が首を傾けておうむ返しにいった。

しかし流平はそれ以上はなにもいわず、頭を抱えるような恰好で椅子の上に凝り固まってしまった。呆気にとられた志木と鵜飼は、助けを求めるように砂川警部のほうに目をやった。

砂川警部は説明した。

「とある映画通から聞いた話だ。いちおう実話なのだが多少誇張があるのかもしれん。が、いずれにしてもなかなか興味深い話なので、よく覚えているんだが──ある映画にまつわるエピソードなんだ。

ある映画ができた。評判は賛否相半ば──というよりもいくらか否定的なほうに傾いていたらしい。しかし大作だった。制作者の熱の入れようは半端じゃなかった。制作者はその作品を海外の映画祭に出品しようと考えた。だが、そのままでは受け入れてもらえそうになかった。作品は長かったんだな。

日本でロードショー公開する分にはそれでよかったのだろうが、海外の多忙な映画関係者に限られた時間内で観てもらうには、なるべく短い作品のほうがウケがいいというわけだ。

そこで制作者はその思い入れの強い大作に、泣く泣くハサミを入れざるを得なかった。つまりあまり重要でないシーンをカットしたんだよ。制作者にしてみれば身を切る思いがしただろう。

ところがどうだ。そうやって出来上がった海外向け再編集バージョンを観て、日本の批評家は心中密かに思ったそうだ。長くて退屈だったオリジナルよりもこっちのほうがずっとテンポがよくて面白い——とね。もっとも断腸の思いでハサミを入れた制作者の手前、あまり大きな声ではいえなかったらしいが」

誰も言葉を挟むものはいなかった。砂川警部は話を続けていった。

「なかなか面白い話じゃないか。同じ映画でありながらハサミを入れる入れないで印象はガラリと違ってしまうとは、ちょっと信じられないくらいだな。しかも、余計にカットしたほうがむしろ好評を博すとは皮肉だね——。

ところで、私が引っ掛かったのは戸村君、君の証言したなかにあった『殺戮の館』にまつわる印象を述べたくだりなのだよ。君は確か『なかなか面白かった』『立て続けに殺人場面があってテンポがいい』というような印象を語っていたね。それで私はオヤッと思った。なぜなら私自身『殺戮の館』を若いころに観た記憶があったのだが、そのときの印象と君の持った印象があまりにもかけ離れていたからなのだよ。

だが、まあ、そういうこともあるだろう。一本の映画についての評価など観る人によって千差万別だからね。だが、実はビデオ屋の店員——君も知っているだろう桑田一樹という青年だ——も私と同意見だったのだよ。それだけじゃない、ここにいる志木刑事も学生時代に友人たちと一緒に観て、大不評だったそうだ。私も含めてみんなの意見はほぼ一致している。簡単にいうと『殺戮の館』という映画は長すぎるのだよ。そして、そのみんなが長すぎると認める『殺戮の館』を、なぜか君だけが面白がっているわけだ。

これはただ単に君の映画についての嗜好がみんなと違っているというだけなのだろうか？　そうかもしれない。だが、ひょっとすると実際に君はみんなと違った映画を観たのかもしれない。みんなが観ているのとは違う、オリジナルではない、再編集バージョンの『殺戮の館』を君は観たのではないか。私はそれを確かめたかったのだよ。そこで、いまここでこうして『殺戮の館』をみんなで観ることにしたのだ」

「やっぱりそうなんですね」流平は絞り出すような声でいった。「僕が一昨日の夜に茂呂さんと一緒に観た『殺戮の館』は編集されていたものなんですね。つまりカットされた短縮バージョンだったわけですね」

「そうだ。いま、この部屋で途中まで観た、これがオリジナルの『殺戮の館』なのだよ。君が観せられた短縮バージョンはオリジナルより三十分短いものだったはずだ」

砂川警部は一時停止中のビデオを完全に止めた。そしてデッキからテープを取り出して戸村にそれを示した。脇から志木刑事が質問した。

「しかし警部、一本の映画を素人が勝手に編集して三十分も短くしてしまったら、映画の流れがズタズタになって不自然なものになってしまいませんか」

「そうかもしれないが——それは専門家に聞きたいところだね。どうだい、戸村君、二時間半の映画を三十分カットしたら不自然なものになるだろうか」

「いえ、それはたぶん大丈夫でしょう」流平はキッパリと答えた。「三十分という時間は大した時間じゃありません。実際、テレビのロードショー番組で放送される映画は、たいていそれぐらいの時間がカットされています。二時間の作品が正味一時間半というような具合にです。だから、それなりに慣れた人物がやれば大丈夫でしょう。しかし——」

続けざまに流平の口から疑問の声があがった。

「このテープは間違いなく僕が桑田一樹のビデオ屋から借りたものです。それがどうして編集されていたんですか。いったい誰がそんなことをやったんですか」

「そう、それが問題だ」砂川警部が慎重に答えた。「可能性のあるのは君を除けば二人しかいないだろう。だが桑田一樹君は違う。なぜなら彼は君が一昨日に『殺戮の館』という映画を借りにくることなど、予想できなかったはずだからだ。予想できないのに、前もって編集したビデオテープを準備できるわけはないだろうから、やはり彼には無理だ。となると、編集ビデオを用意できた人物はひとりしかいない。君が二月二十八日に『殺戮の館』を借りてやってくることを、予め知っていた人物。そして君がいまいったように自らビデオの編集作業に手慣れていたであろう人物だ」

「……」

該当する人物が誰であるか、流平の脳裏にもその影はもはやハッキリしていた。容易には受け入れがたいが、しかし動かしがたい現実がそこにあった。まさか、そんなはずはない。だが、その人以外にはありえないのだ。

静まり返った空間に砂川警部の声が響いた。

「それは茂呂耕作だ」

「まさか！」流平は唸った。だが、心の声は「やっぱり！」だった。

「いや、事実だ。ビデオデッキの操作は彼自身がやったのだから、戸村君が持ってきた本物のテープと自前の短縮版テープとをすり替えることも彼ならやれただろう。彼にしかできない。それに彼なら自分の勤める映画会社の機械を使って再編集バージョンを作り上げることも簡単だったはずだ。編集の技術もあるだろうしね」

流平にはそれを否定することができなかった。いや、むしろ茂呂がやったに違いないとさえ思えるのだった。茂呂には才能がある。彼が退屈で長すぎる『殺戮の館』から不必要なシーンを削除して短縮版を作れば、きっとオリジナルよりも面白いものになっただろう。自分はそれを観せられたのだ。

「でも、いったいなんのためです。茂呂さんがなんのためにそんな面倒くさい悪戯《いたずら》をするんですか」

「時間をごまかすためだ。短縮バージョンの映画を君に観せることで、君の時間の感覚を狂わせてしまうことができる。それが目的だったのだろう。だが、もちろん悪戯なんかではないよ。これはね、茂呂耕作の巧妙なアリバイ工作なのだよ。戸村君、君はそれにまんまと引っ掛かったのだ」

「ア、アリバイ？――アリバイってなんのためのアリバイですか」

砂川警部は事件の核心を暴いた。

「もちろん紺野由紀殺害のためのアリバイだ。そう、茂呂耕作こそは紺野由紀を殺害した真犯人なのだよ」

5

砂川警部は呆気にとられる流平に向かって説明した。

「信じられないかもしれないが事実だ。私はそう確信するね。もちろん君は疑問に思うだろう。無理もない。一昨日の夜、午後十時まで自分と一緒にビデオを観ていた茂呂耕作が、なぜ午後九時四十二分に起こった紺野由紀殺害事件の犯人たりえるのか。普通に考えれば不可能ということになるだろう。だが、いままで説明してきた『殺戮の館』の短縮バージョンを用いることによって、それが可能になるのだよ。では順を追って説明することにしよう。いいかね——

まず君と茂呂耕作は二月二十八日の夜に一緒にホームシアターで『殺戮の館』のビデオを観る約束を、その一週間前に交わした。そして茂呂は、この一週間を利用して『殺戮の館』の短縮バージョンを作り上げた。彼自身の編集技術と会社の機材を利用すればそう難しくはなかったはずだ。これが事件の第一段階だ。

そして二月二十八日午後七時。君はレンタルビデオ屋から正真正銘の『殺戮の館』のビデオを借りて茂呂耕作の部屋を訪れた。しばらくは就職搦《がら》みの雑談があって、それからおもむろに茂呂は重大な話を君に持ちかけたわけだ。なんのことか判るかね」

「重大な話ですか？」流平は首をひねった。「さあ、なんのことですか」

「風呂だよ。これは彼の犯罪計画のなかで非常に大事な部分なのだ。茂呂耕作はおそらくは慎重に、しかしさりげなく君に風呂を勧めた。君はなんの不審も感じないまま風呂に入ったね。そして風呂から上がった君は茂呂からあてがわれたスウェットの上下に着替えた。そうだね。実はこの時点で、茂呂の犯罪計画は第二段階を完了したのだよ。判るかね。大事なのは風呂ではないのだ。君は風呂に入ることによって腕時計を外すことになる。それこそ大事だったのだよ。戸村君、君は風呂から上がってリラックスした恰好に着替えたときに、わざわざ腕時計をもう一度はめたりはしなかったはずだ。違うかね」

「そういえば——腕時計は脱いだジーンズやシャツと一緒に籠のなかへ放り込みました」

「うむ、それが普通というものだ。さて風呂から上がった君が最初に見たものはなんだったか。それはテレビだ。国営放送の七時のニュースが終盤に差しかかっていた。これも偶然ではない。茂呂の計算があってのことだ。七時のニュースが終盤ということは、すなわち時刻は七時半近くということになる。しかも、この時刻はどんな時計よりも信憑性が高い。なにしろテレビのニュース番組は勝手に進めたり遅らせたりできる時計とはわけが違うからね。もちろん君はこの時点で午後七時半ちょっと前という時刻を脳裏にインプットされたわけだ。ここがいわば計画の第三段階だな。

さて、君と茂呂はそれからホームシアターへと移動した。もう君はわざわざ時計を見なくてもいま現在が午後七時半あたりであることを知っている。そして君は茂呂に本物の『殺戮の館』のビデオを手渡した。それをビデオデッキに差し込んで上映を始めたのは茂呂だ。だが実際には、ここで茂呂は君から渡されたテープをこっそりと棚に並んだテープのなかに紛れ込ませ、いっぽうで予め用意しておいた『殺戮の館』の短縮バージョンをデッキに挿入したのだ。いいかね、ここからがややこしくなる。オリジナルの『殺戮の館』の上映時間はラベルにもあるとおり二時間半だ。しかし、短縮バージョンの上映時間は——私の計算が正しいならば——おそらくはちょうど二時間だったのだよ。この三十分の差異が茂呂耕作のアリバイを捏造《ねつぞう》することになるのだ。ともかく、茂呂はテープのすり替えを難なくやり遂げた。そしてもう一方ではビデオに内蔵されているデジタル時計の表示も三十分繰り下げて八時ちょうどにしてから、上映をスタートさせた。すべてはこれからの二時間を二時間半だと思わせるための策略だ。もちろん、上映時間中の携帯電話などは現実の時刻がバレる手掛かりになるから絶対に許されない。その点も、彼は厳しくいい添えておくことを忘れなかった。なんの不審も抱かなかった君は、上映は午後七時半からスタートし二時間半後の午後十時ちょうどに終了するものと信じ込まされた。ここまでが第四段階だ。

やがて映画が終了した。茂呂は自らビデオデッキを操作してテープを取り出した。このテープは短縮バージョンだから君の目に触れると拙《まず》い。茂呂はそのテープを棚の大量のテープのなかに紛れ込ませ、今度は先程そこに紛れ込ませてあった本物のテープを持ち出してデッキの上に置いた。このとき、君の予定では時刻は午後十時になっているはずだ。腕時計を外している君は茂呂に促されるようにビデオに内蔵された時計を見た。表示は午後十時を示していた。なんの問題もない、と君は思ったに違いない。だが、それは大間違い。その時点では、まだ現実の時刻は午後九時三十分にしかなっていなかったのだよ。どうだね。午後九時三十分だ。紺野由紀が殺害される午後九時四十二分までまだ十分以上も時間があるじゃないか。白波荘から高野アパートまでの距離を考えても、これなら余裕で殺人がおこなえるわけだ。だが、そのためには茂呂は君を白波荘の自室に残して、自分ひとりで出掛ける必要がある。そのためにはなんらかの口実が必要だ。そこで彼は『酒とツマミを買ってくる』というもっともらしい口実を使って、自室を出ていった。繰り返すが、これが午後九時半のことだ。

第五段階といっておこうか。

ここで、いよいよ殺人の本番だ。茂呂は他人に姿を見られないように気をつけながら高野アパートへと向かった。そして、どういった手口を用いたかは定かではないのだが、彼は紺野由紀の部屋に侵入を果たした。前もって会う約束をしていたのかもしれない。とにかく茂呂は彼女をナイフで刺して殺害。午後九時四十二分にアパートのベランダから死体を投げ捨てて逃走した。なぜ、すでに死亡している被害者をベランダから投げ捨てる必要があったのかは、もう説明するまでもないだろうね。茂呂にしてみれば、自分のアリバイを主張するためには、正確な犯行時刻がおおっぴらになるようなやり方が望ましかったわけだ。ここまでが第六段階だな。

さて、殺人を終えた茂呂にはここでまた重大な仕事が残っていた。それは一刻も早く白波荘へと取って返すことだった。実際、彼は午後九時四十二分に犯行を終えて、その直後午後九時四十五分には白波荘の自室に戻っている。ホームシアター内の時計でいうならば午後十時十五分には、茂呂は君の前に荒い息をしながらその姿を現している。判るかね、この意味が。おい、志木ッ、この意味が判るか。今回の事件で我々にとってはもっとも興味深いところなんだぞ、ここは」

「はあ、そりゃ――」志木刑事はあやふやな口調で思うところを述べた。「殺人を犯した犯人が一刻も早く現場を立ち去りたいと思うのは、当然のことであり――」

「そんなありきたりな理由じゃない。茂呂はおそらく全力疾走で白波荘へと戻ったに違いないんだ。なぜなら、もたもたしているうちに高野アパート目掛けてパトカーが大挙してやってくることは、火を見るより明らかだったからだ」

「はあ」志木刑事はなおもよく判らないような感じで、「パトカーがやってくるのがそんなに怖いでしょうか。警察だって現場を見てすぐ犯人を見つけられるわけじゃないのに。下手に走って逃げるような真似をすると、かえって怪しまれますよ」

「確かにな。だが、茂呂にとって怖いのはパトカーじゃないんだ」

「はあ——意味が判りません」志木刑事はお手上げの表情を浮かべた。

「どういうことなんですか」流平はあらためて説明を求めた。

「簡単だよ。パトカーが鳴らすサイレン。これが彼の計画にとっては大問題だったのだよ。なぜなら、三十分短縮された映画と三十分進められた時計でシアター内の時間を誤魔化してみたところで、肝心の君がパトカーのサイレンを僅かでも耳にするようなことがあったら、すべては水の泡になってしまうからだ。ちなみに一昨日の夜、現場に最先着したパトカーはなにを隠そう私と志木刑事が乗っていた車だったわけだが、これの到着時刻は午後九時四十八分だった。パトカーは以後も続々ときた。もし三十分ずれた偽りの時刻を信じている君が、それらのサイレンを耳にしたとするならば、それは午後十時十八分の音として認識されることになるだろう。だが君も翌日になれば新聞を読むはずだ。そこには午後九時四十二分という正確な犯行時刻が載っているだろう。犯行が午後九時四十二分でパトカーの到着が午後十時十八分とは、いったいどういうわけなのだ。当然、君は疑問に思う。そしてよほど君がボンヤリでない限りは真実に気がつくはずだ。茂呂としてはそれでは拙い。そこで茂呂はどんな手を打ったか。やり方はひとつしかない。それはパトカーが現場に集結するよりも前に急いで白波荘に引き返して、そして君をホームシアター内に釘付けにしておくことだ。ホームシアターの内部ならば完全防音だ。遠くで鳴っているサイレンの音は聞こえない。それでも不安ならステレオでハードロックでも流しておけば、まず外部の音を聞くことはないだろう。実際、茂呂はそれを実行した。第七段階終了だ。

さて、なにも気がつかないままの君はサイレンの音を聞くこともなく、戻ってきた茂呂と酒宴になだれ込んだ。この酒宴のときに出てきた酒やツマミはもちろん茂呂が前もって買って用意していたものだ。この酒宴の前の十五分間の外出の際に購入したのではない。予め花岡酒店の袋にいれて台所の引出しにでも隠しておいたのを、まるでいま買ってきたかのようにして茂呂は右手にぶら下げて君の前に現れたわけだ。ともかく酒宴は始まった。さて、ここからの十五分間は茂呂は酒を飲みながら君と雑談をする必要がある。ホームシアターの外ではサイレンがしばらくは鳴り続いている可能性が高い。だから茂呂は君にシアターの外に出てもらうわけにはいかなかったんだな。黙って酒を飲むわけにもいかないから、必然的に会話が必要だ。それもなるべく興味深い話で君をシアター内に引きつけておく必要がある。

ところが、この会話は非常にデリケートな問題を孕《はら》んでいる。なぜならシアター内の時計でいうならば茂呂は午後十時に白波荘を出て、花岡酒店で買い物を済ませ、十五分に戻ってきたことになっている。この十五分間というものは、普通の十五分ではない。高野アパートで殺人が起こったのは午後九時四十二分。だとするならば午後十時から十時十五分までの間というものは、高野アパートの前にはパトカーや警官があふれかえり、野次馬が群れをなしているはずの時間帯だ。そんな時間帯に茂呂はたまたま高野アパートの付近で買い物をしたことになっているわけだ。だとすれば、買い物から戻ってきた（実際は殺人から戻ってきているわけだが）茂呂が、高野アパート周辺のモノモノしい様子について一切語らなかったら、それは不自然というものだろう。そこで茂呂はあたかもいまさっき外出先で墜落事件に遭遇したかのように、一芝居打つ必要が生じるわけだ。なかなか奇妙な芝居だと思わないかね」

「え、ちょっと待ってください」流平は混乱しかかった頭で尋ねた。「つまり、それは――まだ起こっていない未来のことについてお喋りするということですか！」

「そうなのだよ。茂呂は自らの頭のなかで午後十時から十時十五分あたりの墜落事件現場の様子を勝手に想像し、君に語ってみせたのだよ。実際には、それを君に語っているのは現実の時計でいうところの午後九時四十五分から十時にかけてのことだから、確かに彼は未来に起こるであろうことを喋っていることになるね。まったく難しい綱渡りだよ。だから彼は事件について細かいことはいわずに大雑把でありきたりのことしかいえなかったんだな。『パトカーがたくさんいた』とか『野次馬が大勢いた』とか、そういったレベルの話しか彼はしなかっただろ」

「た、確かにそうでした」

「これが第八段階ということになる。もうすぐラストだ」

砂川警部の説明はますます熱を帯びてきた。

「第八段階終了時点で、シアター内の時計は午後十時三十分になっている。現実の時刻でいうならこれが午後十時だ。ここで茂呂がやらなくてはならないことは、もう判るだろう。彼は今度こそ本当に花岡酒店に買い物に出掛けなければならないわけだ。シアターの内にいる戸村君と外にいる花岡酒店の主人、この二人の証言が食い違わないようにしておく必要があるからだ。そのためには茂呂はまたしてもひとりで外出する口実が必要だ。ここで彼が口にした口実はなんだ。それは『風呂にはいる』だ。茂呂はやや不自然ながら無理矢理風呂にはいるといいだした。もちろん戸村君は、はいるなとはいえない。茂呂はひとりでシアターを出ていき、シャワーを使うようなふりをしながら、実際はシャワーを出しっぱなしにした状態で外出したんだな。茂呂は玄関を出た。するとそこには偶然ながらバイク修理の二宮朱美がいた。茂呂は彼女に『ちょっと酒屋に』といって通りすぎた。そのまま花岡酒店に向かって酒とツマミを購入した。もちろん購入する品目にも注意を払っただろう。酒は『清盛』の四合瓶が二本とチュウハイ二缶でなくてはならない。ツマミは柿ピー、ポテトチップス、一口サラミ――といった具合だ。そして、いかにも自然な感じで向かいの高野アパートで起こっている事件について、当たり障りのない会話を主人と交わした。それから野次馬のなかにはいっていってもうひとりの証人として高麗軒の主人をつかまえて、ここでも会話を交わしている」

志木刑事がすぐさま質問した。

「なぜ、そんな余計な会話をする必要があるんでしょうか。酒屋の主人との会話は当然としても、高麗軒の主人とは不必要じゃないんですか」

「いや、これは必要だった。それというのも茂呂は戸村君との十五分間の雑談（第八段階のことだ）のなかで『野次馬のなかに加わっていて時間をくってしまった。それで走って戻ってきたんだ』という話をしているだろ。これは戸村君にサイレンを聞かれまいとして殺人現場から走って帰宅した茂呂が、その慌てたような様子をいい訳しての発言だ。しかし、そう発言した以上は、茂呂は実際に野次馬のなかに加わらなければならないわけだ。つまり茂呂は第八段階で未来のことをある程度予想して話をしたから、今度は逆にその自分がおこなった発言の内容に従って行動しなくてはならないわけだ。普通とは逆転しているな。普通なら、行動してそれを話す。彼の場合は話したように行動するんだ。そこで自分が確かに野次馬のなかに加わっていたということを誰かに証明してもらうために茂呂耕作が選んだのが、高麗軒の主人ということだ。さて、高麗軒との会話を終えた茂呂はすぐさま帰宅した。白波荘の門では彼は再び二宮朱美と会っている。これが午後十時十五分くらいのことだ。こっそり帰宅した彼は、そのまま風呂場にいき、ザッとシャワーを浴びてから戸村君の前に濡れた恰好で再び姿を現すわけだ。そうすれば、汗をかいていることも息が荒いこともカモフラージュできるからね。時刻は午後十時十七、八分あたりだろうか。シアター内の時計でいうなら午後十時四十七、八分だ。やや長めのシャワーだったな、という程度にしか君は思わないだろう。もちろん君は、まさか茂呂が外出していたとは思わない。ずっと風呂場にいてシャワーを浴びていたと信じ込むはずだ。これで第九段階終了。もうトリックは完成したも同然だ」

砂川警部は落ちついた口調で最終段階を締めくくった。

「第十段階は簡単だ。茂呂は君にあらためて酒を勧めて、酔わせてしまう。記憶が飛ばない程度にね。そして君が寝てしまったのを見計らって、シアター内のデジタル時計を元に戻しておく。これでトリックは完成だ」

砂川警部は張り詰めたその場の空気を解きほぐすように、ひと言付け加えた。

「――実際は、完成までは至らずに茂呂も死んでしまったけどね」

6

驚愕の真相が明らかになった。だが、果たしてそれは真相と呼べるのだろうか。茂呂が紺野由紀を殺害した。そのことはもはや間違いのないことのように思えた。そのためにアリバイトリックを弄したことも事実だろう。だが、その緻密で念の入ったトリックは、最終段階に至る前に犯人自身の死をもって瓦解《がかい》していたというのである。真相はなお半分しか明らかにされていない。

流平は、ひょっとして自分は生殺しの状態なのではないかと疑った。

「まさか、そのトリックの途中で茂呂さんを殺したのが、僕だと考えているんじゃないでしょうね。紺野由紀を殺したのが茂呂さんで、その茂呂さんを殺したのが僕だと――」

「まあ、そういったこともいちおうは考えてみたんだがね」

砂川警部はすっかり暗くなった窓の外に目をやりながら答えた。

「しかし、君には茂呂耕作を殺す動機がないようだ。元々我々が君を疑ったのは、君が紺野由紀を殺害したと考えたからなのだよ。その共犯として茂呂が君に手を貸して、そこで仲間割れが生じて――といったことを考えていたのだ。だが、茂呂が紺野由紀を殺害したとなれば、その茂呂を君が殺すというのはちょっと考えにくい。それに例のチェーンロックの密室という君の主張も、茂呂耕作殺害の犯人の主張としては矛盾だ。自分で自分にとって不利な証言をするというのもね、あり得ない話だろうし――」

いままで滔々とトリックの解明をしてきた歯切れのよさはどこへやら、砂川警部もここにきて真相を摑み損ねている様子がありありだった。

「なにしろ、我々は戸村君、君以外の犯人というものを考えていなかったものだからね。では茂呂を殺したのは誰かとなると、まず容疑者からして思い浮かぶ人物がいないのだよ」

志木刑事がうんざりした様子で砂川警部に問いかけた。

「それじゃ茂呂耕作殺害事件については捜査は振り出しですか」

「そうなるな」

「まずは容疑者の洗い出しですね、警部」

「うむ、いままであまり考慮していなかった会社関係をあたる必要があるな」

「女性関係はどうでしょう」

「もちろん、それも調べてもらう。とにかく、捜査はいちからやり直しだ」

「いや、その必要はないと思いますよ、警部さん」

砂川警部が答えるのを待っていたかのように、異論を唱える者があった。いままで、そこにいるのかいないのか、もはやその存在意義すら怪しくなっていた彼である。

「心配無用」と鵜飼探偵が手を挙げた。「犯人なら心当たりがあります」

「ほう——というと」砂川警部は興味をひかれた様子で「自首でもする気かね、君」

なかなか痛烈なことをいう警部さんだ。

「馬鹿いっちゃいけません。これは洒落や冗談ではありませんよ」

あくまでも本気を強調する探偵だったが、その言葉が二人の刑事の心を動かしていないことは歴然としていた。志木刑事が馬鹿にしたような世間話口調でいった。

「そんなにいうなら教えて欲しいものですね、警部。我々の手間も省けますし」

「そうだな」砂川警部も同調した。「では、教えてくれんかね、その心当たりとやらを」

一瞬、座が静まり返った。流平も緊張して探偵の次の言葉を待った。ところが、

「いや、いまは誰ともいえませんな」

がっかり。流平はこの探偵を事件に引っ張りこんだことを、あらためて後悔した。探偵の肩書を持ちながら、結局は砂川警部の名推理を聞かされるだけの役割しか与えられなかったこの私立探偵には同情を禁じえない。

「しかしながら、警部、僕にほんの三十分ほどの時間を与えてくれさえすれば、僕はお二人を事件の正真正銘の《最終段階》へとご案内してさしあげますよ。いかがですかな」

いや、もう同情なんてしている場合ではないようだ。

「鵜飼さん——ちょっと、こっちへ」

流平は必死で宥める素振りをみせながら、鵜飼を取調室の片隅に呼び込んだ。

「ちょっとちょっと、いいんですか鵜飼さん。そんな大風呂敷を広げるようなことといって。後で恥かいてもしりませんよ、僕は」

「あ、君ね、言葉に気をつけたまえ」鵜飼は興奮を抑えきれない様子で、「誰が《大風呂敷》だ。誰が《恥をかく》だ。君やあの警部には判らなくとも、僕にはこの事件の真相が判

りすぎるほど判っているのだよ。いいから大風呂敷に——いや大船に乗ったつもりでいたまえ」

不安だ。とりあえず自分の身に降りかかる災難は逃れた恰好の流平だったが、まだまだ事件はひと波乱ありそうな気配である。

7

結局、流平が乗ったのは大船ではなくてパトカーの後部座席だった。隣では身を乗り出すように前のめりになった鵜飼が「ほれ、その角を右」とか「そこを左」とかいちいち指図をしている。運転席にいるのは志木刑事だ。いいかげんうるさく感じたのだろう、荒っぽいハンドル捌《さば》きで後部座席の二人の上体を大きく傾かせた後に、押し殺したような声でこういった。

「あのねえ、私だって警察官なんですから、道案内なら任せてもらいたいもんですね。西幸橋にいけばいいんでしょ。いちいち命令されなくたって判りますよ」

そう、志木刑事のいうとおり。車は一路、西幸橋を目指して夜の烏賊川市を突っ走っていた。助手席に乗っている砂川警部が後ろを振り向きながら、

「西幸橋になにかあるのかね。それとも川か」

「いまはいえません」

もったいぶるのが探偵の常である。鵜飼探偵とて例外ではなかった。

流平にはもちろん鵜飼の目指しているものの見当はついていた。西幸橋といえば、その袂には金蔵の段ボールハウスがある。金蔵といえば例の《槍密室説》だ。それが事件とどう関係してくるのか。そこが興味深くもあり、また不安でもある流平だった。

まあ、鵜飼にだって意地ってものがあるのだろう。あんなふうにスラスラとアリバイトリックを自分の目の前で砂川警部に解かれてしまっては、探偵として面白くなかったに違いない。それならば、最後に残された最大の謎を自らの手で解きあかして刑事たちの鼻をあかしてやる！　大方、そんな意気込みなのだろう。

子供っぽいといえば子供っぽいのだが――。

そうこうするうちにパトカーは西幸橋に到着した。車を土手に停めてもらうように、探偵は指示を出した。車が停まると、鵜飼は前の座席に座っている二人の刑事に向かってこう頼み込んだ。

「ここから先は、私と戸村君にやらせていただきたいんですがね。どうですか、警部さん」

「駄目だね」砂川警部はそうそう物分かりがいいわけではなかった。

「ちぇ――ケチ」鵜飼も聞き分けのいいタイプではない。

「そうあからさまに不満顔をすることもないだろう。君たちの容疑が完璧に払拭されたわけではないのだ。それを忘れないでくれたまえ」

「判りましたよ」鵜飼はようやく折れた。「それじゃ、刑事さんたちは、僕らの邪魔をしないように十メートル後からついてきてくださいね。尾行は得意でしょうから。さ、戸村君、いざゆかん」

鵜飼は流平の背中を押すようにしながら、車から飛び出した。

「邪魔をしないって——警部ぅ、なんですか、あの二人はッ!」

「まあまあ、そうカッカするな。好きにさせてみようじゃないか」

憤る志木刑事とそれを宥める砂川警部のやりとりをBGMのように聞きながら、鵜飼は早足で土手を下って川原に下りていく。流平もその直後に続いた。下りきったところで後ろを振り返ると、二人の刑事はいわれたままに約十メートル後ろをまるで影のようについてきている。それはそれで、ちょっと不気味さを感じさせる情景だった。

「むしろ、刑事さんたちにピッタリついてきてもらったほうが安心なんですけどね、僕的には」

「いやだね。僕的には」

探偵は聞く耳を持っていなかった。仕方がないと諦めて、流平は鵜飼に続いた。

月のない夜だった。街の明かりは夜空を照らしてはいるが、一段低くなった川原までは届いていない。周辺はぼんやりとした闇が広がっていた。聞こえるのは背後にいる刑事たちの足音と、近くで流れているはずの烏賊川の水音。ときおり橋の上を走り抜ける車の音が頭上から降ってくるように聞こえるのが、よりいっそう恐怖感を強めた。

背丈の高い雑草を掻き分けるようにして橋脚のあたりにたどり着くと、ようやく闇のなかに不恰好な段ボールの家が浮かび上がった。金蔵の住処である。昨夜一晩は、自分の隠れ家にもなった空間を前にして、流平は落ちつかない複雑な気分だった。

「ちょっと待ってください、鵜飼さん」流平はいまさらのように探偵に真意を問いただした。

「どういう意味なんですか、これは。金蔵さんになんの用があるっていうんです」

「まあ、いいから黙ってな」

鵜飼は流平の質問にはとりあわずに、金蔵の住処へとまっすぐに歩を進めた。

段ボールの家の一方の壁には、昨日と同様にベニヤ板が立てかけてあった。これが玄関がわりである。鵜飼はベニヤ板に右手を掛けた。

「おい、キンゾー。いるのかい」

ベニヤをずらしてなかを覗き見る鵜飼の後ろから、流平も目を凝らした。なかは当然のことながら暗くてよく見えなかったが、とにかく返事はない。人の気配も感じられない。

「ちッ、留守らしいな」

「どうするんです。待ちますか」

鵜飼はなにもいわずにまたベニヤ板を元の場所に立てかけた。そしてぐるりと段ボールハウスの脇を回って、その裏側に向かった。そこにはもうひとつの段ボールハウスがあるのだが、そこには住人がいるらしい。なかの明かりが、段ボールの隙間や穴ボコを透かして漏れている。

「玄関はどこなんだ？　ああ、ここかな」

鵜飼は目の前にある青いビニールシートに注目した。天井からだらりと垂れ下がったビニールが入口を恰好だけ塞いでいるのだ。いかにも粗末な出入口である。鵜飼はそのシートの表面をげんこつで叩いた。どうやらノックの意味らしい。ボスボスッというくぐもった音がした。これで果たしてノックの役目を果たすのだろうか。そんなことを思っているうちに、ビニールシートは内側からはねのけられた。なかにいた人物が顔をのぞかせたのである。

「なんじゃ、あんたら。このわしになにか用かね」

嗄《しやが》れた声だった。言葉には訛《なま》りがあるが、どこの訛りかは判然としない。暗がりのなか顔もよくは見えない。薄汚れた身なりは、ホームレスならば当たり前だろう。かなりの年季の入ったホームレスであることは、漠然と判る。とにかく顔も姿も初めてみかける人物であることは、間違いなかった。鵜飼はその男に、おもむろにこう切り出した。

「突然で悪いがね、おじさん、あんた一昨日の晩に人を刺さなかったかい。場所は、そう、幸町公園あたりだろうと思うんだけど」

流平は鵜飼のあまりに大胆な言動に驚いた。どんな理屈か知らないが、いきなり初対面の人物に向かって「人を刺さなかったか」とは、とんでもないいいぐさである。これは一悶着ありそうだ、と身構えた流平の目の前で謎の男はふいにニヤリと笑みを浮かべると、開き直ったようにこういった。

「ふん、あんた、なんでそんなこと知っとるんじゃ。見たところ、お巡りでもなさそうじゃが――ああ、あんたのいうとおりよ。確かに一昨日の晩に誰か若い男を刺したっけ。でもよ、いっとくけど、わしゃ人殺しじゃねえよ。ただのけちな盗人でね――」

目の前の男は確かに自分が犯人であることを認めているらしい。逃げる素振りもない。そのわりには、流平の耳には男の喋っている言葉が異国の言葉のようにしか聞こえないのだった。

「おーい、刑事さーん。こっちこっちー」

「なんだなんだ。いったい、どうしたっていうんだ」

鵜飼に呼びかけられた二人の刑事が、暗闇の向こう側から小走りでやってきた。

ホームレスはなんの抵抗も見せずにハウスから這いだしてきて、やや猫背の身体で立った。

「なんだというのだね、いったい」砂川警部が鵜飼に問い詰めた。

「ご紹介しましょう。彼こそは茂呂耕作を刺し殺した張本人であります」

鵜飼は横にいる猫背の男を指で示した。

「なんだって――」砂川警部は舐《な》め回すような視線で男を見つめた。そして至極当然の質問を探偵に向かって投げた。「誰だね、この男は？」

鵜飼はわざとらしく肩をすくめるポーズで答えた。

「さあ、誰といわれても――名前は判りません。職業は、まあ、見たとおりホームレスってところでしょうか」

「なんだと。名前も判らない男を、君は、犯人だと指名する気かね」

「いいんじゃありませんか。僕らはヴァン・ダインとは違うのだし。名前とか職業とか、そんなものはどうでもいいでしょう。どうしても聞きたいのなら、本人から聞いてください。では警部さん、茂呂耕作殺しの真犯人一名、確かにお渡ししましたよ」

探偵は、してやったりの表情を浮かべながらそういった。

意味不明なまま、どうやら事件は決着してしまったらしい。呆気にとられるばかりの流平だった。

8

段ボールハウスから現れた謎の男は、刑事たちの前で実に素直に罪を認めてお縄になった。したがってもはや刑事たちには流平や鵜飼を拘束しておく口実がなくなったわけで、二人はすぐその場で放免された。

「だが、ひょっとしてまたなにか聞きにいくことがあるかもしれない。あんまり、急にいなくなったりしないでくれたまえよ」

砂川警部はそういって、二人にクギを刺すことを忘れなかった。志木刑事は、これも何事が起こったのかよく判っていない様子ながら、とにかく急遽犯人として現れたホームレスをパトカーに押し込んだ。そして車は二人の刑事とひとりの犯人を乗せて走り去っていった。

そのテールランプの遠ざかっていく様子を眺めながら、ようやく流平は慌ただしかったこの悪夢のような三日間が終わったのだと実感できた。

だが、悪夢の終了が即、現実の始まりではない。流平には判らないことが山積みで、事件解決の実感はまだ湧いてこないのだった。

二人はタクシーで鵜飼探偵事務所へと帰還した。到着するなり、流平は鵜飼に説明を求めた。なぜ、あの名前も判らないホームレスが茂呂耕作を刺し殺したのか。なぜ、それを鵜飼が知りえたのか。そしてなぜ、あのホームレスはあんなに無抵抗に捕まったのか。

「なに、簡単な話さ」

鵜飼は事務所のソファに深く腰を下ろして説明を始めた。向かいの椅子には流平が座り、二人の前には熱い珈琲が湯気をたてていた。探偵はまず珈琲を一口啜ってから、背広のポケットに右手を突っ込み、なにかを手で探るような仕種をみせた。しばらくして鵜飼が右手をポケットから抜き出すと、その指先にはちいさな茶色い貝殻のようなものが摘まれていた。

「これがなにか君も覚えていると思うけど――」

「ピスタチオナッツ？」流平は首をひねった。

「そう、ピスタチオナッツの殻だ。昨日、君と一緒に茂呂耕作の部屋にいったときに、例のホームシアターのなかで見つけたやつだ。これが決め手になろうとは、まさかこれを拾ったときには思いもよらなかったがね」

「これがなんの決め手になるんですか？」

「まあ、よく考えてみなよ。このピスタチオナッツの殻がシアター内に落ちていたのはなぜだろう。掃除が行き届いてなくて、一週間前のゴミが落ちたままになっていたのかな」

「なにいってんですか」流平は否定した。「それは一昨日のゴミですよ。僕と茂呂さんがシアター内で酒宴をやったときのものです。茂呂さんが買ってきたツマミのなかにピスタチオナッツがありました。そのときの殻が下に落ちたのを、鵜飼さんが拾ったんですよ」

「もちろん、そうだ」鵜飼は頷いた。「で、そこから判ることはなにかというと、一昨日の夜に茂呂耕作が君の前に持って現れた花岡酒店の袋の中身についてのことなんだよ。君の話によれば、そこには清酒『清盛』の四合瓶二本とチュウハイ二缶、柿ピー、ポテトチップス、一口サラミ、チーズ鱈、それにピスタチオナッツといったものがあったらしい。だが十五分間の酒宴で、どの袋が開封されて、どれが未開封だったかというような細かい点には君は触れなかった。こっちだって、そんなことは聞かなかったしね。だが、少なくともピスタチオナッツの袋は開封されていたに違いない。だから殻が落ちていたんだ。そうだろ」

「そうですね。確かにそうでしょう——で？」

「で？——じゃないよ」鵜飼は流平の鈍さをからかうようにいった。「いいかい、僕らは花岡酒店の袋をこの事件のなかで二回見ているわけだ。一度目は君が一昨日の夜の酒宴で見たやつだ。それを君は翌日の逃走の際に証拠を残すまいとして、丸めて幸町公園のゴミ籠に捨ててしまった。これは君が捨てた後で、すぐに誰かに拾われてしまったらしい。たぶん付近に住むホームレスの仕業だ、と僕は推理した。覚えているだろ」

「ええ、覚えてますよ」

「ところで、その花岡酒店の袋が二度目に僕らの前に姿を現したのは、昨夜のことだ。僕が君を金蔵の所に案内した。すると、金蔵は僕らの目の前に花岡酒店の袋を出した。明らかに君がゴミ籠に放ったものが巡り巡って金蔵の元に届いた、そんな感じに思えた。実際、中身はやはり清酒『清盛』の四合瓶に、柿ピー、ポテトチップス、一口サラミ——といった具合だ。中身が若干減っていたりしたのは、金蔵が自分で飲み食いしたのだと考えれば不思議ではない。だが、どうしても不思議なことがある。それはあの袋のなかにあったピスタチオナッツが未開封だったということだ。それは僕自身が開封したのだから間違いない」

「ああ——」

流平はようやくその矛盾に思い至った。確かに、鵜飼は自分の目の前でピスタチオナッツの袋を取り出して、それを開封してみせた。ということはそれまでは未開封だったわけである。

「ということはだ――どういうことになるかな？」

鵜飼は流平に向かって試すようにいった。

「つまり、金蔵さんが取り出した花岡酒店の袋は、僕が幸町公園のゴミ籠に捨てたものを拾ったのではない。二つは別物ということですね」

「その通りだ。しかし、これはどうしたことだろう。まったく同じような中身を持った花岡酒店の袋が二つあったということになる。そんなことは普通はあり得ないだろう。だが、そこであの砂川警部が明らかにしたトリックだよ。茂呂耕作はあのトリックのなかで、まさしく中身が同じ花岡酒店の袋を二つ使い分けているんだよ。いいかい――」

鵜飼は珈琲をまた一口啜って先を続けた。

「簡単にいうとこうだ。『殺戮の館』の上映が終了した後、茂呂耕作は『酒とツマミを買ってくる』といって出ていき、実は彼は紺野由紀を殺害したわけだが、そのことを君に悟られないために彼は前もって花岡酒店の袋を用意しておいて、それをぶら下げて君の前に現れたんだな。君が一昨日の夜に見た袋がこれだ。翌日になってゴミ籠に放ったのもこれだ。だが、金蔵が持っていたものは、それとは別物だ。だとすると、それはどこから現れたものなのか」

「金蔵さんは、隣のホームレスから貰ったといってました」

「そうだ。あの名前のないホームレスだ。では、彼はそれをどうやって手に入れたんだろう」

「………」

「ところで、砂川警部の解きあかしたトリックの終盤にこんなところがあったはずだ。いいかい。茂呂耕作は『風呂にはいる』という口実でもって君との酒宴を中座した。そして彼はアリバイ工作の仕上げとして今度こそ本当に午後十時過ぎの花岡酒店で買い物をした。もちろん、君の証言と食い違うことのないように購入する品目にも気をつけてだ。すると、おや、これは変じゃないか。このときの花岡酒店の袋はいったいどこにいってしまったんだろう。帰宅する途中で捨てたかな。いやいや、そんなはずはない。確かに、この袋はあくまでもアリバイ工作のためのものだから捨てても構わないのだけれど、しかし帰宅途中で捨てたりするはずがない。なぜなら、茂呂耕作は花岡酒店に出掛けていくときに、白波荘の門のところで二宮朱美と出くわしている。そして彼女に向かって、これから酒屋に行く旨を喋っているんだ。だったら、彼は帰宅するときに花岡酒店の袋を捨てて、手ぶらで戻ったりするはずがない。帰宅する際に、もう一度彼女と出くわす可能性が充分にあるんだからね。しかし、それにもかかわらず、現実にその花岡酒店の袋は彼の手からは失われて、それは名もないホームレスの手に、そして金蔵の手に渡っていったんだよ。さあ、これはどう考えたらいいのかな」

「判った。茂呂さんは袋を奪われたんですね！　その名もないホームレスによって」

「そうだ。茂呂耕作は花岡酒店で酒とツマミを買って、それから野次馬の群れにちょっとだけ加わって、そして計画どおりに帰宅しようとしたはずだ。その途中で、幸町公園を横切ったことは間違いない。それが最短距離だからね。そこで彼の身に思いがけないアクシデントが起こったのだよ。なんと公園に住むホームレスのひとりが彼のぶら下げた花岡酒店の袋を奪い取ろうとしたんだな。二月二十八日の夜のことだ。覚えていると思うけど、あの夜はことのほか冷え込んだだろ。寒さに震えるホームレスの前を、袋から日本酒の瓶をのぞかせた恰好で若い男が小走りに走っていこうとする。そこで、ついついふらふらとホームレスの心にも邪悪な思いが横切ってだな――」

「それでホームレスは茂呂さんを刺して袋を奪ったんですね」

「いや、それは違う」意外なことに鵜飼はキッパリと否定した。「それじゃ強盗殺人だ。これはそんな事件じゃない。殺人ですらないと思うな」

殺人ではない。そういえばあの逮捕されたホームレスも同じことをいっていた。「いっとくけど、わしゃ人殺しじゃねえよ。ただのけちな盗人でね」。いったいなんのことだ？

「これはおそらくは正当防衛にあたるケースだと思う。もちろん、盗みは盗みなんだがね」

「正当防衛！」

「そうだ。簡単にいうなら盗む相手が悪かったってことだな。ホームレスにしてみれば、単なるひったくりのつもりだったんだろう。たかだか日本酒とツマミの入った袋を盗むくらいは、そう大それたことにはならないと高を括っていたに違いない。ところが、茂呂耕作にしてみれば、その袋はただの《酒とツマミの入った袋》ではなかったわけだ。さっきも説明したとおり、彼は帰宅する際にもう一度門のところで二宮朱美と出会う可能性が高いと判っていた。そこを手ぶらで通ることは危険だということも、彼には判っている。だからその《酒とツマミの入った袋》は絶対に渡すことはできなかったんだよ。彼にとっては、ようやく最終段階までたどり着きつつある犯罪計画の、最後の関門なのだからね。それをなにも知らないホームレスに邪魔されたのではたまったものではない。そこで彼は袋を守るために過剰な手段に出てしまったのだと思う。つまり、手元にあったナイフを取り出したんだな」

「紺野由紀を刺したナイフですね」

「そうだ。一度人を刺しているんだから、もう一度刺すくらいは平気だっただろう。もちろん、実際にホームレスを刺すつもりではなかったのだろう。突然現れて大事な袋を奪おうとする邪魔者を追い払うのが目的だったはずだ。しかし、いっぽうのホームレスにしてみれば、これには驚愕したに違いない。単なるひったくりに向かって刃物を振り回してくる男がいようとは、想像しなかっただろうからね。そこで茂呂耕作とホームレスは揉み合いになった。一本のナイフを巡って小競り合いがあった後、どうなったか。結果をいうと、そのナイフは茂呂耕作の右脇腹に突き刺さったというわけなのさ」

「なるほど」皮肉な成り行きに流平は唸った。「そういえば、紺野由紀の背中の傷口と茂呂さんの右脇腹の傷は同じ凶器による可能性が高いと、刑事さんたちがいってましたっけ。それも僕が疑われた原因だったそうですけど。実際は、茂呂さんが紺野由紀を刺したナイフで、自らも命を落としたということだったんですね」

「そうだ。茂呂耕作を刺した名もなきホームレスは袋を持って逃走した。いっぽうの刺された後の茂呂耕作の行動については、もう説明しなくてもいいだろうな。僕の名推理はすでに君に聞かせてあるし」

「は?」なんのことやら、という感じである。「名推理って、どの名推理です?」

「おいおい、また繰り返させるのかい、あの《内出血密室説》を」

「ああ——なんだか懐かしい響きですね、その言葉。すっかり忘れてました」

「呑気に忘れてもらっちゃ困る。これこそは今回の密室を、最終的に解きあかす唯一絶対の理論だったのだよ。もちろん、僕にはそんなことはとっくの昔に判っていたけどね」

なるほど、確かにそうだ。探偵は流平の体験した密室話を聞くなり、すぐに《内出血密室説》を披露したのだった。その後、二宮朱美の証言によっていったんは挫折したかに見えたこの説も、砂川警部の解きあかした《時間差トリック》と組み合わせることによって、再び可能性が蘇ったわけだ。鵜飼探偵もこだわった甲斐があったというものだろう。

「茂呂耕作が花岡酒店で買い物をしたのが午後十時過ぎだ。とすると彼が幸町公園でホームレスと小競り合いになって右脇腹を刺されたのは、午後十時十分過ぎぐらいじゃないかと思われる。そこから彼は『人間の証明』の黒人みたいに刺された右脇腹をコートで隠し、それを右手で押さえながら、意識的にか無意識的にか、とにかく目的地の白波荘四号室をひたすら目指して歩いていったんだろう。もちろん門の所には二宮朱美がいた。彼がそこを通ったのは彼女の証言のとおり午後十時十五分頃だ。もちろん彼は挨拶もせずに通りすぎた。彼女ももう少し注意して観察していれば、彼の歩き方がたどたどしいことに気がついただろうが、彼女はそこまで気をつかっていなかった。それどころか、茂呂耕作の右手が右脇腹あたりにあるのを見て、『きっと右手に酒屋の袋を持っているのだろう』などと都合のいいように解釈してたんだな。実際は彼の右手は袋ではなくてコートの上からナイフの柄を握っていたのだと思うよ。そして、ようやく帰宅を果たした茂呂耕作は自らの手で玄関にチェーンロックを掛けた。おお、密室完成だ！」

感に堪えない表情で鵜飼は宣言した。

「後は簡単だ。茂呂耕作はコートを脱いで玄関のフックに掛け、そしてふらふらと浴場に入っていき、そこで右脇腹のナイフを抜いた。そしておそらくはその瞬間に絶命したのだろう。これがだいたい午後十時十七、八分あたりだろう。そして、その死体を君が発見した。シアター内の時計でいうなら午後十一時過ぎ。だが、現実の時計でいうなら午後十時三十分過ぎ、いや、正確にいうなら午後十時三十五分のことだ」

「はあ？」流平は疑問を呈した。「なんでそうハッキリいい切れるんですか」

「なんだ、いい加減理解しなよ。ほら、二宮朱美がいっていたじゃないか。『午後十時三十五分に四号室の風呂場からドシンという大きな音が聞こえた』って。それで僕らはそれを茂呂耕作の絶命の時刻と早合点したけども、実際はそうじゃなかったんだよ」

「あッ！　そうか——」

「そう。その音は死体を発見した君が、直後に脱衣場で卒倒したときの音なんだよ。君は午後十時三十五分に気を失って以降、翌朝まで眠りつづけたというわけなのさ」

「うーん」流平は唸った。と同時に自分の不甲斐なさに臍をかむ思いがした。「ということは鵜飼さん、僕がもしそのときに卒倒せずに警察にすぐ連絡していれば、僕は自分の時間の感覚が三十分ずれていることにその場で気がついたってことですよね。ということは、茂呂さんの仕組んだ罠もすぐにバレていたはず。そうか——この事件をややこしくしていたのは、僕自身だったんですね！」

「まあ、そうともいえるだろうね。だが、それだけではないよ。もうひとつ忘れてはいけない偶然があった。神様の悪戯ともいうべきかもしれないが——それはね、雷だよ」

「雷！」

「そうだ。君が一晩眠りつづけている間に、白波荘周辺に落雷があった。おかげであたりは一時停電したわけだけども、それがビデオに内蔵されたデジタル時計をリセットしてしまったんだよ。つまり砂川警部がいったところの第十段階だな。茂呂耕作が命を落としてしまい、その第十段階は誰もおこなう人がいなくなっていたんだけど、偶然にも雷がその役割を果たしてしまったというわけさ。それがなければ、翌日にでも僕らは三十分狂った時計を見て、事件の真相に気がつくことができたと思うんだけどね。ま、様々な偶然が重なり合わないと、こんな奇妙な密室事件は起きないってことさ」

そして、鵜飼はもうすでに冷たくなってしまった珈琲を手にして、乾杯のような仕種を見せながら、

「とにかく、よかった。やっと僕らの密室が開かれたんだからなあ——おや、誰だろう？　こんな時間に。間違い電話かな」

前触れもなく鳴りだした机上の電話。鵜飼はカップを置いて立ち上がり、事務机にのろのろと近寄って軽々しく受話器をとった。

「おっと、これはこれは——名警部から直々のお電話ですか」言葉まで軽々しい。相手は砂川警部らしいと判る。「例のホームレスはおとなしく吐きましたか——そうですか、結構ですね。彼は正当防衛を主張してますか——えッ、なんで判るのかって——馬鹿いっちゃいけませんよ、警部さん、そんなことはとっくにお見通しでしてね。いやいや、礼には及びませんよ。えッ、ヒョウショー？——表彰って、僕がですか？　ははは、くだらない。実にく

だらないですね。僕はそんなものに興味は――僕はあくまでも依頼人の名誉のために働いただけでね。そう、それじゃ警部さん、またいずれどこかでお会いしましょう、はい、それでは――」

鵜飼は音をたてて受話器を戻した。

「………」

「鵜飼さん」流平は当然気になる。「砂川警部からですか」

「そうだよ。事件は僕の見込んだとおりに解決したそうだ。まずはよかったよかった」

「でも――表彰って、あの表彰ですよね」

「そうだよ。表彰状に記念品をくっつけてエライさんが下さるものだ」

「断っちゃったんですか」

「もちろん。賞や名誉に拘泥《こうでい》するのは自分のポリシーに反するからね」

「もったいない」

「いや、そんなことはない――そんなもののために警察に協力したわけでは――」

「貰うだけもらっとけばいいと思うけど」

「………」

「鵜飼さん」

「なんだい」

「ホントは断って損したと思ってません？」

「……」しばし沈黙。だがやがて気を取り直すように、あるいはカラ元気を振り絞るように、探偵ははじめて豪快に笑った。「はははは、ははは、はははッ！　冗談じゃないよ、君ィ。僕は私立探偵だよ。商売敵《がたき》から賞状貰って喜んでりゃ世話ないってものだ。いや、まったく賞ほど人を堕落させるものはないからね。ははははははッ」

それは実に立派な心掛けではある。だが、本心が別の場所にあることは、その不自然かつ長すぎる笑い声が如実に物語っていた。あるいはそれは《卑しい街をゆく誇り高き男》の肖像が垣間見えた瞬間かもしれないのだが——。

9

「——ひょっとすると表彰されるかもよ、といったんだがね」

「へえ、喜んだでしょう、あの探偵」

「いらないとさ」

「断ったんですか。へえ——探偵の意地ですかね」

「だろうな」砂川警部はそう答えながら、志木への注意を怠らない。「ほら、ちゃんと画面のほうを見てろよ。大事な作業なんだからな」

事件解決の夜から一晩明けた三月三日の午前。砂川警部と志木刑事は白波荘の四号室にて、事件の証拠固めに余念がなかった。対象となっているのはホームシアターの壁に設えられた棚を埋め尽くしている膨大な量のビデオテープであった。砂川警部の推理が正しいとするならば、ここにはまだ二時間に短縮された『殺戮の館』のテープが残されていなければならない。理屈ではそうなる。だが、実際にそれを捜し出すとなると、これは大変だ。茂呂耕作が問題のテープを棚のどの部分に隠したのか判断のしようがない。バッチリ一目でそれと判るようなラベルでも張ってあれば簡単だが、もちろんそんなものは期待できない。それどころか、カムフラージュのためにまったく無関係なラベルが張ってある可能性のほうが高い。結局、刑事たちはテープの一本一本を手当たり次第にデッキで再生していくしか手段がないのだった。ま、気長にやればやがてはたどり着くだろう、と志木は観念して仕事に励んだ。単調で退屈な作業の連続。それは事件解決の翌日の仕事としてはうってつけだったかもしれない。

「警部も少しは手伝おうという気分になりませんか。この部下の健気に働く姿を見て」

「べつに——どうせ事件は解決しているんだしなあ」

そういう砂川警部はシアターの真ん中の椅子にどっかと座ったまま、志木の様子を見守っているだけである。昨日はその名警部ぶりを遺憾なく発揮した砂川警部だったが、今日は元々のやる気のない普通モードの砂川警部に戻っている。所詮、アリバイ崩しには執念を燃やせても通常の裏付け捜査にはあまり乗り気でない、そんなタイプなのだ。

「解決といいますがね、警部、僕にはまだ疑問があるんですよ」

「なんだ。なんでも答えてやるぞ。どうせ暇だしな」

「こっちは暇じゃありませんけど——」志木は口を尖《とが》らせながら、「まあ、いいです。僕が聞きたいのは、事件のあった夜、茂呂が現場付近で高麗軒の主人と話をしていた途中で、僕の顔を見て異常な反応を見せた、そのことなんですよ。あれは結局、なにを見ての反応だったんでしょう」

「なんだ、そんなことか。彼のトリックが明らかになってしまったいまとなっては、そんなことは自明の理だろう。もちろん彼は志木刑事の姿を見て驚いたのだよ。もっとも、茂呂耕作の目にはそれが志木刑事だとは判らなかっただろうけどな」

「は？　というと」

「当たり前じゃないか。え、志木ィ、お前が事件の当日にどんな恰好していたか、よく思い出してみろ」

「はあ、そういえばあのときは珍妙な恰好でしたね」

ヤンキー崩れのチンピラヤクザのような恰好をしていたのを、いまさらのように恥ずかしく思い出す志木だった。

「茂呂の立場から考えてみればよく判る。久しぶりに出会った高校時代の同級生があの恰好ではまさか刑事には見えなかったに違いない。それじゃいったいなにに見えたのか。そもそも高校時代には相当なワルだった志木のことだ。当然、不良だった志木が大人になって正真正銘のヤクザ者になってた、と少なくとも茂呂の目にはそう映っただろう。それが殺人事件の現場でお巡りさんと一緒にいる。これが茂呂の目からどういった状況に見えるか。答えは簡単だよな」

「うッ」思い当たる節はひとつしかない。「僕が殺人事件の容疑者のひとりにされている――茂呂にはそう映ったんですね」

「ま、そう思うのが当然だろうな。それだけでも正真正銘の真犯人である茂呂にとっては大きな驚きだったろう。しかも困ったことに、茂呂はその場で志木と挨拶して旧交を温めるわけにはいかない事情があった。昨日も説明したとおり、茂呂は戸村流平の前で未来の出来事を喋り、その喋った内容に沿ってこのとき行動していたんだからな。だから茂呂は驚きと動揺が混じり合ったような表情を浮かべながら、最終的には無視を決め込んだわけだ。それが志木には不自然な反応に見えたという、ただそれだけのことだったのさ」

そうだったのか、と志木は納得した。茂呂が犯人であることを前提として考えれば、それは当然の反応だったろう。だが、あの時点の志木はまさか茂呂が犯人だなどとは露ほども疑ってはいなかった。だから、謎だったのだ。

「ところでもうひとつ判らないことがあります」

「動機だろ。茂呂耕作がなぜ紺野由紀を殺害しなければならなかったか。それが最後の問題だ。しかしなあ――」

砂川警部は軽く伸びをするような恰好で、面倒くさそうに愚痴をこぼすのだった。

「いまさらその動機を明らかにできたところで、なんの意味があるんだ？ すでに死んでしまった茂呂耕作を有罪にできるわけでもない。いまひとつ力が入らないというか、正直どうでもいいというか」

「いや、僕の疑問はそれとは別です」志木は砂川警部の反応を気にしながら続けた。「なぜ、茂呂耕作はそこまでしてアリバイを作らなければならなかったんでしょう。つまりアリバイ工作をする動機とでもいいましょうか。それが僕には謎なんですよ」

「ふむ、そうだな」

同様の疑問は砂川警部も感じている気配だった。志木は自信を得て、さらに言葉を続けた。

「アリバイ工作というものは自分が疑われやすい立場であることを知っている犯人が、その疑惑を免れるために策を弄するというのが普通でしょう。しかし、今回の紺野由紀殺害事件に関していうならば、茂呂耕作に疑惑の目が注がれることは、そもそもなかったはずです。二人の間には表立ったつながりが皆無なんですからね。それなのに、茂呂は異常なほど綿密なトリックを用いて自分のアリバイを固めようとした。挙げ句の果てに邪魔者が入って逆に刺し殺されてしまった。そこがどうも解せませんね。頭のいい犯人のくせに、トリックの底が抜けているというか――」

「うむ、そうだな」と、腕組みした砂川警部の視線はたちまち画面に吸い寄せられていった。

「――む、おい、志木ッ、見ろッ！　なんだこの映像は！」

ほぼ機械的にテープの挿入、再生、取り出しを繰り返していた志木は、とっさに砂川警部の驚く意味が判らなかった。慌てて画面のほうに注目すると、そこには昨日に続いて全裸の女性の姿が無修正のままに――いや、待てよ。志木はよくよく目を凝らした。場面は風呂場らしい。もくもくと立ちのぼる湯気で視界はひどく不鮮明である。そのなかに立って全裸の背中を晒《さら》しているのは――どう見ても男である。若い男。

「なんスか、このビデオは！」

「これは自分のビデオカメラで盗撮したものらしいな。しっかし、盗撮の対象が男の裸とはな――あーッ！」

「まったくッスね――あーッ！」

二人の刑事はほぼ同時に叫んだ。

「こいつは戸村流平じゃないかッ！」

それから立て続けに戸村流平のあられもない姿を盗み取りしたテープが発見された。戸村流平は茂呂耕作のことを単なる先輩と考えていたはずだ。だが、茂呂のほうは戸村に対して単なる後輩という以上の感情を抱いていたのではないか。だとすれば、これは今回の事件と絡めて考える必要があった。

砂川警部はしばしの熟考の末に、この衝撃の事実からひとつの見解を導き出した。

「要するにだ——」砂川警部は重たい口を開いた。「茂呂は戸村流平に成り代わって紺野由紀を殺害してやった、ということなんじゃないかと思うんだがどうだろう?」

「成り代わって、ですか」

「べつに共犯という意味ではない。志木も聞いただろ、戸村流平が紺野由紀に振られたショックで夜の駅前で大騒動を巻き起こしたという、例の話を」

「ああ、あの牧田裕二という学生の話してくれたやつですね」

「そうだ。あの騒動は場所が場所だけに、見物人が百人単位でいたらしい。だとしたら、その様子は茂呂耕作の耳にも入っていた可能性が高い。そうだな」

「え、それじゃそのときの戸村の恨みを、代わりに茂呂が晴らしてやったというわけですか」

「簡単にいうならそうだ。もちろん戸村にしてみれば、いくら自分を振った女とはいえ紺野由紀を殺したいほど憎んでいたわけではないのだろう。だが考えてみれば、我々だって一度は戸村が紺野由紀を殺したいほど憎んで殺人に及んだと考えたじゃないか。茂呂も同じだったのだよ。彼も戸村が紺野由紀を心底憎んでいると考えた。そこで彼は自分が戸村に成り代わって殺人をおこなうことを決意した。それが今回の事件の背後にある動機なんじゃないだろうか」

「なるほど。戸村の憎しみは自分の憎しみ。茂呂耕作はその屈折した愛情を、屈折した形で表したというわけですか」

「そうなるな。それに、そんなふうに考えるならば、茂呂耕作のアリバイ工作はまったく別の意味を持ってくるじゃないか」

「というと？」

「いまさっき志木がいったとおりだ。茂呂には自分のためにアリバイ工作をする動機がない。つまりこのアリバイ工作は茂呂が助かるためのものではないのだよ。このアリバイ工作で本来助かるべきは、紺野由紀が殺されて最も疑われやすい人物――つまり戸村流平だったのではないだろうか」

「えッ」さすがに志木も驚きの声をあげた。「それじゃこれは、戸村流平のためのアリバイ工作だったというんですか」

「そうだ。茂呂は戸村のために紺野由紀を殺害する。しかし、それで戸村に疑いがかかるようでは元も子もない。そこで戸村のためにアリバイを用意しながら自分が殺人を犯す、茂呂はそんな計画を立てて実行したのだ。全てがうまくいった場合、なにも知らない戸村は警察の前で『自分は紺野由紀が殺された時刻には、茂呂さんとビデオを観ていました』と、堂々と証言できるじゃないか。これはそのためのアリバイトリックだった——そう考えたらどうだ。すべての辻褄は合うんじゃないのかな。いやはや、実に恐ろしい話ではあるな。もちろん、これが真相と決めつけることはできないわけだが——」

それからしばらくの後に、問題の短縮版『殺戮の館』のビデオテープは発見された。やはり砂川警部の見込みは正しかったということであり、その推理の真実性はあらためて確かめられたのだった。

ただし、動機の部分については、それ以上の証拠は見いだすことができなかった。砂川警部の見解が正鵠《せいこく》を射ているか否かは、誰にも判らないことである。

エピローグ

さて、以上でこの物語についてのあらゆる謎は解明されたものと思われる。もはやこれ以上の付け足しは蛇足と呼ばれるだけだろうから、控えるべきかもしれないのだが、それを承知であえて若干の事柄について述べておこうと思う。

名もなきホームレスのその後について関心を持つ向きもあるだろう。もちろん彼は裁判にかけられた。争点となったのは正当防衛が認められるか、それとも殺人かの一点であった。難しい審理が続いたが、結局のところ法廷は中間をとって（と裁判官がいったわけではないけれど）被告を過剰防衛とした。そもそも被告人のほうから盗みを働いた事実があるのだから、純然たる正当防衛が認められなかったことは、まず妥当な線と思われた。執行猶予付きの判決をもらったホームレスは、まさか段ボールハウスに戻るわけにもいかず、いまは施設に入っているとかいう話である。

砂川警部と志木刑事の二人は事件解決の手柄を以って晴れて昇進あるいは栄転、そんな話は一切ないままに、今日も昨日と同様の宮仕えを続けている。烏賊川市警察署の裏にある運河の縁で、水面をのぞき込んでは空模様を気にしているうだつの上がらない背広姿の中年男性を見かけたら、それは砂川警部が暇を持て余している姿に違いない。だが、ひょっとするとその頭のなかでは、驚くべきアリバイ崩しが進行中かもしれないので注意が必要だ。声をかけることは差し控えたほうが無難だろう。

戸村流平については気の毒としかいいようがないので、そっとしておいてやるほうがいいだろう。ただ、海を見渡せる丘の上に建てられた紺野由紀の墓の前で、必死に手を合わせる戸村流平の姿が度々目撃されているということは、強調しておく必要があると思う。今回の事件において最大の被害者は彼女であり、二番目の被害者はおそらくは彼だったはずだからである。

鵜飼探偵のもとに二度と表彰に関する話はやってこなかった。なにか損をしたような気分を感じながらも、前向きな彼は二度目のチャンスが訪れることを信じていた。そのときがきたら、とりあえず賞状はともかく賞金だけは頂いておこう。そのためには、いま一度、今回のような難事件が自分のところに舞い込んでくることが必要だ。そう考えた探偵は、いままでの広告戦略を見直した。烏賊川市の電話帳広告を見れば、そこにいままで以上に大きな文字で「WELCOME TROUBLE」とあるのを見ることができるはずだ。興味のある人は一度電話してみるといいだろう。もっとも、選り好みの激しい探偵なだけに、些細なトラブルでは相手にしてもらえないかもしれないが。

ところで、悲劇の舞台として使われた白波荘は取り壊されてしまい、いまはもうなくなってしまった。解体作業中のショベルカーの運転手が、一部屋だけ異常に壁の分厚い部屋があるのに気づいて目を白黒させていた――とは、後に大家の二宮朱美が語った笑い話である。ショベルカーの運転手はそれがいったいなにに使われた《装置》であったか、おそらくは気がつかなかったに違いない。

解説――ユーモア本格ミステリのエース

有栖川有栖《ありすがわありす》
（作家）

まずは、東川篤哉氏のデビュー長編である本書『密室の鍵貸します』の出自について。この作品は、カッパ・ノベルスの中の新人発掘プロジェクト〈KAPPA-ONE〉の一冊として刊行された。カッパ・ワンは、ベストセラー作家への登龍門として、光文社ノベルス編集部が二〇〇二年四月にスタートさせた叢書で、ジャンルを問わず「21世紀の新たな地平を拓く前人未到のエンターテインメント作品」を公募している。

同シリーズからは有望な新人が次々に世に送り出されているが、その記念すべき第一弾は、応募原稿から選ばれたのではなかった。光文社文庫で鮎川哲也《あゆかわてつや》氏が監修していた『本格推理』（本格ミステリの短編の公募作品を集めたオリジナル・アンソロジー）に採られた書き手の中からヘッドハンティングされた四人の書き下ろし作品が並んだのだ。

他の三作品は、石持浅海《いしもちあさみ》氏の『アイルランドの薔薇』、加賀美雅之《かがみまさゆき》氏の『双月城の惨劇』、林泰広《はやしやすひろ》氏の『The unseen 見えない精霊』。作風はそれぞれに違ってバラエティに富むが、いずれも謎解きの興趣をたっぷり盛った本格ミステリである。

この時、四つの作品に四人の作家が推薦文を寄せていて、その顔ぶれは石持作品に西澤保彦《にしざわやすひこ》氏、加賀美作品に二階堂黎人《にかいどうれいと》氏、林作品に泡坂妻夫《あわさかつまお》氏。そして私・有栖川が東川作品へのコメントを書いた。

新刊本の推薦文なるものは、編集部が「この本ならば、あの人が面白がるであろう。あの人のコメントが似合うであろう」と判断して、依頼するものだ。『密室の鍵貸します』を一読した私は、作者の腕の冴えに敬服すると同時に、それを私に送ってくれた編集者の慧眼《けいがん》にも感心した。私のミステリの好みがよく判っているではないか、と。

手を抜いて原稿の二度売りをするつもりではない、とお断わりした上で、ノベルス版のカバー折り返しに掲載された拙文をここに挙げさせていただこう。

「最近、ミステリを出汁《だし》に書かれた面白いのか面白くないのか判らないミステリが多い」と思っている方に、この作品をお奨めしたい。ストライクゾーンからストライクゾーンに切れ込む鋭いシュートだ。飄々としたユーモアがちりばめられ、思わず含み笑いをしてしまう楽しい小説でもあるのだが……その面白さも実は〈罠〉なのかもしれない。

スマートな本物の本格である。われながら気が早いが、第二作が今から待ち遠しい。」

本質を捉えて簡潔にまとめられたコメントだなぁ——と思うのは書いた本人だから当然か。

本作の文庫化にあたり、解説のお役目を仰せつかったのを幸いに、前記の短い文章に〈圧縮〉した感想を〈解凍〉してみる。

「最近、ミステリを出汁に書かれた面白いのか面白くないのか判らないミステリが多い」というのは、当時の私が感じていたことだ（「出汁」という表現が不適切だったかとも思うが、そういう作品を否定・誹謗《ひぼう》していない）。ここで私の頭にあったのは、メフィスト賞を受賞して講談社からデビューした舞城王太郎《まいじょうおうたろう》氏の『煙か土か食い物』、佐藤友哉《さとうゆうや》氏の『フリッカー式』などの作品である。

従来の本格ミステリと思って飛びついた読者は、そこに本格とは異質の小説世界を発見し、戸惑ったり驚喜したりした。本格ミステリの回路を経由していながら、そこから離脱した小説で、作者に「本格ミステリの形式を破壊し、枠組みを改変したい」といった志向があるとも思えない。笠井潔《かさいきよし》氏は、そのようなニュータイプの作品を〈脱格〉と呼んだ。

かつて時代遅れだと誹《そし》られた本格ミステリが新しい小説の産道となったのは、喜ぶべきことだ。そう理解しつつも、根っからの本格好きである私は、新しい流れができた結果として、本格ミステリが捨て石となって衰退するようなことになったら淋しい、という懸念も抱いた。脱格、大いに結構。しかし、それと同時に純度の高い（謎解きの味が濃い）本格の書き手にもどんどん出てきてもらいたい、と希《ねが》っていた。『密室の鍵貸します』は、そんな時に私の前に差し出されたのだ。本格ミステリならではのアイディアを練って書かれた手堅い本格ぶりに、思わず頬がゆるんだ。

　驚天動地の不可能状況を描いて、読者に衝撃を与える、という作品ではない。事件自体は小さく地味ではあるが、だからといって不可能興味が減じているわけではない。マジックでもそうではないか。鍵の掛かる箱に閉じこめられた手品師が水中から脱出するイリュージョンと、お客がサインしたトランプが手品師の手から消えてパンの中から出現するクローズアップ・マジックでは、どちらが不思議か？　後者がお好みのファンも多いはずだ。

　氏の作品は、よく練り込まれていて、いつもウェルメイドだ。禁欲的な印象すらある。そんな作者の志向性を端的に示しているのが、実は本書のタイトルかもしれない。若い方にはピンとこないだろうが、これはビリー・ワイルダー監督の『アパートの鍵貸します』（一九六〇年）のもじりに他ならない。主演はジャック・レモンとシャーリー・マクレーン。コメディ映画史に遺る傑作で、大人向けのドラマながら、私は十歳ぐらいの時にテレビの洋画劇場でたまたま観て、「こんなによくできたお話を考えついた人は、なんて頭がいいんだろう！」と感嘆した記憶がある。映画がらみの事件が扱われているからこういうタイトルが浮かんだのだろうが、わざわざこんな古い映画を採用しなくてもよさそうなものだが、作者にとってはしっくりくるネーミングだったのだろう。

　古さを恐れないことは、本格ミステリの作家にとって大切な資質だ。本格が新しい小説に拡散しながら衰退することを心配しかけていた私は、この点にも共感を覚えた（ちなみに、同時に配本されたKAPPA‐ONEの三冊は、いずれも本格ミステリとしか呼びようのないもので、質的にも高く、多くの本格ファンに歓迎された）。

「ストライクゾーンからストライクゾーンに切れ込む鋭いシュート」と書いた。ストライクゾーンからストライクゾーンに、というのが一つのポイントである。ボールゾーンから食い込んでくるのでもなければ、まともなストライクでは打たれそうだからとボールゾーンに落下するのでもない。あくまでもストライクゾーン＝限定された領域で勝負しようという心意気を好もしく思った。清々しい第一球だ。ただし、東川氏がいつもストライクゾーンからストライクゾーンで勝負してくると限らないことも付言しておく。

「鋭いシュート」。ここも大事です。東川投手はなかなかの技巧派で、その球はよく曲がる。様々な工夫を凝らして打者を眩惑してくれるのがうれしい。野球の譬《たと》えがうるさく思われたら恐縮だが、尾道《おのみち》出身の作者は熱烈な広島カープファンだそうなので、それに免じて（？）お宥《ゆる》しいただきたい。

「飄々としたユーモア」。これについては、説明する必要もないだろう。冒頭からして、ぬけぬけとすっとぼけている。適切な言葉が適切に配置され、リズムが整い、読み進んだ果てに〈烏賊川市《いかがわし》〉にたどり着く。お洒落で高尚なユーモアとは言えないかもしれないが、なかなか書けない前口上だ。これしきは作者にとっては名刺代わり。本編には笑いどころが豊かに鏤《ちりば》められており、それがページをめくる推進力になっていると同時に、作品をふっくらと温かいものにしている。うんと砕けても格調を落としすぎないように留意されており、目的にかなった良質のユーモアと言うべきだろう。

ところが「その面白さも実は〈罠〉なのかもしれない」。何しろトリッキーな本格ミステリなのだ。ユーモアで和ませ、もてなしながらも、作者は落し穴を掘って、読者ができるだけ派手に転落するように仕掛けている。笑いやユーモアは、実世界の対人関係において防御や武器となり得るが、本格ミステリでも有効に働く。それでいて、その技法を自在に駆使する作家が多くないため、東川ミステリの可能性は大きい。

本格ミステリには伏線がなくてはならないが、これを作中に配置する時、私などは内心びくびくものである。どうだ、これが見抜けるかな、と自信満々なケースは稀《まれ》で、たいていはバレませんように、と祈りながら書く（そのスリルが楽しくもあるが）。笑える場面や台詞《せりふ》にまぶして伏線が伏線であることを隠してしまう、という手があるのだが、これが難しい。東川氏は、デビュー長編からそれを実践している点で、本格ミステリ作家としての力量を示し、安定感すら見せつけてくれたのである。

氏の作風は「軽み」を持ち味としているが、それは力を抜いた作品を意味しない。むしろその反対に大変な力業であって、私にはこの作者が、敢えて困難な道を選んでいるように思える。

氏のめざすところは、ユーモアミステリだが、これが生半《なまなか》なことでは書けない。ユーモア小説（まずこの絶対数が少ない）とミステリは、ともに多くのアイディアを要するから、これを掛け合わせるとなると、普通に小説を書く二倍も三倍も骨が折れる（と想像する）。また、緊張感を解放する小説と緊張感を持続させるべき小説の融和であるから、両者のブレンドも充分に計算しなくてはならない。それでいて、東川氏にはちょっと申し訳ないことを書いてしまうが、このジャンルで秀作をものしても、わが国では労力に見合うだけの評価を得にくく、シリアスなテーマを扱った作品や胸に迫る浪花節《なにわぶし》の方が、えてして強い印象を与える。おそらく作者は、そんなことは先刻承知の上で、好きだから、書きたいから、困難な道を歩きだしたのだろう。そのチャレンジングな姿勢を私は「敢えて」と評したい。

敢えて正攻法の本格ミステリを選び、敢えてユーモアミステリを選んだ東川篤哉。その存在は貴重だ。私は、この作家からしばらく目が離せそうにない。いつまでも見つめ、追い掛けることになればいい、と思っている。多くのミステリファン、面白い小説が好きな方々とともに、次なる作品の発表を待ちたい。

「まだ読んでいない作品を読みながら待ちたい」という方のために、二〇〇六年二月現在の著作リストを掲げておこう。光文社から出ているいずれの作品にも、ファンタスティックな烏賊川市や戸村流平《とむらりゅうへい》、鵜飼杜夫《うかいもりお》らが登場する。

密室の鍵貸します（二〇〇二年）本書

密室に向かって撃て！（二〇〇二年）光文社
完全犯罪に猫は何匹必要か？（二〇〇三年）光文社
学ばない探偵たちの学園（二〇〇四年）実業之日本社
館島（二〇〇五年）東京創元社
交換殺人には向かない夜（二〇〇五年）光文社

また、『本格推理』の常連だった氏の短編は次のとおり。同シリーズは二〇〇三年から『新・本格推理』と装いをあらためている。

中途半端な密室（『本格推理8』所収）
南の島の殺人（『本格推理12』所収）
竹と死体と（『新・本格推理01』所収）
十年の密室・十分の消失（『新・本格推理02』所収）

小文が東川ミステリへのささやかなご案内になればうれしい。
最後にもう一つだけ野球の譬えを。
東川篤哉は、すでにユーモア本格ミステリのエースである。

二〇〇二年四月　カッパ・ノベルス（光文社）刊

光文社文庫

長編推理小説
密室《みっしつ》の鍵貸《かぎか》します
著者　東《ひがし》川《がわ》篤《とく》哉《や》

2006年 2月20日　初版1刷発行
2012年 5月10日　20刷発行

発行者　駒井　稔
印刷　公和図書
製本　ナショナル製本

発行所　株式会社　光文社
〒112-8011　東京都文京区音羽1-16-6
電話（03）5395-8149　編集部
8113　書籍販売部
8125　業務部

ISBN978-4-334-74020-7 Printed in Japan

お願い　光文社文庫をお読みになって、いかがでございましたか。「読後の感想」を編集部あてに、ぜひお送りください。

このほか光文社文庫では、どんな本をお読みになりましたか。これから、どういう本をご希望ですか。どの本も、誤植がないようつとめていますが、もしお気づきの点がございましたら、お教えください。ご職業、ご年齢などもお書きそえいただければ幸いです。当社の規定により本来の目的以外に使用せず、大切に扱わせていただきます。

光文社文庫編集部

光文社文庫　好評既刊

ひかりをすくう　橋本　紡
虚の王　馳　星周
いまこそ読みたい哲学の名著　長谷川　宏
ポジ・スパイラル　服部真澄
真夜中の犬　花村萬月
二進法の犬　花村萬月
あとひき萬月辞典　花村萬月
私の庭　浅草篇（上・下）　花村萬月
スクール・ウォーズ　馬場信浩
「どこへも行かない」旅　林　望
古典文学の秘密　林　望
天鵞絨物語　林　真理子
着物の悦び　林　真理子
「綺麗な人」と言われるようになったのは、四十歳を過ぎてからでした　林　真理子
八代目坂東三津五郎の食い放題　八代目坂東三津五郎
密室の鍵貸します　東川篤哉
密室に向かって撃て！　東川篤哉

完全犯罪に猫は何匹必要か？　東川篤哉
学ばない探偵たちの学園　東川篤哉
交換殺人には向かない夜　東川篤哉
白馬山荘殺人事件　東野圭吾
11文字の殺人　東野圭吾
殺人現場は雲の上　東野圭吾
ブルータスの心臓　完全犯罪殺人リレー　東野圭吾
犯人のいない殺人の夜　東野圭吾
回廊亭殺人事件　東野圭吾
美しき凶器　東野圭吾
怪しい人びと　東野圭吾
ゲームの名は誘拐　東野圭吾
夢はトリノをかけめぐる　東野圭吾
ダイイング・アイ　東野圭吾
あの頃の誰か　東野圭吾
さすらい　東山彰良
イッツ・オンリー・ロックンロール　東山彰良

一揆 仕事打ちこわし
一揆 相対の口論
一揆 事件の首謀者
一揆 事件の首謀者
一揆 仕事人殺人(謀殺)
一揆 仕事人殺人(謀殺)
一揆 殺傷・強盗犯の者
一揆 理不尽の市中
一揆 江戸よりエゲレスの
一揆 暦の市中
一揆 都の霊
一揆 領内の強訴
一揆 嶋廻の
一揆 打毀の
一揆 鉄炮の者
一揆 此度不届
一揆 牢屋敷より出火

語原 牢屋敷は十一人
語原 ひしと踏み入れる人数
語原 ポンコツ
語原 ラチがあかぬ
語原 ドロン
語原 打裂羽織
語原 一反風呂敷
語原 NOKUDNARGE
語原 REDNAK
語原 オカッピキ
語原 千屋差
語原 三親等(謀殺)の類
語原 海(下)のもの
語原 国のもの

水声社文庫　好評既刊